GLAUB MIR, ES MUSS LIEBE SEIN

Gabriele Diechler

ANLEITUNG ZUR LIEBE Nach zwei Affären ihres Mannes und einem Sexleben, das völlig erlahmt ist, beschließt Franziska noch einmal ganz von vorne anzufangen. Sie verlässt ihren Mann und findet zusammen mit ihrer zwölfjährigen Tochter Melanie eine vorübergehende Bleibe im Haus ihres alten Schulfreunds David, der nach einem Burn-out zurückgezogen am Tegernsee lebt. David, ehemals als Banker beruflich erfolgreich, schreibt Sachbücher und hat Probleme mit den Frauen. Auch Franziskas neue Freundin Maja, genannt »Butterlöckchen«, scheint das Patentrezept für funktionierende Beziehungen nicht gefunden zu haben.

Franziska stürzt sich in ihr neues Leben, als gäbe es kein morgen. Sie versucht als Autorin beruflich durchzustarten und stolpert gleichzeitig von einem amourösen Abenteuer ins nächste. Immer auf der Suche nach der großen Liebe …

Gabriele Diechler wurde 1961 in Köln geboren und lebt heute als erfolgreiche Drehbuchautorin in Seewalchen am Attersee. Neben ihrer Arbeit für ARD und ORF schreibt sie seit vielen Jahren Kinderbücher. Mit »Glaub mir, es muss Liebe sein« veröffentlicht sie ihren zweiten Roman im Gmeiner-Verlag.

Bisherige Veröffentlichungen im Gmeiner-Verlag:
Engpass (2010)

GABRIELE DIECHLER

Glaub mir, es muss Liebe sein

Roman

GMEINER *Original*

Ausgewählt von
Claudia Senghaas

Besuchen Sie uns im Internet:
www.gmeiner-verlag.de

Im Ehnried 5, 88605 Meßkirch
Telefon 07575/2095-0
info@gmeiner-verlag.de

1. Auflage 2010

Lektorat: Claudia Senghaas, Kirchardt
Herstellung/Korrekturen: Daniela Hönig / Doreen Fröhlich
Umschlaggestaltung: U.O.R.G. Lutz Eberle, Stuttgart
unter Verwendung eines Fotos von: _jil_ / photocase.com
Druck: Fuldaer Verlagsanstalt, Fulda
Printed in Germany
ISBN 978-3-8392-1107-6

Prolog

Ich befand mich vermutlich in den mittleren Jahren. Doch wann immer sie auch beginnen mochten – schließlich kann man die Mitte nur bemessen, wenn man Anfang und Ende kennt, und wer kann schon von sich behaupten, noch dazu mit Gewissheit!, im Besitz derart wichtiger Koordinaten seines Daseins zu sein? –, in diesen gefürchteten mittleren Jahren lügt die Liebe im großen Stil.

Plötzlich kommt sie mit Misstrauen und Angst daher. Mir schien es geradezu, als wolle ich mich Tag für Tag mehr in die Schwierigkeiten einleben. Immer öfter warf ich mir einen Mantel aus Melancholie über und dachte, er sei durchaus kleidsam. Dabei fraß die mühsame Beseitigung des Alltäglichen den letzten Rest Sarkasmus auf, den ich in Reserve hielt. Sarkasmus, der trösten sollte, weil ich mir so einredete, noch nicht aufgegeben zu haben. Wer zurückschlug oder zurückdachte, hatte nicht resigniert!

Die ursprünglich hoffnungsfrohe Sicht auf ein Leben in Liebe war vom Leben selbst verschluckt worden, und lag mir schwer im Magen. Es ist doch meist so: Entweder man lebt schon einige Jahre in einer Beziehung, und sie ist sicher nicht mehr das leichte Ding von damals, sondern hat ein wenig Rost angesetzt. Oder die nächste Variante: Man hatte die

Liebe noch nicht gefunden, suchte inzwischen panisch nach ihr und geriet dabei in Atemnot.

Das Wort ›Outlet‹ benennt eine Verkaufsstelle, in der ältere Modeartikel oder Restposten verkauft werden. Zu günstigen Preisen. Genauso schien es mir in meinen mittleren Jahren auf der Suche nach Liebe zu ergehen. Ich fühlte mich als Restposten, der zu Sonderkonditionen abzugeben war. Abstruse Entwicklung!, dachte ich bei mir. All das kann nur der himmelschreiende Verfall meiner einst mühsam zusammengehaltenen Gehirnzellen sein.

Ich wusste, dass ich zwischen zwei Welten lebte. Einer vorstellbaren Welt und einer optisch-mentalen Täuschung. Ich überprüfte noch immer die Beziehung zu meinem Mann Thomas, die mehr und mehr verwässerte. Insgeheim war ich mir sicher, dass Liebe etwas anderes war als das, was ich durchstand.

Unser Sexualleben war irgendwann während der letzten zwei Jahre träger geworden und schließlich vollständig zum Erliegen gekommen. Anfangs hatte ich nur hin und wieder darüber nachgedacht, was mit mir und ihm los war. Doch je mehr Monate verginngen, umso drängender wurde der schreckliche Verdacht, es könne sich um den Beginn einer sterbenden Liebe handeln. Einer, von der ich nicht mal mehr sagen konnte, wann sie ihren emotionalen Höhepunkt gefeiert hatte.

Immer öfter stand ich morgens vorm Spiegel und versuchte, die letzten Reste Frausein irgendwo zwischen meinen üppigen rotbraunen Haaren, den noch ungeschminkten braunen Augen und meinen, wie ich fand, gerade richtig ausgeprägten Lippen zu finden. Meine Figur war zwar immer schon ein heikles Thema gewesen, aber mit dem Rest, vor allem mit meinem Gesicht, war ich durchaus zufrieden. Was trieb also ausgerechnet meinen Mann dazu, jegliches Interesse an der körperlichen Liebe zu verlieren? Und wieso war ich gezwungen, dieses Spiel mitzuspielen? Immer, wenn ich ihn auf unser Desaster ansprach, redete er sich heraus. Von wegen viel zu viel Arbeit und Rückenschmerzen. Es gab auch keine Anzeichen dafür, dass eine andere Frau dahintersteckte. Zumindest keine offensichtlichen. Und eine Therapie kam für Thomas schon gar nicht infrage. Von so was hielt er so viel wie ich von einem Urlaub in der Antarktis. Er brauche lediglich ein bisschen Zeit für sich. Aber den Zeitrahmen, den er dabei im Auge hielt, konnte ich bald nicht mehr übersehen. Ich war verzweifelt.

Anstatt glücklich zu sein, hatte ich mich, vorläufig zumindest, mit allem abgefunden und ein Spinnennetz aus scheinbarer Gleichgültigkeit in meinem Gehirn ausgebreitet. Darin zappelte ich ums Überleben.

Das Einzige, was ich machen konnte, war leben!

Vielleicht hatte mir bisher aber auch nur eine Anleitung zur Liebe gefehlt?

Wenn ich richtig deprimiert war, las ich mir immer dasselbe Gedicht vor und las es immer wieder:

Manchmal,
wenn du müde
von der Anstrengung um dein Glück bist
und traurig
über den Menschen neben dir
der nicht falsch und doch nicht richtig ist,
und auch
wenn du erschrickst
wegen all der Worte
die einsam machen,
dann
soll Hoffnung
dich wiegen,
sicher sollst du sein
im Schoß des Lebens …
… denn irgendwo ist Liebe!

Beim Lesen musste ich jedes Mal heulen. Etwas sagte mir, dass es genauso war, wie in diesen Zeilen beschrieben. Irgendwo war Liebe. Ich hatte allerdings etwas Wichtiges übersehen. Ich suchte bei Thomas danach anstatt bei mir.

Der Schulfreund

Es kam eines Montags wie ein schweres Gewitter über mich. Ich stand, wie immer, als Franziska Durvos, die meist gegen zwei, drei Kilo zu viel auf den Hüften ankämpfte, gegen sechs Uhr auf. Als ich im Badspiegel registrierte, dass meine Haare längst in die Hände eines Friseurs gehörten, ich jedoch jedes Interesse an ihnen verloren hatte und danach die auberginefarbenen Schatten unter meinen Augen sah, war klar, dass ich gehen musste. Eine Ehe als Vergangenheit im Gepäck und eine provisorische Zukunft im Visier. Keine vage Trennlinie, sondern ein harter, sauberer Schnitt.

In letzter Zeit wäre ich am liebsten in der Beschämung über mein eigenes Unglück versunken. Darüber, dass ich nur noch eines tat: auf Thomas warten, auf seinen Beschluss das Leben noch mal anzugehen. Dabei hatte ich mich völlig verloren. In dieser Beziehung hatte ich nur noch ein Bleiberecht, kein Genussrecht. Zu wenig zum emotionalen Überleben.

Ich grübelte lange, wo ich mit unserer Tochter Melanie hin sollte und rief schließlich meinen Freund David an. Wir hatten vor einer Ewigkeit an Jahren drei Sommer und Winter lang dasselbe Internat in Süddeutschland besucht. Ich in der Bank vor ihm. Seine feuerroten Haare und seine zündholzdünnen Ärmchen waren ein ewiger Stempel, der ihn bei Mädchen einerseits unübersehbar, andererseits unerwünscht machte. Er hatte mein Mitgefühl. Wir verbrachten oft die Pausen miteinander, tuschelnd wie zwei Freundinnen. Bald wurde nicht nur über ihn geredet und gekichert, sondern über uns. Das schweißte uns noch mehr zusammen. Wir waren geradezu euphorisiert von unserer Beziehung, die die anderen Paare, die in Mustern und Schablonen dachten (von wegen muskulöse Arme, dunkle, gewellte Haare und eine breite Brust, um als Mann dazustehen), erbärmlich wirken ließ. Wir peilten Gedankenfreiheit an. Jeder sollte so sein dürfen, wie er wollte. In erschöpfender Ausführlichkeit diskutierten wir miteinander, während wir in unseren Schuluniformen durch den Park schlichen. Zwei Banditen, die neues Terrain auskundschafteten.

Ich mochte ihn, weil er ungefährlich und warmherzig war. Die Jahre, nachdem ich das Internat verlassen hatte, weil meine Eltern sich das Schulgeld nicht länger leisten konnten, hatten wir hin und wieder telefoniert, einander kurze Briefe geschrieben, später Mails.

»Du kannst fürs Erste bei mir wohnen«, hatte David bestürzt-freundlich gemeint, als ich ihm von meinem privaten Desaster mit Thomas berichtete. Kurz und präzise. So kannte ich ihn. Er blieb cool, auch wenn ich an seinem Leben zu säbeln schien wie ein Pirat. Er wollte mutig sein und gab sich als Gentleman.

Vor einigen Jahren, nach einer sensationellen Karriere als Banker und einem anschließenden Burnout, war David an den Tegernsee gezogen. Ohne seine Frau Lola und den Pinscher, den sie ständig auf dem Schoß gefangen gehalten hatte wie eine jaulende und hechelnde Trophäe.

Seitdem lebte er allein und verschanzte sich hinter Hügeln und Wald, weil er Frauen angeblich als Krawall in seinem privaten Universum wahrnahm. »Ich will endlich meine selige Ruhe haben«, beschwor David mich. Er schrieb Sachbücher zu allen möglichen Themen, vorwiegend wirtschaftlichen Hintergrunds. Seine Augen blühten wie frisch gewässert, als er mich sah und in seine noch immer dürren Arme zog. Eine Mini-Trutzburg, vor der ich blass stehen blieb und mich dann ergab.

»Hab ich dir nicht immer gesagt, ein Mann, der zwar lieb daherredet, dich aber als Frau voll auflaufen lässt, ist nicht der Richtige. War höchste Zeit, dass du dich trennst«, nuschelte David, in der Hoffnung, Melanie würde nichts von seinem Kommentar mitbekommen.

Ich ignorierte seinen durchaus passenden Exkurs zum Thema funktionierende Beziehungen, weil ich Melanie aus dem Ganzen raushalten wollte, und fing von etwas anderem an. »Du hast dir ja ein ziemlich großes, arbeitsintensives Landhaus gekauft«, stellte ich geradeheraus fest, als ich den an einigen Stellen bröckelnden Putz sah und das Loch in der Regenrinne. Ich hatte David nie zuvor an seinem Rückzugsort besucht.

»Drei Wohneinheiten, Franziska. Zurzeit steht eine leer. Nenne es dein Glück im Anfangsstadium.« Er wuschelte meiner Tochter mit großer Geste über den Kopf. Sie schüttelte sich wie ein nass gewordener Pudel. Seine Hand fiel von ihr ab. »Melania«, David schaffte es einfach nicht, Melanies Namen richtig auszusprechen, »und du, ihr seid hier herzlich willkommen.« Er grinste, als müsse er mich wegen meines vertanen Lebens trösten. Ich peilte seine Augen an und schob Melanie vor, die die ganze Zeit über hinter mir gestanden war.

»Und was ist mit deinem Verfolgungswahn Frauen betreffend?«, wollte sie altklug wissen. Sie hatte mir wohl die ganzen Jahre über gut zugehört, wenn ich von ihm gesprochen hatte.

»Wie alt bist du, zwölf?« David schüttelte den Kopf. »Der ist sicher hinter Gittern verwahrt«, meinte er, deutete auf die schmiedeeisernen Stäbe vor den Fenstern im ersten Stock und verzog den Mund dabei.

Mein Wagen stand vor der wurmstichigen Fassade der Garagen, wie ein blecherner Wachhund. »Das ist also der Beginn eines neuen Lebens«, seufzte ich.

Die Zweifel in Davids Gesicht, die ich anfangs hinter seltsam schief hochgehobenen Mundwinkeln vermutet hatte, traten mit einem Mal offen zutage. Wir waren beide vor der plötzlichen räumlichen Nähe zwischen uns erschrocken. Waren wir inzwischen nicht längst Fremde? Was zählten schon drei gemeinsame Jahre, wenn man unser Alter erreicht hatte? Immerhin würde ich im nächsten Jahr meinen 40. Geburtstag feiern und David auch. Ich begriff unversehens, dass sein Angebot, mich und Melanie bei sich wohnen zu lassen, ein kostspieliger Schnitzer war. Zumindest für ihn. »Leben ist ein bildgebendes Kuriosum«, nuschelte er, sackte in sich zusammen und enterte vor uns das Haus. Wir stapften ihm nach und warteten auf das nächste Ereignis an diesem Tag.

Doch richtig los ging es erst am nächsten.

David kannte alle und keinen. Alle, die am Tegernsee etwas zu sagen hatten, kannte er ein bisschen, aber niemanden richtig.

Er hatte es aufgegeben, sich um die Stabilität seiner Immobilie zu kümmern und auch um die seiner Seelenlage. Er sondierte seine eigene Wirklichkeit. Die bestand hauptsächlich aus seinem PC, in den er den ganzen Tag über seinen Text tippte. Ansonsten schob er seine Stimmungen und Gedanken von einer Ecke in die nächste. Aber vor allem verbiss er sich in das Bild, das er von sich selbst angefertigt hatte. Der rothaarige Loser, zwar ehemals beruflich erfolgreich, aber selbst das zurzeit nicht mehr, und vor allem bei Frauen ein Reinfall.

Ich war David dankbar für das Dach, das er uns gewährte, aber das Band von früher war elastisch geworden. Ich wusste nicht, wie lange es halten würde.

Ich streifte die ersten Tage, die wir in unserem neuen Zuhause verbrachten, durch die Gegend. Der Tegernsee zeigte sich in diesem Herbst von seiner abweisenden Seite. Früher Nebel, der sich den ganzen Tag über hartnäckig hielt. Geschlossene Fensterläden, die mir klarmachten, hier lebte noch lange nicht jeder das ganze Jahr über. Das Wasser ein dunstiges Mahnmal sämtlicher Grautöne.

Ich kam mir wie ein weiblicher Vagabund vor. Melanie, die eine neue Schule besuchen sollte, befand sich auch nicht gerade im Höhenflug. Wir waren in unserer Existenz beispiellos träge und irgendwie undurchschaubar. Und doch, ich war in meinem tiefsten Inneren fest entschlossen, das Glück der Liebe doch noch zu packen. Schon um meinem Kind vorzuleben, dass es etwas gab, worauf man hoffen und das man schaffen konnte.

Plötzlich, als wir wieder einmal zu zweit die engen Straßen absuchten, standen wir vor einem kleinen Lokal, in das uns eine halb geöffnete Tür, und das bei diesen Temperaturen, geradezu hineinzog.

Maja, die Besitzerin, wurde schnell ›Biene‹ von Melanie genannt. Sie war schätzungsweise Mitte 40 und nicht nur untersetzt, sondern stark übergewichtig. Aber sie lächelte, dass man wieder an den Frieden zu Weihnachten glauben mochte. Sie wurde meine Freundin. Anfangs redeten wir kaum miteinander. Stattdessen statteten wir dem Blick des jeweils anderen einen Besuch ab. Jedes Mal, wenn ich an ihrem Lokal vorbeikam, ging ich hinein, bestellte etwas, saß da, nickte ihr zu und ging wieder.

»Hallo!«, sagte sie nach meinem dritten Erscheinen, diesmal allein, und nickte in Richtung Ecktisch.

Einer braunen Platte, die von einem Kerzenstummel im Messinghalter und einer Topfpflanze beherrscht wurde. Ich setzte mich, bestellte Kaffee und Mineralwasser und saß da. Maja zwinkerte mir zu und ich fühlte, wie es in mir warm wurde. Sie tat mir gut. Es ging nicht so sehr darum, was sie sagte, sondern in welchem Ton sie es tat und mit welchen Gesten. Ich spürte, dass sie viel erlebt, aber nie aufgegeben hatte. Sie stand zu sich, zu ihrem Gewicht und ihren kleinen optischen Mäkeln, die alle Frauen, oft sogar mit einer perfiden Freude, an sich suchten und fanden. Maja ging anders damit um als die meisten. Sie machte sich zwar manchmal über sich lustig, meist jedoch meinte ich, ihr im Gesicht ablesen zu können, dass es aufs Optische tatsächlich weniger ankam als auf das, was ein Mensch im Herzen trug. Maja war dabei, meine emotionale Wärmflasche zu werden. David bekam mir ebenfalls. Ich konnte es nur nicht richtig benennen, weil ich von Gedanken und Ängsten beherrscht wurde.

Fortan versuchte ich, die Besuche bei Maja als kleine Kostbarkeiten zu inszenieren. Ich roch den kalten Qualm, der sich über die Jahre ins Holz der Wandvertäfelung gefressen hatte, strich über die Unebenheiten des Holztisches unter meinen Fingerkuppen und saugte Majas Blick in mich hinein. Ihre Stupsnase, die blaugrauen wachen Augen, die seltsam grellgelb getönte Welle, die ihr pausbäckiges Gesicht mehr oder weniger wirr umwarb. »Butterlöckchen!«, murmelte ich vor mich hin und erschrak. Doch sie hatte mich nicht gehört. Mein Gesicht glitt stumm hin und her, bis es wenig später bei Maja zum Stillstand kam.

»Hör auf zu suchen! Das macht mich nervös«, meinte sie mit rauchiger Stimme, als sie irgendwann, vermutlich zwei oder drei Wochen nach meinem Umzug hierher, an meinen Tisch kam. Wir waren längst beim Du.

»Damit will ich eigentlich erst anfangen.«

»Und was suchst du?« Sie steckte sich eine Zigarette in den Mund, zündete sie aber nicht an.

»Männer, die was taugen. Einer würde schon reichen.«

»Herrje, Süße. Überleg dir gut, was du dir vornimmst. Hier gibt's nicht so viele, die für dich infrage kämen.« Sie nahm die Zigarette aus dem Gefängnis ihrer Lippen. Ich sah den feuchten roten Rand ihres Lippenstifts daran kleben.

»Hier nicht, aber vermutlich woanders.« Ich vergaß mich selbst und schlang meine Finger um den Messinghalter mit der Kerze, als wäre er der erste Mann, den ich mit nach Hause nehmen wollte. Dabei war ich mir längst nicht sicher, ob das, was ich, rein optisch, zu bieten hatte, ausreichte. Ich besaß keine Traumfigur, war aber auch keine absolute Entgleisung. Ich hatte ein ansehnliches Gesicht, einen dicken Busch Haare und wunderschöne Augen, die Thomas immer seine Sterntaler genannt hatte. Eigentlich war ich während der letzten Jahre meiner Ehe zufrieden mit mir gewesen. Trotz allem. Zumindest halbwegs. Doch davon war inzwischen nur noch ein kläglicher Rest übrig.

Wie es wohl wäre, jemanden in mein neues weiches Bett mitzunehmen? Melanie und ich bewohnten 90 Quadratmeter im Erdgeschoss von Davids Haus. Mit Blick auf Thujen, Linden und irgendwelche Rosen, die noch immer blühten. Trotz der kühlen Witterung. Die Gebirgskette, die ich, gar nicht weit entfernt, entdeckt hatte, war ein steilflankiger Anblick, der See dagegen eine eisgraue oder blaugrüne Fläche, je nach Wetterlage. Die Gegend rund um den Tegernsee war im Grunde traumhaft. Apfelgrün, flaschengrün, taubenblau, türkisblau, wohin man schaute. Dazwischen ein bisschen Braun in allen Abstufungen und oft genug die gelbe Sonne über allem. Wunderschön für jeden Städter, der sich entspannen, aber eine Gefahr für mich, die ich etwas erleben wollte. Mein Drang nach Lebendigkeit war inzwischen derart stark geworden, dass ich mit aller Kraft und meinem ganzen Vorstellungsvermögen dagegen ankämpfte. Ergebnislos.

Der Politiker

»Verdammt, ich schaff meinen Abgabetermin nicht«, schimpfte David, als er sich eines Morgens – Melanie und ich wohnten bereits knappe vier Wochen bei ihm –, zu mir an den Frühstückstisch gesellte. Ich hatte starken Kaffee aufgebrüht, frische Croissants, zumindest frisch aufgebackene, auf den Tisch gestellt, dazu Feinkostmarmelade und Rührei. Das mochte er besonders gern. Rührei mit Schnittlauch garniert und nicht zu trocken, bitte schön.

»Und? Was sagst du deinem Verlag?«, wollte ich, den Mund voller Ei, wissen.

»Dass ich noch recherchieren und diesen bekannten Politiker knacken muss. Der ist ein wahres Lexikon. Interessanter Typ und vor allem, wichtig.« David schrieb gerade an einem Buch über die politischen Hintergründe unserer Wirtschaft.

»Wie heißt er? Und, zweite Frage, wäre der was für mich?«, hob ich, weniger als Frage, eher als Feststellung am Rande, an. Ich riss mein Croissant entzwei und träufelte Orangenmarmelade darauf.

David zog seine dünnen Augenbrauen hoch und schüttelte vehement den Kopf. »Wie kommst du darauf, dass ein Politiker was für dich sein könnte? Das sind doch alles Schweine. Was willst du mit so einem?«

»Ach, nur so.« Ich ließ es mir schmecken und grübelte. Ich wollte nicht länger als Journalistin arbeiten, sondern Bücher oder Drehbücher schreiben. Am liebsten beides. Als David mir den Namen des Politikers doch noch nannte, meldete sich meine innere Stimme. »Der schreibt doch auch!«, rief ich plötzlich. David schlürfte genüsslich seinen Kaffee, stocherte aber nur in seinem Rührei herum. Insgeheim schmiedete ich einen Plan. Einen, von dem ich nicht wusste, wozu er gut war und wo er hinführen sollte. Vermutlich war ich nur an ein bisschen Abwechslung interessiert. Mal weg vom See und den Bäumen um mich herum. Endlich wieder ein Kribbeln spüren, weil ich etwas tat, was nicht bis ins Letzte durchdacht war. Ich stibitzte mir die Telefonnummer des Politikers von Davids Schreibtisch und nahm mir vor, ihn anzurufen.

Die Dinge nahmen schnell ihren Lauf. Wenige Tage später war ich bereits mit ihm verabredet. In München.

Melanie war bei einem Mädchen eingeladen, das auf die Liste eventueller Freundinnen gesetzt worden war, und so schwang ich mich in meinen Wagen, fuhr auf die Autobahn und steuerte die Stadt an. Nach einer scheinbar endlosen Fahrt durch verstopfte Straßen erreichte ich die Maximilianstraße. Ohne groß zu überlegen, entschied ich mich, ins Parkhaus an der Oper zu fahren und atmete erleichtert auf, als ich endlich auf der Straße stand. Um mich herum lauter exklusive Läden, gut gekleidete Menschen und teure Autos am Randstreifen. Hier war ich also. Mitten im prallen Leben. Und jetzt?, dachte ich bei mir. Doch der Gedanke war schnell verflogen. Hier bot sich endlich die Gelegenheit, das Leben beim Schopf zu packen.

Ich geriet an einen bornierten Mann. Einen, der zu alt, zu klein, zu dick und zu beschissen arrogant für mich war.

Infantil war er zudem noch, das hätte ich fast vergessen. Er bohrte sich mit Wucht in meine Gedanken, fünf Tage, nachdem ich am Frühstückstisch aus Davids Mund von ihm erfahren hatte. Später dachte ich manches Mal bei mir, es sei die demütigende Unausweichlichkeit des Schicksals gewesen.

Dabei war er nur das erste Puzzlestück von vielen, die sich nach meiner Trennung nicht in mein Leben einfügen ließen. Auch, wenn ich das anfangs gerne angenommen hätte.

Der Oktober war in diesem Jahr alles andere als warm. Doch an besagtem Tag schien zuerst die Mittagssonne, um kurz darauf von einer düsteren Wolkenfront geradezu verschluckt zu werden. Noch nicht mal ein haarfeiner Strich Helligkeit am Horizont war übrig geblieben. Deprimierend.

Ich verharrte auf der Straße, wusste längst, dass mir die graue Jahreszeit bevorstand, mit Nebel, peitschendem Wind und viel zu frühen Schneefällen. Die

Sonne, die mich im Sommer so erheitern kann, ließ sich nicht mehr blicken. Um mich herum war die Kälte vorherrschend. Da konnte nur ein Glas Wein vor dem Kamin helfen. Der Gedanke daran setzte sich in meinem Kopf fest. Doch leider habe ich keinen Kamin …

An diesem Wochenende war es windig und kalt. Ein Regenschauer nach dem anderen war mit brachialer Gewalt über die Stadt gefegt. Meine Schuhe waren triefnass geworden und meine Hände klamm. Ich hatte keinen Mantel dabei, weil mir zu Hause, vor Davids Spiegel – er hatte mir bei der Auswahl der Garderobe geholfen –, aufgefallen war, dass ein Mantel nicht zu meinem blauschwarz karierten Blazer passte. Heute sollte, nein, heute musste alles passen. Außerdem sah ich mit Mantel eingeschnürt wie eine Knackwurst aus.

Ich war im ›Vier Jahreszeiten‹, diesem sündhaft teuren Hotel in der Maximilianstraße, mit ihm verabredet. Ausgerechnet am Tag der Deutschen Einheit. Er war, wie bereits erwähnt, nicht nur ein bekannter Politiker, sondern auch ein begnadeter Schriftsteller.

Zwei Schreibwahnsinnige, die sich noch nie zuvor begegnet waren, würden sich endlich gegenüberstehen. Ich war aufgeregt und ziemlich nervös, als ich das Hotel betrat.

In der Lobby blieb ich einen Augenblick stehen. Das torfdunkle Holz und die heiter-bunte Mosaikkuppel machten mich jedes Mal wieder an, aber ich fühlte mich auch irgendwie klein. Der Teppichboden, der jeden Schritt schluckte, schien mir unwirklich. Ich kam mir vor, als sei ich gar nicht richtig da. Kein Echo. Nichts. Im ›Vier Jahreszeiten‹ herrschte gedämpfte Hektik. Die vielen Menschen um mich herum wüteten genauso durchs Leben wie ich. Ich fühlte mich erst schlecht, dann gut, dann miserabel, schließlich richtig gut, übertrieben froh. Selbsthypnose. Das funktionierte. Manchmal. Gleich würde ich einem Menschen begegnen, der mir sagen konnte, was zu tun war, um einen vernünftigen Verlag zu finden. Der Beginn meiner Karriere als Autorin. Der Beginn meines Lebens überhaupt. Der lag in seinen Händen.

Ich nannte dem Rezeptionisten den Namen meines Blind-Dates – während ein seltsames Räuspern aus meiner Kehle kam –, und erklärte, dass ich den Typen, mit dem ich verabredet war, nicht kannte und noch nie gesehen hatte. Richtig gesehen, meine ich. Ich erntete ein freundliches Lächeln und sah in die Richtung, die mir seine Hand wies. Dort wartete er, gleich neben einer Säule.

Klein, gedrungen, Stoppelhaare, Schnurrbart. Ich ging auf ihn zu, blieb vor ihm stehen und nannte meinen Namen. Wieder räusperte ich mich. Verdammter Mist!, fluchte ich innerlich, gerade jetzt.

Er deutete auf den Sessel neben sich. »Setzen Sie sich.«

Ich versank in den Polstern. Ein Springbrunnen der Lebendigkeit, der gerade versiegt war.

Eine halbe Stunde später hatte sich eine Menschentraube um uns gebildet. Allesamt Politiker. Er stellte mir jeden namentlich vor, zum Teil war das überflüssig, denn ich kannte sie aus der Zeitung und dem Fernsehen. Was hat diese Person mit ihm zu tun?, werden sich garantiert alle bei meinem Anblick gefragt haben. Sie sahen mich durch eine Art Vergrößerungsglas an, mit ihren unausgesprochenen Gedanken zwischen den Stirnen. Ich spürte sie samt und sonders.

Neben mir war ein gedämpftes Gespräch entstanden. Ich musste mich zusammenreißen. Die, die neben mir saßen, lebten ein anderes, aufwendigeres, öffentlicheres Leben als ich. Aber auch ein verlogeneres. Ich spielte das Spiel, das mir hier geboten wurde, nur mit. Es ist nicht kompliziert, halbwegs interessiert dreinzuschauen, ab und zu zu lächeln. Nach einer Weile fiel ich nicht weiter auf. Ihm kam das gelegen. Es war der erste Test, den ich zu bestehen hatte.

Ich trug einen kurzen Rock und schwarze, hautenge Schnürstiefel. Ich wusste, dass eine Frau immer eine Frau bleibt, auch wenn sie sich als Mensch mit einem Menschen trifft, der in zweiter Linie ein Mann ist. Es konnte nicht schaden, wenn ich ihm gefiel. Es redet sich leichter, wenn man das, was man gegenübersitzen hat, gerne ansieht.

Wir diskutierten lange, philosophierten und lachten gequält. Irgendwann standen wir auf und gingen. Vor dem Hotel stand eine Staatskarosse mit zwei hübschen Fähnchen als Verzierung. Der Fahrer lehnte lässig am Kühler, nahm allerdings Haltung an, als er uns sah. Für mich fühlte sich alles filmreif an. Musterte der Fahrer mich nicht doch mit gelassener Missbilligung? Ich schwieg in mich hinein. So ein Leben kannte ich noch nicht.

Wir fuhren in seine Stadtwohnung. Ein perfekt restauriertes Jugendstilhaus, in dem es mehrere Wohnungen gab. Im Gang trafen wir Mitbewohner. Ein Mann und eine Frau, die mich mit offenem Interesse anstierten. Er blieb stehen und plauderte belangloses Zeug. Irgendetwas übers Wetter und den Tag der Deutschen Einheit. Ich lächelte süßlich, während er sprach. Trug eine lächerlich übertriebene Wichtigkeit zur Schau. Wir lachten irgendwann im Akkord, nach irgendeiner blöden Geschichte, verabschiedeten uns und gingen in den dritten Stock hinauf. Er schloss die Wohnungstür auf, blickte mich kurz ernst an und wir betraten den grün ausgemalten Flur. Das Erste, das ich sah, als ich weiterging, war der Erker im Wohnzimmer. Die Jalousien waren heruntergelassen und machten das Zimmer trüb und dunkel. Ich setzte mich, und er ging in die Küche, um etwas zu trinken zu holen. Die Bilder an der Wand waren nichtssagend, bis auf eines. Ich fragte, wer die Frau auf dem Porträt sei.

»Meine!«, antwortete er. »Allerdings vor 40 Jahren.« Es klang, als nähme er ihr persönlich übel, dass sie sich dazu entschlossen hatte, im Laufe der Jahre zu altern. Etwas, das sie, mit ein bisschen gutem Willen, durchaus hätte umgehen können.

Wir blieben nicht lange in der Wohnung. Im Grunde waren wir wegen nichts hierhergekommen. Er telefonierte, schließlich verständigte er den Fahrer, fragte, wohin er mich bringen dürfe, stieg mit mir erneut in den Fond des Mercedes, und los ging's. Er werde mich an den Tegernsee begleiten. Immerhin böte die Fahrt eine ausgezeichnete Gelegenheit, miteinander zu plaudern, meinte er. Der Motor schnurrte wie eine brave Katze. Auf der Fahrt redeten wir anfangs stockend. Ich ließ die Tristesse der Autobahn, später das dunkle Grün der Bäume und die bayerische Aufdringlichkeit mancher Häuser, die, das stand beim ersten Hinsehen fest, von Zugezogenen gebaut worden waren, an mir abprallen. Währenddessen erzählte er, von Stolz durchdrungen, von seinem 65. Geburtstag und dass eines der Geschenke eine Buchreihe über ihn sei. Bedeutende Persönlichkeiten hätten versucht, ihn schreibend zu erklären. Er gab dem Fahrer kurz vor einer Raststätte ein Zeichen anzuhalten, stieg, etwas ungelenk, aus dem Wagen, öffnete den Kofferraum und drückte mir einen Packen Bücher in die Hand. Hart und unnachgiebig pressten sie sich gegen meine Brust. Ich sah mich um, registrierte das schmutzige WC-Häuschen, den aus der Halterung gerissenen Abfallbehälter und zwei dickbäuchige, mit Zigaretten bewaffnete Lkw-Fahrer, die uns einen realistischen Hintergrund gaben. Es sei interessant, was man sich über ihn hätte einfallen lassen, hörte ich ihn, wie aus weiter Ferne, reden.

Die Bücher habe ich noch immer. Bis heute habe ich keines davon aufgeschlagen. Ich glaube nicht an Zufälle. Es hatte seine Berechtigung, dass wir einander begegneten. Ich habe viel von ihm gelernt. Wenn auch unfreiwillig.

Auf jeden Fall, dass man das Leben nicht mit Angst abschmeckt. Und sich nicht selbst bescheißt.

Am nächsten Tag ging ich mit David in die Berge. Er trug schwere Bergschuhe und einen Hut, ich lediglich bequeme Sneakers, über die David ständig lästerte. »Morgen kaufen wir dir was Ordentliches für die Füße. So geht man nicht ins Freigehege.« Ich folgte ihm einen engen Pfad entlang, der, nach über drei Stunden, in eine Lichtung überging, von der aus man einen imposanten Fernblick genießen konnte. Das Wetter war herrlich. Zehn Grad wärmer als am Tag zuvor. Föhneinbruch. Ein Disneyhimmel über uns. Wolkenlinsen nur zur Tarnung.

Als wir nach Hause kamen, erwartete mich eine Überraschung. Der Politiker hatte mir eine Nachricht auf die Mailbox gesprochen. Wir müssten uns noch mal treffen, der Literatur zuliebe. Morgen in München. In seiner Stadtwohnung. Ob ich kommen könne?

Meine Ehe, über die ich noch immer viel zu oft nachdachte, und die nur noch auf dem Papier bestand, war zu einem dumpfen Tunnel geworden, der nichts mehr zurückwarf außer Schatten. Inzwischen war ich dahintergekommen, dass Thomas tatsächlich eine Geliebte hatte. Die zweite während unserer Beziehung. Diesmal war es eine Russin, die seit über drei Jahren in Deutschland lebte. Sie hatte blond gefärbte Haare, die ihr bis zum Po reichten und dazu aufgespritzte Lippen. Das Ganze sei ihm *passiert*. Er könne nicht dagegen an, erklärte Thomas bei einem letzten Treffen, das ich ihm abgerungen hatte und bei dem er endlich geständig war. Ich wusste, dass das Maß voll war. So konnte und wollte ich nicht mehr weiterleben. Die Illusion der Sicherheit hatte mich viel zu lange zögern lassen, wo Handeln angesagt gewesen war. Ich kannte mich gut genug: Ich hatte Angst vorm Alleinsein, vorm Alleinverdienen, vor Melanie und ihren eventuellen Vorwürfen, weil sie ihren Vater vermisste, vor all den Herausforderungen, denen ich mich in diesem Leben noch stellen musste.

David half mir seltsamerweise dabei, all das abzuschütteln. Wenn ich ihn am PC sitzen sah, steife Haltung, krause Stirn, wusste ich, wo ich nicht enden wollte. Allein und verbittert. Deshalb traf ich mich erneut mit dem Politiker.

Auch zu diesem Treffen zog ich wieder meine Schnürstiefel an. Als Glücksbringer. Ich stand bereits im Haus, vor seiner Wohnungstür, zögerte kurz und drückte dann doch den Klingelknopf. Er öffnete augenblicklich, als habe er hinter der Tür gelauert und auf mich gewartet. Auf mich, auf nichts anderes.

Seit ich denken konnte, hatte ich Schriftstellerin

werden wollen. Ich hatte es mir nur nie zugestanden und war pro forma Journalistin geworden. Doch meine Passion ist das Geschichtenerzählen. Wenn ich erzählte, begriff ich die Welt. Es war jedes Mal wie ein Ausflug in die Fremde.

Ich wusste natürlich, dass ich ohne einen Mentor scheitern würde oder zumindest eine lange Wegstrecke vor mir hätte, deren Ausgang ungewiss war. Sicher war auf jeden Fall, dass meine Hoffnung, ohne einen Lichtblick, nicht mehr viele Nächte heil überstehen würde.

Ein spöttisches Lächeln umspielte seinen Mund, als er mich hineinbat. Ich ging durch den schmalen Flur ins Wohnzimmer. Der Erker mit den ewig heruntergelassenen Jalousien wirkte noch trauriger als beim letzten Mal. Wir waren in einer künstlichen Dämmerwelt eingeschlossen. In sein schlaffes Gesicht war Gier für die Ewigkeit gemeißelt. Das sah ich plötzlich ganz deutlich.

Auf dem Tisch standen eine verchromte Thermoskanne mit Kaffee und eine Schale mit Zimtsternen. Zimtsterne im Oktober. Wahrscheinlich war ich hier so fehl am Platz wie das Gebäck.

Er erzählte, dass er überall schreibe. Im Auto, auf dem Flughafen, im Zug, in einer Diskussionspause, ja sogar im Parlament. Er schrieb seine Geschichten auf rechteckige Kärtchen, die er ins Jackett steckte. Sein Leben sei ein Haufen Short Storys. Manchmal verdreckt, manchmal verklebt, dazwischen geil und schräg und falsch, dann wieder richtig, viel zu richtig.

»Die haben überall Platz und sind ungemein praktisch«, meinte er. Mit akkurater Minihandschrift bannte er seine Fantasie, vermischt mit seinem verqueren Leben, auf Rechtecke. Zeile um Zeile holte er sein Innerstes hervor und teilte es diesen Karten mit.

Er las mir die Geschichte zweier Fremder vor, die sich am Flughafen begegneten. Ein Mann stieß mit einer Frau zusammen und so wurden sie aufeinander aufmerksam.

Während sie voreinanderstanden, das Gepäck zwischen sich, überkam sie ein seltsames Gefühl, als wären sie einander bereits früher irgendwo über den Weg gelaufen. Es ist der Bruchteil einer Sekunde, den man als real registriert, ohne bewusst darüber nachzudenken.

Die Geschichte war raffiniert aufgebaut. Die Handlung spielte auf zwei Ebenen. Das angehende Liebespaar kannte sich aus einem früheren Leben. Im Flugzeug nebeneinandersitzend, ahnten sie etwas von Nähe und Intimität und so weichten sie die aufgesetzte Distanz viel fliegender Erfolgsmenschen auf, die es mit einem kostenlosen Lächeln versuchen.

Ich merkte, wie er mich mit dieser Geschichte, Wort für Wort, in seinen Bann zog. Seine Stimme klang monoton und sonor, hob nichts hervor, ließ nichts unerwähnt. Gleichmäßig begleitete er das Liebespaar mit seiner Sprache, entführte mich gedanklich zum Flughafen, schließlich hinein in die Maschine, bis in die vorderste Sitzreihe, neben einen Mann, den ich noch vor wenigen Minuten als Fremden hätte bezeichnen müssen.

Nach fünf weiteren Minuten sah ich den Fremden vor meinem geistigen Auge die fiktive Handlung nach vorne treiben, sah ihn die Fremde neben sich umgarnen, betören, verspielt erobern. Sein Bein stieß, nicht ganz zufällig, an ihres. Seine Stirn überzog sich mit Schweißperlen, fett aussehenden klebrigen Ausdünstungen. Sein Blick rammte sich, durchaus gefühlvoll zwischendurch, aber gezielt in ihren. Und ihr Dekolleté spielte alle Stücke. Und während diese Geschichte, Rechteckseite um Rechteckseite, an Tempo gewann, während zwei Fremde sich als angebliche Bekannte wiederzuentdecken versuchten, während meine Augen mit denen dieser Frau in Konkurrenz traten, wurde er zu diesem Fremden, löste sich seine Sprache von seinem Körper, trug das ausgesprochene Wort ihn hinaus, wie über einen Fluss ans andere Ufer, und gesellte sich zu dieser ausgedachten Figur eines Mannes, der im Flieger neben einer schönen Frau sitzt.

Irgendwann war seine Geschichte zu Ende, waren – mit einem angedeuteten Kuss, der erbärmlich selbstgefällig, aber irgendwie auch rührend wirkte –, auch seine Lippen zum Stillstand gekommen. Er legte die Karten beiseite und nahm stattdessen meine Hand.

Mit seinem weichen, patschigen Daumen fuhr er meine Lebenslinie entlang und sah theatralisch seufzend auf.

»Ich war lange im diplomatischen Dienst in Asien.« Anstatt näher auf das Gesagte einzugehen, betrachtete er erneut meine Hand, als sei ich aussätzig oder aus purem Gold, irgendwas von beidem, nickte hier und da, schüttelte dann den Kopf, sagte aber nichts mehr. Sein Gesichtsausdruck wirkte undurchdringlich. Mit seinen Augen konnte ich nichts anfangen. Es stand nichts darin geschrieben, das ich hätte entziffern können. Bis auf die Gier.

Entweder war er der geborene Verführer, oder so unangreifbar, dass es schon gespenstisch wirkte. Ein Mann, der nichts von sich preisgab, außer seine Geschichte.

Nach längerem Schweigen erzählte er vom Essen beim polnischen Botschafter. Meinetwegen habe er auf das Dessert verzichtet. Gleich nach dem Hauptgang sei er in seine Wohnung gefahren, um mich zu empfangen.

»Warum haben Sie das getan?«, fragte ich.

Er erwiderte nichts darauf, stand stattdessen auf, holte die Einladung hervor und hielt sie mir hin. »Ich habe mir von unserem Treffen selbstverständlich mehr erhofft als von einem Dessert.« Er griff nach einem Zimtstern und schob ihn sich in den Mund. Übersät mit Bröseln saß er da, direkt vor mir.

»Ich weiß nicht, ob ich Ihnen mehr bieten kann als eine exzellente Crème Brûlée.«

»An der Hand einer Frau kann man ablesen, was sie sich vom Leben erhofft«, behauptete er kauend, ohne auf meine Worte einzugehen. »Das habe ich in Asien gelernt.«

Obwohl ich überrascht war, denn mit einer derartigen Aussage hatte ich nicht gerechnet, ließ ich mir meine Unsicherheit nicht anmerken. Er wollte, dass ich fasziniert aufhorchte, neugierig auf das, was er zu sagen hatte. Den Gefallen tat ich ihm nicht.

Er lächelte das Lächeln eines Siegers, der nichts dafür getan hatte, als Erster die Ziellinie zu passieren.

»Glaub nur, dass du es geschafft hast«, murmelte ich leise vor mich hin. Er wusste noch nicht, dass ich weniger süß war als der klebrige Zimtstern zwischen seinen Zähnen. Mein Gesichtsausdruck kann wie der einer leicht zu handhabenden Person wirken. Dahinter verbirgt sich jedoch ein eiserner Wille. Ich versuchte nicht, meine Gesichtszüge auszuradieren. Sie blieben. Mehr noch, ich ließ ihm sein Lächeln und schloss mich, gewollt bedächtig, an. Beide saßen wir grinsend auf der Couch. Ich hatte mir nun auch einen Zimtstern genommen und biss ihn in kleine, zuckrig-klebrige Stücke. Wie beim polnischen Botschafter schmeckte es nicht gerade. Aber das hatte ich auch nicht erwartet. Er schüttete Unmengen Kaffee in sich hinein. Zwischen uns entstand eine unangenehme Pause. Wir wussten nichts zu sagen. Ich hatte längst meine schriftstellerischen Ambitionen erwähnt.

»Schicken Sie eines Ihrer Manuskripte an den Bundestag, zu meinen Händen«, schlug er vor. Doch ich war schneller. Ich hatte einen Auszug eines vor einiger Zeit zu Ende geschriebenen Romans dabei und las ihm vor, wie er zuvor mir vorgelesen hatte. Er hörte kurz zu und fing dann von etwas anderem zu sprechen an.

Die Filmbranche interessiere ihn sehr, begann er. Er habe die angenehme Pflicht, als Präsident der Filmakademie zu fungieren. Im Zusammenhang mit dieser Tätigkeit bekomme er viel davon mit, was ablaufe in der Szene. Was er immer wieder schade fände, sei die Tatsache, dass selbst die begabtesten Schauspielerinnen mit Produzenten, Regisseuren und anderen wichtigen Filmleuten ins Bett gehen müssten, um den Durchbruch zu schaffen.

Die Message war angekommen. Ich war zwar keine Schauspielerin, denn wäre ich es gewesen, hätte er dieselbe Geschichte über Schriftstellerinnen erzählt. Ich verstand ihn sofort.

Das Spiel war offiziell eröffnet. Ich musste nur noch mitspielen.

Alles, was er danach erzählte, ist mir entfallen. Ich weiß nur, dass er viel lachte und zwischendurch den Vorrat an Zimtsternen und Kaffee schrumpfen ließ. Während er auf mich einredete, nahm ich die Wohnungsatmosphäre auf: die kargen Tische und Sideboards. Die zusammengewürfelten Stühle und den großen Perserteppich. Keine Blumen oder Fotos, nichts Persönliches. Das Mobiliar wirkte kraftlos und angestaubt, so, als sei allem das Lebendige abhandengekommen. Ich hielt mich in einer Wohnung auf, in der schon lange nicht mehr gelebt wurde.

In mir stieg eine Ahnung auf von all den einsamen Stunden in der Nacht, von gramgebeugten Schultern. Wo nach außen hin Stärke vorgegaukelt wurde, fand man nur Nachlässigkeit fremdem Leben gegenüber. Dumpfe Gedanken und ausweglose Krisen. Die Räume eines Mannes, der sich, neben einer glänzenden beruflichen Karriere, vor langer Zeit aufgegeben hatte.

Inzwischen redete er über seine frühen Jahre als Diplomat, als er am Beginn einer vielversprechenden Karriere stand. Seine Stimme schwang sich immer wieder auf, dann fiel sie zurück. Ich hörte zu, sonst nichts. Er hatte überwältigende Träume gehabt und nicht gewusst, welchen er nachgehen sollte. In seinen Augen funkelte und glitzerte es. Er war der Mann von damals. Er spürte das Blut in seinen Adern, das ihn aufforderte, zu leben. Wo ich vorhin einen Bildausschnitt seiner Person zu sehen bekommen hatte, stand nun das Vollbild da.

Seine plötzliche Lebendigkeit überraschte mich. Wir sahen uns zum ersten Mal in die Augen, ungeschützt.

»Damals hat es pralles Leben gegeben. Viele Wege, die es zu beschreiten galt. Eine glückliche Zeit. Nicht wahr?«, stellte ich fest. Sein Lächeln erstarb, sein Blick verlor an Schärfe und ich schwieg betroffen. Es stand mir nicht zu, mich in sein Leben einzumischen. Ich war nicht hier, um über ihn zu richten. Und ich wollte auf keinen Fall seinen Zorn auf mich ziehen, weil es unklug und ungehörig gewesen wäre. Aber es war zu spät. Das hatte ich bereits getan.

Unvermittelt packte er meine Hand und zog sie ungelenk an seine Brust. Sekundenlang hielt er sie an seinen Brustkorb gepresst. Ich wollte aufmucken. Doch genauso schnell, wie er meine Hand gekidnappt hatte, ließ er sie wieder los. Erschlafft saß er neben mir. Ein Häufchen Elend.

»Ich habe das Dessert beim polnischen Botschafter ausfallen lassen«, begann er erneut.

Ich fragte ihn, was er als Entschuldigung vorgebracht habe.

»Eine wichtige Verabredung«, antwortete er.

Einfallslos, fand ich.

Die heruntergelassenen Jalousien verbargen das Geschehen der realen Welt. Doch draußen begann es zu dämmern. Die Dunkelheit waberte durch die Ritzen. Scheibchenweise. Ich überlegte, ob ich gehen sollte. Was hatte ich hier noch verloren?

»Ein Wort von mir, und Sie hätten es geschafft«, sagte er in die verstaubte Stille hinein. »Sie kämen bei einem Verlag unter und könnten schreiben. Es gäbe Leser, Menschen, die Sie erreichen könnten.« Er verstummte.

Mir ging verrücktes Zeug durch den Kopf. Ich fragte, ob er keine Angst habe. Ich könne jemand sein, der es auf ihn abgesehen habe, im schlimmsten Fall eine politische Gegnerin, oder, jetzt ging meine Fantasie vollends mit mir durch, eine Terroristin mit dubiosen Handlangern im Hintergrund.

Er lachte laut auf. »Ich habe Sie überprüfen lassen. Natürlich weiß ich alles über Sie. Machen Sie sich deswegen also keine Sorgen.« Und er monologisierte stichwortartig meinen Lebenslauf.

Ich schluckte. Wo war ich da nur hineingeraten?

»Ich gehe kein Risiko ein. Noch nicht mal ein klitzekleines.«

Mein Mund fühlte sich merkwürdig an; ich trocknete aus. Mit stummem Blick bat ich um ein Glas Wasser, vielleicht, um Zeit zu gewinnen. Er holte eine Flasche Evian aus der Küche und stellte sie vor mir auf den Tisch. Ich nahm einen großen, unbeherrschten Schluck. Dann sah ich ihn an. Mein Atem war inzwischen besorgniserregend flach. Ich näherte mich einer inneren Katastrophe. Während sich die ersten Worte in mir formten, begann mein Kinn zu zittern. Nanosekundenschnell.

»Sollen wir jetzt sofort Du zueinander sagen, oder hinterher?« Ich schwieg, betroffen über mich selbst.

Er lächelte wie als Geschenk für sich selbst zu mir hinüber und hauchte einen Kuss auf meine Hand. Einen, den er schon aufgegeben hatte. »Sie sind klug. Sie erkennen Ihre Chance. Ich schätze Menschen, die wissen, wann es Zeit ist, nachzugeben.« Seine Stimme klang mit einem Mal wie die eines kleinen Jungen, der sein Spielzeug direkt vor sich sieht.

Er musste nur noch zugreifen.

»Wie oft wollen Sie mich treffen? Nur dieses eine Mal? Ein zweites Mal, wenn ich gut war. Oder wird es eine wiederkehrende Einrichtung, wie Ihre Sitzungen im Parlament?«

Seine Augen wirkten von Sekunde zu Sekunde lebendiger. »Ich kann Sie regelmäßig einfliegen lassen, wo immer ich mich gerade befinde. Wir könnten uns an allen möglichen Plätzen der Welt treffen. No problem. Only fun!« Er war der Tiger auf der Jagd, der so lange gewartet hatte, endlich losziehen zu dürfen. Er hatte die ersten Schritte mit seinen großen Pranken getan und sah seine Beute vor sich. Er wusste, dass er schneller, listiger und stärker war. »Es gibt Frauen, die glücklich wären über das, was ich Ihnen biete. Sie bekommen einen neuen Blick aufs Leben.«

Er führte mich ins Schlafzimmer. Souveräne Schritte. Er ist apodiktisch, hallte es in mir wider. Nur dieses eine Wort. Apodiktisch!

Ich sah ein Doppelbett in hellem Beige, zwei Nachtkästchen aus Schleiflack daneben und einen Schrank mit Spiegelfläche auf der gegenüberliegenden Seite.

Er deutete auf den Spiegel. »Da kannst du zusehen.«

Ich merkte ihm an, dass er mir am liebsten einen harten Stoß verpasst hätte, um mich gleich aufs Bett zu bekommen. Jetzt. Sofort.

»Denkst du, dass ich impotent bin?«, fragte er plötzlich. Eine Frage wie ein glatter Schnitt.

»Würden Sie so einen Aufwand betreiben, wenn Sie keinen hochkriegen würden?«, brachte ich nur hervor.

Er hatte genauso viel Angst vor mir wie ich vor ihm.

»Ich verspreche, dass du auf deine Kosten kommst.« Er war dazu übergegangen, mich zu duzen. »Ich hab dir ja schon erzählt, dass ich lange in Asien war. So ungeschickt kann man gar nicht sein, dass man da nichts lernt. Dinge, an die andere Männer nicht mal zu denken wagen.«

Ich hätte ihn gern gefragt, welche Techniken er bevorzugte. Aber ich traute mich nicht. Mit einem Mal war mir seltsam zumute. Nach allem, was er gesagt und getan hatte, musste ich mich jetzt entscheiden. Sonst war es zu spät. Mitmachen oder aufhören?

»Es tut mir leid!«, sagte ich rigoros und in meiner Stimme klang das ganze Ausmaß meiner Absage mit.

Einen langen Moment war es furchterregend still im Raum, dann deutete er mit knapper Geste auf eines der Nachtkästchen. Das Telefon, das darauf stand, hatte ich bis jetzt übersehen.

»Ruf dir ein Taxi«, beschied er nüchtern und drehte sich um. Ich hörte, wie er die Tür hinter sich schloss und mich allein im Schlafzimmer zurückließ. Plötzlich hatte er nur noch wie ein alter Mann mit tief sitzenden Schultern gewirkt. Ich setzte mich aufs Bett und griff nach dem Hörer.

Im Wohnzimmer war niemand. Ich hörte seine Stimme – er gab dem Fahrer Anweisung, ihn in zehn Minuten in seiner Wohnung abzuholen! – aus irgendeinem Zimmer. Ich nahm meine Tasche und ging.

Das Taxi wartete am Straßenrand. Ich stieg in die Wärme des alten Mercedes und lehnte mich in die mit Kunstleder bezogenen Polster.

»Wohin?«, meinte der Mann vorne tonlos.

»Nach Hause«, sagte ich.

Der Fahrer drehte sich um und schüttelte den Kopf. »Und wo ist das?«

Eine Woche später sah ich ihn im Fernsehen. Er sprach über Bosnien. Ich sah seinen mächtigen Kopf, die hängenden Wangen und den markanten Schnurrbart, bemerkte, wie distinguiert und selbstsicher er wirkte. Jemand, den nichts erschüttern konnte, souverän und in keiner Sekunde unsicher.

Ich hatte den Fernseher gerade ausgeschaltet, als das Telefon klingelte.

»Bist du gut nach Hause gekommen?«, fragte er völlig unbefangen.

Ich hätte versprochen, ihm noch etwas in den Bundestag zu schicken. Einen weiteren Roman. Daran erinnerte er mich. Ausdrücklich.

Ich bedankte mich, fast schon zu artig, für die Erinnerung, die gar keine war, äußerte aber nichts weiter.

Er redete noch eine Weile über alle möglichen Dinge und endete mit dem seltsamen Versprechen, sich bald wieder zu melden. Ich legte auf. Unten hörte ich Davids Wagen. Er kam gerade nach Hause.

Es vergingen zwei Wochen. David hatte einige wichtige Besprechungen und meldete sich von unterwegs. Er war in München bei seinem Verlag. Seine Stimme klang aufgeregt, als er über vorgezogene Abgabetermine, eine neue Lektorin, die ihn an seine Grundschullehrerin erinnerte – kein gutes Zeichen – und Schwierigkeiten bezüglich eines Vertrags berichtete. Ob ich es schon wisse?, meinte er schließlich. Die Zeitungen seien voll davon und in den Nachrichten höre man es andauernd.

»Er ist tot.«

Ich wusste sofort, wen er meinte. Unvermittelt sah ich ihn unter mir liegen, nach der ersten gemeinsamen Nacht, nach dem ersten Sex. Sein Leben zu Ende gefickt. Ich wusste mit einer Gewissheit, die ich mir nicht erklären konnte, dass er den Sex mit mir nicht überlebt hätte. Als fragwürdige Berühmtheit in der Bild-Zeitung, natürlich auf der Titelseite, wäre ich geendet. Hat seine heimliche Geliebte ihn auf dem Gewissen? Mich schauderte.

»Bist du noch dran?«, wollte David am anderen Ende der Leitung wissen.

»Ja, ja«, presste ich mühsam hervor.

Er hatte einen zweiten Herzinfarkt erlitten und war daran gestorben. Wichtige Leute meldeten sich zu

Wort, kommentierten sein Leben, seine Werte, den Menschen hinter dem Politiker.

Er hatte verzweifelt nach Liebe gesucht. Um besser damit umgehen zu können, hatte er über Sex geredet. Nur in seinen Augen konnte man die ganze Verzweiflung lesen. Die Verzweiflung eines Mannes, der sein Leben lang gesucht und nichts gefunden hatte.

Später legte ich die Zeitung zusammen, in der ich einen Artikel über ihn gelesen hatte, rappelte mich auf, ging vors Haus und entsorgte alles im Altpapiercontainer.

Wie schnell ein Leben zu Ende sein kann, durchzuckte es mich rhythmisch. Immer und immer wieder. Die Fassade des Äußeren eingestürzt. Die Seele bar jeder materiellen Verstärkung.

Ich ging zurück ins Haus und verließ meine Liturgie der Gewöhnlichkeit. Ich würde es auf jeden Fall mit dem Schreiben versuchen, auch ohne Mentor.

Warum an sich zweifeln, wenn man auch an sich glauben konnte?

Oder, anders ausgedrückt: Ich hatte mir bisher die falsche Antwort auf mein richtiges Leben gegeben. Das war es. Sonst nichts.

Der Regisseur

Bereits am nächsten Abend saß ich oben bei David. Wir hörten uns, trostlos vereint, Stücke aus seiner CD-Sammlung an. Soul, Jazz, Rock, Klassik. Wir ließen nichts aus. Ich hatte trotz allem das Gefühl, mein Blick sei nicht länger eingekapselt, sondern im Begriff, sich zu befreien, und das fühlte sich einen Moment lang wohlig warm an. Durfte ich tatsächlich ernsthaft daran denken, dass Hoffnung nicht nur ein Wort war, sondern einigen Menschen als Chance auf ein neues Leben widerfuhr?

Durch Zufall entdeckte ich, dass es, gar nicht weit entfernt, sogar in meiner freiwillig gewählten Einöde, ein Filmbüro gab.

»Vielleicht kann ich meinen unveröffentlichten Roman als Drehbuchvorlage verkaufen?«, vertraute ich David an. Er sah mich im mageren Licht des frühen Morgens an und zeigte ein skeptisches Lächeln.

Ich ließ mich durch seinen unausgesprochenen Zweifel nicht abhalten, rief im Filmbüro an und geriet an die Assistentin des Geschäftsführers, die mich routiniert abwimmelte. Als ich den Hörer auflegte, war ich deprimiert. Aber nicht lange.

Wenn es auf dem üblichen Weg nicht funktionierte, musste ich mir eben etwas einfallen lassen.

Mein Plan ging auf. Ich recherchierte den freien Tag der Assistentin, indem ich die Volontärin, ein dünnes, langbeiniges Mädchen mit strähnigem Haar und gutgläubigem Blick, rundheraus danach fragte. Dann tauchte ich ohne Termin im Filmbüro auf. Mit dem Produzenten würde ich schon klarkommen. Irgendwie.

Ich wartete über eine Stunde. Dann kam er. Wilhelm Poltofs, geschätzte 60, Geschäftsführer der Produktionsfirma. Nach einem holprigen Anlauf und einem Gesprächsmarathon meinerseits fanden wir einen gemeinsamen Nenner, was unseren Filmgeschmack betraf. Mit ihm war gut reden. Vermutlich spürte er meine Unsicherheit und hatte einfach nur Mitleid. Er ließ mich meist ausreden, meinte dann aber, dass er nicht länger Zeit für mich habe. Er gab mir einen ganzen Stapel Drehbücher und Treatments zum Lesen und versprach, zumindest die ersten 50 Seiten meines Romans anzuschauen. Danach sehe man weiter.

Als ich sein Büro verließ, telefonierte er bereits wieder. Ich hatte, weshalb auch immer, ein verhalten gutes Gefühl. Draußen flaute der Wind, der morgens begonnen hatte, ab, den Bäumen nach zu urteilen. An den dürren Ästen, die von Stämmen wegstakten, raschelte es nicht länger. Überall Stille und Eintracht.

Nachdem ich eine geraume Weile nachgedacht hatte, wann ich das letzte Mal Sex mit Thomas gehabt hatte, erschrak ich. Mir fehlte jede Erinnerung daran. Es gab nichts, kein Datum, keinen Ort, keine Empfindung. Ich war zu einer Frau ohne Unterleib geworden.

Die nächsten zwei Wochen verkürzte ich mir deshalb mit einer Affäre. Es war ein zwanghaftes Vorgehen, dem ich mich zwar auf der Verstandesebene entziehen konnte, nicht aber auf der körperlichen. Ich wollte ausprobieren, ob ich noch in der Lage war, mich körperlich zu spüren. Der einzig gut aussehende Mann, den es weit und breit gab – er war Besitzer einer Zweitwohnung am See, Anfang 40, Bauunternehmer, viel unterwegs und zudem frisch geschieden –, war meiner. Was ich davon hatte, war ein völlig ruiniertes Kinn.

»Wenn man zu viel, zu nass und zu wild küsst, ist das die unabwendbare Folge«, resümierte David mitleidlos.

Ich verschlimmerte meinen Zustand, indem ich Ringelblumensalbe ins Spiel brachte. Mein Kinn blühte auf und verwandelte mich in eine Aussätzige. Melanie erzählte ich, dass ich, ganz in Gedanken versunken, gegen den Holzschuppen hinterm Haus gerannt sei.

»Wo David die Gartensachen verstaut? Wie schafft man denn so was?«, quetschte Melanie mich aus.

»Ach, warte mal, bis du so alt bist wie ich. Dann geht das schon«, erwiderte ich und fühlte mich augenblicklich schlecht, weil ich schamlos log.

Die Affäre taugte nur als kurzes Intermezzo, das spürte sowohl ich als auch er. Deshalb tauschten wir keine Telefonnummern aus und gingen, nach einem harmlosen letzten Kuss auf den Mund, wortlos auseinander.

Am darauffolgenden Dienstag erschien ich erneut im Filmbüro. Mein Roman war für gut befunden worden. Zeit für eine Chance. Ich solle ein Drehbuch ausarbeiten, vorläufig ohne Bezahlung. Geld gäbe es erst, wenn das Okay vom Sender käme. Nach vielen Besprechungen, Redaktionssitzungen, Änderungen und durcharbeiteten Nächten, die meinem Empfinden nach nicht zu vergehen schienen, war es soweit. Das Drehbuch wurde abgenommen und die Verfilmung vorbereitet.

»Wie du das geschafft hast, ist mir ein Rätsel«, lobte mich David, als wir mit Champagner auf meinen unerwarteten Erfolg anstießen. Ich fand das übertrieben. Aber vermutlich grenzte das Ganze tatsächlich an ein Wunder.

Eineinhalb Jahre nach meinem ersten Auftritt im Filmbüro – David und ich waren noch immer durch das seltsame, elastische Band der Vergangenheit vereint –, begannen die Dreharbeiten im Schwarzwald, in einem 250-Seelen-Dorf, in dem es keinen Lebensmittelladen, keine Post, keine Bank, keinen Arzt, einfach nichts gab. Als ich dort ankam, nahm niemand von mir Notiz. Ich war in eine plötzliche Nichtexistenz hineingeboren.

Am Waldrand probten zwei Schauspieler eine Szene. Ich blieb in sicherer Entfernung stehen und sah ihnen bei der Arbeit zu. Der Regisseur lächelte mich für den Bruchteil einer Sekunde an, fing mich mit seinem Lasso-Blick ein und arbeitete dann weiter. Nach zehn Minuten fuhr er die Kamera hinunter, sprang – für meinen Geschmack eine Spur zu lässig – vom Stuhl, rieb sich die Hände an seiner Jeans ab, mehr Geste als Notwendigkeit, blieb vor mir stehen und lächelte erneut. Das abkopierte Lächeln eines Nebenbeiverführers.

»Ich bin Urs.« Ein Schweizer, der in Köln lebte. Verheiratet. Zwei Kinder. Der Mann, in den ich mich umgehend verliebte.

Wenn man hört, dass ein Mann verheiratet ist, weiß man, was man zu tun hat. Abstand halten. Doch Urs' veilchenblaue Augen hatten sich in mein Innerstes geschlichen und sein Lächeln, das über einem Grübchen sein Zuhause fand, wärmte mein Herz.

Ich wollte alles über ihn erfahren. Wollte wissen, was er die letzten 20 Jahre über getrieben hatte. Ihn fragen, warum er mir nicht früher über den Weg gelaufen war. Ich glaubte zu schweben, wenn ich ihn sah. Ich flog, wenn er mir seinen Blick schenkte.

»Beim Symptom Verliebtsein ist die Sache mit der Vernunft gelaufen«, unkte David, als ich ihm am Telefon von meinen Gefühlen erzählte.

»Und, glaubst du, dass es gut enden wird?«, fragte ich mit bangem Herzen.

»Wie denn, der ist schon eingekreist. Frau und Kinder. Das reicht als Druckmittel und zum Schwindeligwerden.«

Die Dreharbeiten über konnte ich mich zurückhalten. Ich ließ mir nichts anmerken.

Jeden Morgen schälte ich mich aus dem kalten Bett in dem verloren wirkenden Bauernhof, in dem ich untergekommen war. Im Flur gab es ein Holzbrett für meinen Schlüssel. Die Haustür war nicht abgeschlossen, auch nachts. Einbrecher schienen in der Gegend nicht unterwegs zu sein. Für mich fühlte sich das alles wie auf einer Insel an. Eingebettet in das enge Tal verlebte ich die Tage wie im Ausnahmezustand. Die dunkelgrünen Tannen, der bedeckte Himmel. Schwarze Wolken, die sich auf die Dächer der Häuser legten. Viel zu schwer, wie mit Gewichten draufgeschnallt. Ein gleichmäßig dahinplätschernder Regen, schwarze, undurchdringliche Fäden, die nie aufzuhören schienen.

Urs und ich sahen uns täglich, redeten miteinander, lächelten uns zu. Man lächelt zaghaft, wenn man etwas für einen Menschen empfindet. Man traut sich nicht, das Ausmaß seiner Freude über den anderen zu stülpen.

Die Filmcrew indes fluchte. Wir brauchten dringend gutes Wetter. Aber es änderte sich nichts an der Großwetterlage. Es regnete und regnete. Wir mussten für zwei Tage unterbrechen. Die Beleuchter, der Produktionleiter, der Tonmeister, die Regieassistentin, alle bis auf die Leute vom Catering hatten frei. Urs schaute sich die bereits gedrehten Szenen an. Wir redeten stundenlang über die Arbeit. Über uns verloren wir kein einziges Wort.

Dann hörte der Regen auf und wir drehten weiter. Am Abend saß ich auf meinem Bett und starrte, aller Gedanken enthoben, aus dem Fenster, als mein Handy klingelte. Ich sah seine Nummer auf dem Display, war wieder ganz da und schaltete das Gerät aus. Seufzend ließ ich mich in die dicken, vor Gänsefedern stakenden Kissen sinken, tief hineinsinken, eine Flucht in Daunen, und versuchte, zu schlafen.

Alle unsere Begegnungen absolvierten wir mit Bravour. Je länger wir miteinander zu tun hatten, desto mehr Mühe gaben wir uns, so zu tun, als empfänden wir nichts füreinander.

Nach zwei Wochen reiste ich ab.

Zurück am Tegernsee stürzte ich mich in neue Projekte, schrieb bis spät nachts.

»Jetzt hör doch mal auf. Mach Pause«, versuchte David, meinen Enthusiasmus zu dämpfen.

»Keine Chance. Ich muss Geld verdienen!«, konterte ich, ohne aufzuschauen.

»Dir geht dieser Kerl nicht aus dem Kopf. Vergiss ihn. Du hast gerade mit Thomas erlebt, was privates Scheitern bedeutet. Und ich weiß auch, wie schwierig eine Trennung ist. Tiefe Wunden, sonst nichts«, flehte er mich an, legte seine schmale, fast knochigweißhäutige Hand auf meinen Unterarm und reichte mir eine Tasse Espresso. Ich trank hastig, schüttelte den Kopf und schickte ihn weg. Hinauf, in den ersten Stock. Hinter seine Fenster mit den schmiedeeisernen Gittern davor. Seinem freiwilligen Gefühlsgefängnis. So wie er wollte ich nicht enden.

Ich legte beim Schreiben meinen Protagonisten meine Emotionen in den Mund. Ihre Dialoge waren meine nicht gesprochenen Worte. Lust auf Papier. Wenn ich den Computer hinunterfuhr, sah ich Urs' Lächeln vor mir und seine blitzenden Augen.

Die nächsten Monate brachte ich irgendwie hinter mich. Ich nahm drei Kilo ab, ließ mir die Haare kürzer schneiden – jetzt fielen sie mir lediglich bis auf die Schultern und ringelten sich verspielt im Nacken ein – und kaufte eine andere Lippenstiftfarbe.

Mein neuer Lebensraum war ein Postkartenidyll. Berge und Hügel, die im Winter schneebedeckt waren. Ein kleiner Bach, der an meinem Fenster vorbeiplätscherte. Alle Grünschattierungen, die die Natur zu bieten hatte, als Kulisse. Braune Trampelpfade, die die Umgebung erkundbar machten. Pflaster hier und da. Kies, knirschende Eintönigkeit.

Überfüllte U-Bahn-Schächte, Menschen, die einen unwirsch anrempeln, hupende Autos im Frühmorgenverkehr, pulsierende, flirrende Realität, der normale Alltagswahnsinn, all das kannte ich nicht mehr. Um mich herum blieb alles bedächtig und still. Weil ich mich nach den banalsten Dingen wie dem lärmenden Hintergrund einer viel befahrenen Straße, den Menschenschlangen vor einer Supermarktkasse, einem schon zum zweiten Mal verpassten Taxi sehnte, tippte ich all das in mein Drehbuch. Dort durchlitten die Menschen die Qualen der Großstadt. Sie hetzten durch die Straßen, stritten mit ihren Kollegen, beklagten Magenschmerzen, weil sie gemobbt wurden, hielten sich an den Grenzen zur Brutalität auf. Ich musste einen Krimi schreiben, um mich lebendig zu fühlen. Als ich gegen Ende des Buches einen Mord beschrieb, fühlte ich mich auf dem Gipfel der Empfindung.

Vielleicht schreibt man detaillierter, wenn man vom echten Leben in Ruhe gelassen wird. Man kann alles aus zweiter Hand heranzoomen. Wie unendlich praktisch für jemanden, der gerne leben würde, aber nicht kann. Urs! Nie wieder wollte ich diesen Namen hören.

Die Filmpremiere in Hamburg ließ ich aus. Meine Begründung war eine Virusgrippe. Mein Zimmer im Hotel wurde storniert und ich bekam einen scheußlichen Blumenstrauß mit Genesungskarte.

»Gerbera. Ich hasse Gerbera, vor allem orangefarbene«, platzte ich heraus.

An dem Abend, der mein Triumph hätte werden sollen, kaute ich aus Verzweiflung Gummibärchen, bis mir schlecht war.

Wochen später entschloss ich mich, an einem Workshop in Frankfurt teilzunehmen. Drehbuchschreiben – eine Zukunftsvision, lautete das Thema.

»Du willst schon wieder fort?«, beschwerte sich David, als sei er der verlängerte Arm meines Mannes, von dem ich noch immer nicht geschieden war. Geradeso, als habe Thomas wieder Interesse an mir und wolle tatsächlich wissen, was ich vorhatte.

»Ich muss. Fortbildung ist wichtig.« Ich wusste selbst nicht, weshalb es mich schon wieder hinaustrieb. »Kümmerst du dich noch mal um Melanie?« Ich sah ihn milde lächelnd an und unterdrückte, nicht ganz erfolgreich, mein schlechtes Gewissen, weil ich meine Tochter schon wieder allein ließ.

»Bleibt mir ja nichts übrig. Oder?«, entgegnete David. Ich küsste ihn laut schmatzend auf die fahle Wange. Er grinste und zog mich einen kurzen, warmen Moment lang an seinen untergewichtigen Körper. Plötzlich waren wir uns so nahe wie zuletzt auf dem Schulhof, damals, als wir Pubertierende oder kurz davor waren.

Ich quartierte mich in ein billiges, kleines Hotel am Stadtrand von Frankfurt ein. Der Workshop fand in einem der anonymen Cityhotels statt. Mit Bahn oder Bus würde ich in 20 Minuten dort sein. Ich duschte, weil ich mich nach dem Flug verschwitzt fühlte, zog frische Unterwäsche, Hose und Pulli an, kämmte mir die Haare und nahm meinen Mantel. In einer Stunde begann der erste Vortrag. Stoffentwicklung als sensibelster Bereich der Filmherstellung.

Im Saal prangte der Satz ›Computergenerierte Visual Effects werden immer bedeutsamer für das filmische Erzählen‹ an der Wand. Selbstredend nicht zu verwechseln mit pyrotechnischen oder zum Beispiel Make-up Special Effects.

Ich setzte mich in die dritte Reihe, hinter einen Mann, der zwei Stühle ausfüllte. Der Saal war überfüllt. Der Workshop schien gut besucht. Im Raum hatte sich ein leises Flüstern ausgebreitet, ab und zu lachte jemand. Hinten bekam eine Frau einen Hustenanfall und schlich sich nach offensichtlich ergebnislosen Bemühungen, den Husten in den Griff zu bekommen, nach draußen. Vor mir diskutierte eine junge Frau ungeniert mit ihrer Nachbarin über schmutzigen Sex. Handschellen, Fesselmanöver mit Socken – da musste ich kurz auflachen –, all so etwas. Plötzlich wurde es verdammt ruhig. Jemand räusperte sich. Der Vortragende stieg die zwei Stufen zum Podium hinauf, stellte sich vor den Laptop, der an einen Beamer angeschlossen war, und begrüßte uns. Er hielt die Hände hinter dem Körper gefangen, während er sprach.

»Willkommen zum Workshop: Stoffentwicklung als sensibelsten Bereich der Filmentwicklung. Ich bin, wie die meisten wissen, Regisseur. Was hat so einer mit Stoffentwicklung zu tun, fragen Sie sich jetzt vielleicht. Wieso steht kein Autor vorne und referiert über die Tücken des Exposés, die Hintergründe des Treatments, die sich ergebenden Schwierigkeiten bei den Dialogen im Buch. Den Punkten, an denen man feilen muss, immer und immer wieder.«

Ich klebte wie hypnotisiert an meinem Stuhl. Keine vier Meter von mir entfernt stand jemand, mit dem ich nicht gerechnet hatte. Der Vortragende, mit dem ich zwei Tage verbringen musste, war Urs.

Zwei Tage können der Himmel sein oder die Hölle. Meine waren eine Tortur. Ich sollte etwas lernen und war die ganze Zeit über geistig abwesend. Ich schaffte es nicht, mich auf das Thema einzulassen. Ich schrieb mit, was mir wichtig erschien, blätterte in den ausgeteilten Unterlagen, völlig ergebnislos. Die ganzen Monate über war es mir gelungen, mich in meiner Höhle zu verkriechen, in dieses Loch, in das ich niemanden hineingelassen hatte.

Als wir uns abends vorm Büffet trafen, wusste ich, dass ich verloren hatte. Und er auch.

Der letzte Vortrag war zu Ende. Urs stieg vom Podium und nahm mit offenem Lächeln den Applaus des Publikums entgegen. Dann kam er zu mir. Ich hatte meine Reisetasche dabei, um nicht mehr ins Hotel fahren zu müssen.

Er bat mich, anstatt sofort nach Hause zu fahren, mit ihm nach München zu kommen. Er habe dort eine Buchbesprechung und müsse mit mir reden. Falls es mir nicht möglich sein sollte, gleich mitzukommen, würde er es einrichten, in der nächsten Zeit bei mir vorbeizuschauen.

»Nicht nötig«, sagte ich. »Ich begleite dich.«

In München angekommen, trennten wir uns sofort. Ich entschied mich zu einem Stadtbummel und stand wenig später vor einem Baselitz-Bild in der Galerie Terminus. Hellblaue Farbe, ein Porträt, auf dem Kopf stehend, weißes, am Rand löchriges Papier, heller Holzrahmen. Ein horrender Preis. Das Bild sagte mir nichts, löste kein Gefühl aus. Nichts, was sich in mir regte.

Ich nickte der Frau am Pult zu und verließ das Geschäft. Draußen herrschte geschäftiges Treiben. Gegenüber, im Schumann's, saßen die Schönen und Erfolgreichen vor ihren Espressi und genossen die Sonnenstrahlen. Eine hübsche 20-Jährige stand vorm Schaufenster eines Walter-Steiger-Geschäfts und besah sich ein exklusives Paar High Heels. Sie blickte auf ihre Füße, als überprüfe sie gedanklich, wie der Schuh im Fenster sich an ihr machen würde. Dann schüttelte sie, als habe sie es sich in letzter Sekunde anders überlegt, den Kopf und ging weiter. Ich stellte mich an ihren Platz und versuchte, den Schuh auszumachen. Es kam nur ein Modell in Frage. Ein wild gemustertes Exemplar in Kroko mit mindestens zwölf Zentimeter Absatz. Nein, der hätte nicht zu ihr gepasst. Auch ich ging weiter, euphorisch und unendlich angespannt. In wenigen Stunden würde ich Urs wiedersehen. Und ich wollte jede Sekunde, die ich ohne ihn erlebte, bewusst wahrnehmen. Wer so lange gehofft hatte wie ich, wusste, wie kostbar die Gewissheit eines Kusses ist.

Wir waren um 18 Uhr in der Lobby des Hotels ›Bayerischer Hof‹ verabredet. Urs hatte mir eine SMS geschickt, dass er im ›Palais Lenbach‹ einen Tisch reserviert habe. Er wolle in Ruhe mit mir zu Abend essen. Sein Innerstes könne ihm nicht länger ein hartgesottenes Antileben vorgaukeln.

Das Palais wurde von hellen Strahlern beleuchtet. Links und rechts des Eingangs brannten Fackeln.

Immer wenn ich diese Stimmung durchschreite, fällt mir auf, wie schön das Palais ist. Ein kleines Schloss mitten in der Innenstadt. Ein Kleinod umgeben von der Hektik der City. Wir betraten das Gebäude durch den Haupteingang. Ein Ober nahm uns die Mäntel ab und fragte, ob wir reserviert hätten. Urs nannte seinen Namen. Der Ober führte uns über den von unten mit hellblauen Spots illuminierten Catwalk zu unserem Tisch. Während ich die blauen Lichter entlangschwebte, eine lebendige Kopie von Cinderella, fühlte es sich an, als würde ich einer Stunde entgegenschweben, die alles änderte. Wir setzten uns an einen kleinen Tisch neben eine der Säulen. Eine ganze Weile saßen wir uns gegenüber, ohne zu reden. Meine Hände zitterten und mir war kalt.

Urs schaute mich an. »Alles in Ordnung?«, fragte er und ich log. »Klar. Mir geht's gut.«

Wenn die Haut zweier Menschen, die vor langer Zeit die Sehnsucht zueinander entdeckt haben, sich endlich berühren darf, ist es, als wenn in ihrem Inneren 1.000 kleine Explosionen stattfinden. Die Druckwelle geht vom Lungenflügel aus, breitet sich auf den gesamten Brustkorb aus, erfasst die Atmung, die nur noch stoßweise funktioniert, und legt jeden Gedanken lahm. Göttliches Leben!, dachte ich, während ich friedlich in Urs' Halsbeuge lag. In diesem Moment war ich wieder eine Frau, die wusste, was körperliches Begehren, ein Gefühl von Zugehörigkeit und das instinktive Wissen, dass man geliebt und begehrt wird, bedeuten.

Als Urs sich erneut über mich beugte, um mich sanft in die Halskuhle zu küssen, bevor er sich über meinen Mund hermachte, fühlte es sich an, als existiere alles, was ich mit Thomas durchlitten hatte, nicht mehr. Alles hatte aufgehört zu sein.

Urs und ich waren nur noch Handlung. Ungeplante Handlung. Hände tun, was sie tun wollen. Der Mund öffnet und schließt sich. Worte stoßen hervor, unbedacht erzählt, wie ein leises Flüstern. Raum für Fantasie und Leidenschaft. Das Zimmer ist von Wärme erfüllt. Zwei aneinandergepresste Körper erzeugen Hitze. Würde man eine Szene wie diese mit der Kamera festhalten, so sähe man nicht, wo der Körper der Frau anfinge und der des Mannes endete. Ein Liebesgemälde ist ein Bild, das sich dem Auge nur langsam erschließt. Schaut man genau hin, so sieht man, dass aus zwei eins geworden ist.

Eine Nacht wie diese, das wussten wir beide, würde es nie wieder geben.

Zählt es, dass zwei Kissen zu einem geworden sind, weil zwei Körper die Nacht wie aneinandergeklebt verbracht haben? Das gab es also wirklich, dieses Empfinden, man könne nie mehr ohne den anderen sein. Ich versuchte, meine Argumente für mich zu arrangieren, gab es dann aber auf.

Urs lag schlafend neben mir. Er sah friedlich aus. Kindlich friedlich. Seine Hose, sein Hemd und der Mantel lagen achtlos über einem Sessel. Auf dem Boden sah ich meinen BH, den Slip, die Strümpfe – seine und meine – und unsere Schuhe. Ein süßer Geruch erfüllte den Raum. Es roch nach zügellosen Stunden, nach Körperflüssigkeit. Im Zimmer war es unangenehm, bedrückend, lebensbedrückend still. Auch von draußen kein Laut, irgendwas, das beruhigt hätte. Fehlanzeige. Ich betrachtete den Mann neben mir. Die kurzen Haare ließen sein Gesicht jung erscheinen. Aber sonst wirkte er gewöhnlich. Unbedarft lag er da, meinem Wie-Was-Wo-Warum-Blick ausgesetzt. Wie jemand, der sich ganz ausgeliefert hat, ohne es zu wollen. Mit emotionslosem Ausdruck und offenen Armen. Ich strich sanft mit der Zeigefingerkuppe über seine Schulter und er zuckte mechanisch zusammen.

»Was bedeutet es, randvoll mit Glück gefüllt zu sein?«, flüsterte ich.

In der Nacht zuvor hatten wir nicht viel gesprochen. Fast schweigend hatten wir das Essen eingenommen. Plötzlich, bei der Nachspeise, hielt Urs meinen Blick fest und sagte: »Wir wissen beide längst, dass wir uns lieben!«

Ich schluckte laut, so sehr berührten mich seine Worte.

»Aber wir sind zu spät dran. Ich bin verheiratet und habe Kinder.«

Ich schob mir ein Stück Schokoladenkuchen in den Mund und versuchte, nichts zu empfinden. In mir tobte es. Wenn man liebte, wünschte man sich, dass diese Liebe unter einem guten Stern stand. Alles andere war unvorstellbar. Aber ich hatte wohl in der Honeymoon-Liga gespielt und wachte nun in der So-it-is-Liga wieder auf. Unsanft. Zugegeben.

Er lächelte, als er endlich weitersprach: »Ich möchte dich ein einziges Mal spüren. Wenn ich es nicht tue, komme ich nie wieder von dir los.«

»Du irrst dich«, sagte ich, vielleicht eine Spur unwirsch, und hörte mit essen auf. »Es ist genau umgekehrt.«

Wir verabschiedeten uns in der Lobby. Ich hoffte, Urs werde jede Sekunde damit aufhören, meinen Körper an seinen zu pressen, aber er tat es nicht. Er hielt mich fest, als könne er sich dadurch vor irgendetwas Fürchterlichem bewahren. Ich war das Schutzschild seiner verhinderten Verwandlung. Minutenlang standen wir so da, als bekämen wir Geld dafür, gutes

Geld. Als eine Familie an uns vorbeiging, kicherte das kleine Mädchen an der Hand des Vaters, deutete auf uns und trompetete: »Die sind wild verknallt«, in die Halle.

Endlich ließ Urs mich los. Der Bann war gebrochen. Schweigend sah er mich an. Nur noch schweigend. Den Kopf leicht zur Seite geneigt, wie ein Boot, kurz vor dem Kentern.

»Achte auf dich. Hörst du. Achte ein Leben lang auf dich, sonst werde ich es dir übel nehmen.«

Ich wusste nichts darauf zu erwidern. Hastig entriss ich ihm meinen Arm und durchquerte die Halle, um mich in die Drehtür einzureihen. Draußen atmete ich tief durch. Ich hatte das Gefühl, kaum noch Luft zu bekommen. Als ich mich umdrehte, sah ich, dass er mir nicht nachblickte. Meine unfreiwillige Bewunderung für alles, was ihn ausmachte, stockte. Ich betete, er möge sich nur noch ein einziges Mal nach mir umsehen. Mir seinen Frontal-Körper gönnen. Doch er bewegte sich lediglich im 15-Grad-Radius oder so. Dann verließen mich Lust und Reiz. Ich ging und ging tatsächlich weiter. Fort von ihm. Fort von der Meinung, eine 180-Grad-Drehung hätte sein müssen, um der Liebe die Schwere abzukaufen.

Der Ingenieur

Wer sonst, außer David, war da, um mich aufzufangen?

»Ich hab's dir prophezeit«, meinte er gequält. Ich sah ihm an, dass er noch einmal das ganze Ausmaß der Trennung von Lola und seinem geliebten Pinscher an sich heranließ. Sauertöpfisch saß er mir in meinem Wohnzimmer gegenüber. Die Hände im Schoß liegend. Zwei stille, gefaltete Beobachter.

»Wenn man sich etwas lange genug wünscht, geht es in Erfüllung. Als Kind hab ich mir diesen Satz erlaubt«, meinte ich verwegen.

»Wenn man erwachsen wird, vergisst man so was«, entgegnete David realistisch. »Das Leben wird von Alltäglichem bestimmt. Man arbeitet, bekommt Kinder oder nicht, liebt, trennt sich, liebt erneut oder glaubt es zumindest und löscht dabei seine Träume vom Radar.«

»Na toll!«

»So ist es eben«, beharrte er.

»Das glaub ich nicht.«

»Dann eben nicht.«

Ich hatte lange davon geträumt, mit Thomas eine Reise nach Venedig zu machen. Doch er hatte es geschafft, mich immer und immer wieder zu vertrösten. So lange, bis wir schließlich getrennt waren. Jetzt wollte ich meinen Traum wahr machen. Doch ich brauchte einen gut aussehenden Mann im Arm. Nur so wollte ich diese faszinierende Stadt erobern. Auf andere Art und Weise hätte ich meinen Traum verraten. Eine besondere Stadt bedarf einer besonderen Gelegenheit.

Doch bevor es so weit war, stand ein Fest an. Einer meiner Freunde feierte seinen 37. Geburtstag. Das Fest sollte in einem Schloss auf dem Land stattfinden, in der Nähe des Starnberger Sees. Zuerst fand ich gar nicht hin. Ich sah auf meinen Notizzettel, der am Armaturenbrett meines Wagens prangte, und fuhr die Landstraße entlang, bis ich in einen Schotterweg einbiegen musste. Die Tannen rechts und links von mir verstärkten den Eindruck, ich befände mich in einer nicht enden wollenden düsteren Allee. Doch plötzlich tat sich eine Lücke auf. Ich sah Buchen und Eichenbäume, die die Sonne durchs Blätterdach ließen, danach eine riesige Wiesenfläche. Um das Schloss herum reihten sich Buchsbäume. Sie standen derart eng beieinander, als gäben sie sich die Hand. Davor, sozusagen als Mittelpunkt, gab es einen Brunnen aus verwittertem Stein. Dahinter das Schloss in Senfgelb mit irrsinnig vielen Fenstern. Nicht sehr groß, aber trotzdem wie im Märchen. Im Innenhof taten sich Arkadengänge auf, die von Blumen in allen Farben geschmückt waren. Es war ein Traum.

Schon Tage vorher waren wir mit den Vorbereitungen beschäftigt, denn obwohl eine professionelle Event-Firma engagiert worden war, gab es noch jede Menge zu tun. Ich war dazu eingeteilt worden, die Gäste zu koordinieren und Tischkarten zu schreiben. Da ich den Hauptteil der Menschen, die aus London, Paris, Taipeh, Jerusalem, Peking, Washington, Wien und natürlich aus allen möglichen Teilen Deutschlands kamen, nicht kannte, fühlte ich mich überfordert. Ich hatte keinen blassen Schimmer, wer neben wen passen könnte. Man hätte genauso gut würfeln können, es wäre dasselbe dabei herausgekommen.

»Würfeln ist zu einfach. Wenn du die Leute mischst, macht es viel mehr Spaß. Leg einfach los«, motivierte mich mein Freund Michael, und so tat ich ihm den Gefallen und sinnierte lange darüber, ob Mr. di Maggio mit Frau Helmhorst kombiniert werden könnte. Während ich imaginäre Personen ihrem neuen Pendant zuführte, merkte ich, wie ich mich entspannte. Vielleicht war ich gerade damit beschäftigt, zwei Menschen zusammenzuführen, die den Rest ihres Lebens miteinander verbringen würden? Ich teilte Michael meine Gedanken mit und er lachte.

»Du hast zu viel Fantasie, Franziska.«

»Gute Gedanken können nicht schaden«, behauptete ich steif und fest. Ich erging mich noch eine Weile in unverblümtem Optimismus und riss mich dann zusammen.

Abends war ich erschöpft. Ich hatte über 200 Gäste verteilt, dezent verzierte, mit rotem Filzschreiber geschriebene Kärtchen auf die rustikalen Eichenholztische platziert, Girlanden befestigt und Tischdecken aufgelegt.

»Sieht wirklich schön aus«, lobte ich mich selbst, und Michael legte dankbar den Arm um mich. Vielleicht eine Spur zu aufgeschlossen für die rein platonische Geschichte zwischen uns. Das hätte ich ausgezeichnet gemacht. Jetzt konnte das Fest beginnen.

Am Festtag war ich spät dran. Wir hatten ausgemacht, dass alle, die bei den Vorbereitungen geholfen hatten, eine Stunde früher zu einem Umtrunk kommen sollten. Doch nach einem anstrengenden Vormittag am Computer hatte ich mir eingebildet, eine Radrunde absolvieren zu müssen, und danach war ich, völlig verschwitzt, in den Tegernsee gesprungen, rücklings untergetaucht, einem Fisch gleich ewig lange unter Wasser geblieben, als lägen dort Grund und Seligkeit meines Daseins. Es war fast 40 Grad heiß. Tropenhitze. Ende August. Ich spürte, wie die angenehme Frische des Wassers mich einnahm. Ein wunderbar prickelnder Reiz angesichts dessen, was mich später erwartete. Viele Menschen und Hitze.

Ich kraulte eine ganze Weile drauflos, auf die Mitte des Sees zu, drehte mich dann auf den Rücken und streckte mein Gesicht der Sonne entgegen. Der See lag ruhig da. Kaum Touristen. Vielleicht hatte es damit zu tun, dass die Wettervorhersage schlecht war, das

Wetter aber trotzdem gut. Ich schien den See für mich allein zu haben. Nur ich, die Enten und hier und da ein einsames Boot.

Als ich später vor dem Schloss ankam, war ich erneut in Schweiß gebadet. Hätte ich nur keinen Lidschatten aufgelegt. Die blaue Farbe würde sich im Nu als hässliche Falte auf meinem Lid abzeichnen.

Ich stellte mein Fahrrad auf eine Wiese, unweit des Schlosses. Ganz in Gedanken hetzte ich über den Kiesweg, als es laut knirschte und ich erschrocken aufblickte. Ein silbergrauer BMW stoppte vor mir. Der Fahrer warf mir einen ärgerlichen Blick zu. Fast despotisch. Ich lächelte entschuldigend, eine Spur gespielt naiv, um weiteren Scherereien zu entkommen, und lief eilig weiter.

Wenn ich den Seiteneingang benützte, merkte vielleicht niemand, dass ich zu spät dran war. Ich würde mich unter die Gäste mischen und so tun, als stände ich schon ewig mit einem Glas Sekt in der Hand herum. Falsch gedacht. Mein Freund Michael winkte mir zu.

»Wo bleibst du denn?«, schimpfte er. »Wir haben schon die fünfte Flasche Krug geköpft.«

Ich zog die Stirn in Falten. »Krug Champagner. Heute geht's aber nobel zu. Können wir uns das leisten?«

Michael drückte mir ein Glas in die Hand. »Wir können, Liebste. Ich bin befördert worden. Man hat mich eben angerufen.« Er deutete auf sein Handy, das in der Sakkotasche auf solche Anrufe wartete.

»Gratuliere zweimal, zu deinem Geburtstag und zur Beförderung.« Ich küsste ihn überschwänglich auf beide Wangen. Sein teures Herrenparfüm legte sich auf mein Gesicht.

Michael war in seinem Element und stellte sich in Pose. Ein Schwarm Neuankömmlinge umringte ihn, und ich trat zur Seite, nippte an meinem Champagner und schaute mich um. Der Innenhof sah mit den roten Bändern und frischen grünen Orchideen wunderschön aus. Alles wirkte festlich und pompös. Michaels Eltern kamen, um mich zu begrüßen. Langsam füllte sich der Hof und lautes Lachen tönte durch die Mauern. Michael stand jetzt neben einer hübschen Rothaarigen, die ich nicht kannte. Aber ich kannte hier sowieso niemanden, bis auf ein paar von Michaels alten Freunden. Schulkameraden, Studienkollegen, verflossene Geliebte, Leute, die ich bei einem Silvesterumtrunk, als ich vor Jahren ohne meinen Mann, dafür aber mit Michael gefeiert hatte, vorgestellt bekam.

Plötzlich fühlte ich mich fehl am Platz. Ein Gefühl von Einsamkeit begann, mir den Rücken hinaufzukriechen. Das Gefühl kroch nicht nur an mir hinauf, es blieb. Blieb bei mir. Ein erklärter Feind mit besten Absichten.

Michael und ich waren uns vor ewigen Zeiten – ich war jung verheiratet, aber schon zum ersten Mal, wenn auch nur kurz, getrennt, weil Thomas zwischenzeitlich eine Geliebte gehabt hatte –, in einem Naturkostladen über den Weg gelaufen. Vor dem Regal mit den Gemüsebrühwürfeln, Sojasoße und Balsamicoessig hatte er sich vorgestellt. Wir hatten uns sofort gut verstanden. Ein Liebespaar wurden wir nie. Der Gedanke ist uns nicht gekommen. Von Anfang an war klar, dass wir eine Art Geschwister-Beziehung eingehen würden. Das genügte uns.

Trotzdem fragte mich einer von Michaels Arbeitskollegen, warum wir nicht zusammen seien. Die Grundvoraussetzung brächten wir mit. Wir seien beide frei.

»Die Grundvoraussetzung ist, dass man sich ineinander verliebt«, antwortete ich.

Wahrscheinlich stand er schon eine ganze Weile neben mir, ohne dass ich ihn bemerkt hatte. Zumindest lächelte er mir zu, als habe er das meiste von mir bereits in Ruhe begutachtet.

Er holte eine randlose Brille aus der Hemdtasche, setzte sie auf, und starrte unentwegt zu mir hin. Als sei ich das beste Stück bei einer Auktion und er der interessierteste Bieter.

»Was ist?«, begann ich das Gespräch. Weder besonders höflich, noch sehr originell. »Gibt es hier nichts anderes zu sehen?«

Er lachte. »Sie sind mir vorhin fast ins Auto gelaufen. Tut man so was?«

Ich fasste mir an die Stirn. »Sie sind das?«

»Gut, dass Sie es sich anders überlegt haben. Die Kühlerhaube meines Wagens und Sie, das hätte irgendwie nicht gepasst.« Wir lachten.

Ich erfuhr, dass er Michael erst seit Kurzem kannte. Auf einem Seminar in Bonn habe man sich einander vorgestellt. »Michael ist zwar ein Casanova, aber das hat Männer noch nie daran gehindert, Freunde zu werden. Im Gegenteil.«

»Sie könnten sich gegenseitig weibliche Exemplare zuschanzen«, schlug ich vor.

»Warum nicht. Danke für den Tipp.«

Der Mann gefiel mir. Er hatte ein spitzbübisches Lächeln, sein Kinn ein lustiges Grübchen, seine Hände waren schmal geschnitten und feingliedrig. Er war mehr als gut aussehend, er war schön. Ich merkte im Lauf des Abends, dass er sich dessen bewusst war. Die Frauen nahmen ihn wahr, sprachen ihn an, lachten mit ihm. Er war gern gesehen, obwohl er unbekannt war, vielleicht auch deswegen. Über ihn gab es eine Menge zu erfahren.

Ich machte mir nicht viele Gedanken über ihn. Nur einer schoss mir blitzartig durch den Kopf. Der da ist keiner, dessen Leben in Ruhe und Rationalität stattfindet.

Als das Büffet eröffnet wurde, stellte ich fest, dass er mein Tischherr war. Einen kurzen Moment dachte ich über diesen seltsamen Zufall nach. Ich erzählte ihm, dass ich die Sitzordnung festgelegt hatte, ohne zu wissen, wen ich neben wen platzierte.

»Dann haben Sie unser Schicksal bestimmt«, sagte er, während seine Schulter wie zufällig meine streifte.

Ich ließ eine Garnele in meinem Mund verschwinden. »So sehen Sie das also?«, meinte ich, als ich sie hinuntergeschluckt hatte.

»Ich wäre verrückt, wenn ich das nicht täte. Schauen Sie mal in den Spiegel, dann verstehen Sie mich.«

»Sind Sie sicher, dass Michael der Casanova ist und nicht Sie?« Ich pickte eine in Speck gewickelte Dörrpflaume mit der Gabel auf.

»Ich bin ein Mann. Ich mag Frauen.« Sein Blick suggerierte mir, dass alles längst feststand.

Als ich spät nachts heimfuhr, hatte ich seine Visitenkarte im Portemonnaie. Ich glitt sanft, wellengleich, in die nächste Geschichte hinein. Eine, durch die ich Urs zu vergessen hoffte. Ich musste nur zusehen, dass ich dabei nicht unterging.

Den nächsten Tag verschlief ich. Das Wetter hatte umgeschlagen. Heftige Wetterkapriolen. Draußen war es trüb und regnerisch. Auf den Straßen war so gut wie nichts los. Goldgräberstadt-Feeling pur. Ich wusste, dass die meisten von Michaels Gästen erst am nächsten Tag abreisen würden. Ich hatte die Visitenkarte verloren.

Ich spielte mit Melanie, als das Handy klingelte. Doch es war nur meine Mutter, die sich nach uns erkundigte. Sie wollte die Schulnoten ihrer Enkeltochter wissen, wie viele Kondome ich in den letzten Wochen verbraucht hatte – ein Running Gag zwischen uns – und ob mein Aktienfonds wieder gefallen war. Als ich das Telefonat beendet hatte, ging ich zum PC, um zu arbeiten. Ich schrieb mehrere Szenen, bis es dunkel wurde. Danach wusch ich mich, putzte ausgiebig die Zähne, holte mir ein Glas Wasser und ging ins Schlafzimmer. Schlafen half immer.

Nach zwei Wochen hatte ich ihn fast vergessen. Dafür war Urs in meinen Tagträumen präsenter, als mir lieb war. Michael rief an, und ließ den Festtag Revue passieren. Es sei ein tolles Fest gewesen. Er würde mir Fotos mailen.

Da sah ich ihn, wie er in die Kamera lächelte, neben mir. Schnappschüsse, nette Erinnerungen. Melanie schaute sich die Fotos im Computer an. Sie liebte Szenen des Alltags. Dinge, die ihr ein Gefühl von Beständigkeit gaben, aber keine Bedrohung darstellten, weil sich etwas ändern würde, nachdem man sie angeschaut hatte. Es gab kein Foto, das sie nicht toll gefunden hätte. Ich sei überall fabelhaft getroffen, lobte sie.

Der September war schwül und drückend. Von Herbst keine Spur. Ich schwamm täglich im See, fühlte das samtige Wasser weich auf der Haut. Hinterher ließ ich die Haare an der Luft trocknen. Meine Haarsträhnen ein Spielzeug des Windes.

Nach drei Wochen pfefferte ich seine wiedergefundene Visitenkarte in den Papierkorb. Zwei Tage später rief er an.

Mehr aus Spaß fragte ich ihn, ob er mit mir nach Venedig fahren würde. Ich hätte die Reise lange geplant, wäre aber nie dazu gekommen, sie anzutreten. Er sagte zu.

Er war 535 Kilometer bis zu mir gefahren. Nach einem Zehnminutenstopp in meiner Küche stieg ich zu ihm in den Wagen. »Soll ich chauffieren?«, fragte ich, weil ich dachte, er sei müde von der langen Anfahrt.

Er schüttelte den Kopf. »Ich bin gerade dabei, Ihnen ein unvergessliches Wochenende zu bereiten. Das fängt beim Einsteigen an.«

Ich sah am Haus hinauf und entdeckte Davids neugierigen Blick hinterm Vorhang. Ich winkte ihm kurz zu und wir fuhren los.

»Wer kümmert sich um Ihre Tochter?«, wollte er von mir wissen.

»Mein Freund David. Ich muss ihm bald mal die Füße küssen, so unersetzlich ist er inzwischen geworden. Melanie mag ihn. Er ist der große Bruder, den sie nie hatte und wie ein Kind in Übergröße.«

Die Autobahn war leer und wir fuhren in einen milchig trüben Sonnenaufgang hinein. Nach Stunden hielten wir an einer Tankstelle, um Panini mit Schinken zu essen und Cappuccino zu trinken. Es war inzwischen sehr heiß. Ich strahlte.

»Heute geht ein Traum in Erfüllung«, meinte ich und biss ins Brötchen.

Reisen ist wie in eine andere Welt eintauchen. Du betrittst fremdes Terrain und weißt nicht, was im nächsten Moment passiert. Es ist, als würde man für begrenzte Zeit ein zweites Leben ausprobieren. Erst das Fortgehen macht einem begreiflich, was Heimat bedeutet. Heute umschreiben wir das lapidar mit dem Satz: Reisen bildet. Aber es ist mehr als das. Reisen erweitert das Herz.

Lieben fällt leichter, wenn man von zu Hause fort ist. Man rückt näher zusammen. In der Fremde fällt die Distanz weg. Wenn man unbekannte Landschaften genießt, neue Gerüche einsaugt, eine plötzlich anders wahrgenommene Sonne über sich brennen sieht und spürt, genügt es, dieselbe Sprache zu sprechen, um sich brüderlich in die Arme zu sinken und das Glas zu heben. Das Wort Vorsicht büßt viel von seiner Bedeutung ein. Ein Mann und eine Frau, die sich eine Reise zutrauen, sind entweder besonders mutig oder verrückt. Wir waren beides.

Ein Vaporetto, das sich durch das gelbbraune Wasser seinen Weg suchte. Bunte Häuser, die allesamt an Paläste erinnerten, zu beiden Seiten. Motorboote, von denen einige, trotz genügend PS, friedlich dahintuckerten. Die Sonne versteckt hinter einer Wolkenwand. Ich lehnte an seiner Schulter und hielt für einen Moment die Augen geschlossen. Es roch nach altem Fisch, und ich hörte das laute Geschrei italienischer Mamas und Papas. Neben mir saß eine Engländerin, die in Entzückensschreie ausbrach, als sie einen Palazzo sah. So was Schönes habe sie in ihrem Leben noch nicht zu Gesicht bekommen, schrie sie ihrem

Mann zu, der ein Foto schoss. Er kommandierte sie und sie lächelte breit. Das Wassertaxi ließ die kleinen Wellen rechts und links von uns abprallen. Das Geräusch hinterließ in meinen Ohren ein Gefühl tiefer Entspannung. In einer Viertelstunde würden wir das Boot verlassen und uns in Richtung Markusplatz aufmachen.

Er hatte ein Zimmer im ›Bauer-Grünwald‹ gebucht. Ich kannte das ›Cipriani‹, das ›Danieli‹, das ›Gritti‹, das ›Monaco‹. Natürlich nur aus Prospekten oder als Bild im Computer. Ich war nie in Venedig gewesen. Das Hotel, in dem wir absteigen würden, würde mein Herz höher schlagen lassen. Gelbe Seidentapeten an den Wänden, gelber Teppichboden, gelbe Damasttagesdecke überm Nussholzbett. Das Bad hellrosa Marmor, die Armaturen golden. Von nebenan läuteten die Glocken in mein Herz. Wenn ich die Gardine zur Seite schob, schaute ich auf die cottoroten Dächer Venedigs. Mein Gepäck stand noch im Flur, auf der Ablage. Ein Klingelton schreckte mich auf. Der Zimmerservice. Ein Ober brachte eine Flasche Wasser, eine Karaffe mit Wein und einen Imbiss.

»Du bist sicher hungrig«, sagte er zu mir und küsste, vielleicht ein wenig hastig, meine Hand.

»Nein, gar nicht«, schwor ich und verputzte innerhalb von Minuten fünf Crostini mit Tomate, Spinat, Ei und Thunfisch. Als er auf das halb leere Tablett schaute, lachte er und strich mir eine Haarsträhne hinters Ohr.

»Du bist eine notorische Lügnerin mit wunderschönen Haaren. Willst du mich küssen?«

»Nein«, sagte ich und hielt ihm meinen Mund hin.

Maja hatte bei meinem letzten Besuch in ihrem Lokal darauf bestanden, ich solle das Leben als Spiel betrachten. ›Lass die Ernsthaftigkeit fallen. Spielen macht lebendig. Du wirst alles besser ertragen können, wenn du dir sagst, es ist ein Spiel. So gibt es keine Loser, nur Gewinner. Vor allem du.‹ Ich fand, das sei eine eigentümliche Idee. ›Jeder Tag ist ein eigenes Leben, ein neues Spiel. Alles ist möglich‹, forderte Maja, die ich noch immer Butterlöckchen nannte, von mir. Der Ton, in dem sie es tat, gab keinen Anlass zur Widerrede.

Ich nahm mir vor, mich bald bei ihr zu bedanken. Ich würde ihr sagen, dass ihr Tipp mir geholfen hat und dass ich ihr viele schöne Stunden und eine gewisse Lässigkeit verdanke. Ein Satz kann ein Leben verändern.

Wir saßen im ›Café Florian‹ vor unseren Camparis und der Schale mit Oliven. Die Chips rührte ich nicht an. Ich war noch satt von dem kleinen Imbiss im Hotel. Der Blick auf den Dom war von Taubenmassen verdeckt. Der Schrei eines Mädchens ließ den Vogelschwarm in helle Aufruhr geraten. Tauben flatterten über unsere Köpfe.

Er nippte am Campari und streichelte mir über die Wange. Ich hatte ein selig zufriedenes Lächeln ins

Gesicht gegraben. »Du bist ziemlich originär, weißt du das?«, meinte er.

»Ich fasse das als Kompliment auf.«

»So ist es auch gemeint«, fügte er hinzu.

»Wenn ich durch die Gassen Venedigs streife, fühle ich mich um Jahrhunderte zurückversetzt«, vertraute ich ihm an. »Wenn irgendein Handy läutet, glaube ich, dass ich mich irre. In Venedig hat kein Handy etwas verloren. Menschen, die in Venedig arbeiten, müssen sich anders fühlen als Geschäftsleute in Mailand. In Mailand hab ich nur zusammengepferchte Gruppen gesehen, Männer und Frauen in Businesskleidung, die zum nächsten Meeting hetzen. Ständig ging es um etwas. Beim Gehen wird laut diskutiert. Gesprächsfetzen, die sich um Erträge, Terminverschiebungen und Koordinationsengpässe drehen. In Venedig sehe ich keine solchen Szenen.«

Er zwinkerte mir zu, zufrieden. »Stattdessen siehst du Frauen in bunten Kleidern, die sich durch die Gassen schieben und über irgendetwas lachen. Eng ist es, aber was macht das schon?« Er seufzte träge und sprach dann weiter. »Venedig ist so schön, dass man jedem Menschen das Glück, durch die Gassen zu schlendern, gönnt.«

Ich beobachtete ihn eine Weile, dann schweifte mein Blick auf andere Männer, die angeregt redend vor einem Drink saßen, die Aktentasche wie zufällig zu ihren Füßen. Hatte niemand Termine? Gab es nichts, was man verpassen konnte? Warum waren die Farben bunter als anderswo? Warum roch es nur in Venedig nach Venedig? Süßherb, salzig, bitter, frisch und auch abgestanden. Nach Fisch und Wasser. Nach Wein und Pasta. Nach Schweiß und Wind. Nach Weihrauch und Staub. Nach morbid-träger Lebendigkeit.

Ich blickte erneut zu ihm hin. Er hatte seinen Kopf in die Hände gestützt und schmunzelte frei Haus.

»Was denkst du?«, fragte er.

Ich schüttelte den Kopf. »Nichts«, schummelte ich.

Er legte seine Hand neben meine auf den Tisch, direkt neben die Rechnung. »Wir sollten gehen und uns die Stadt ansehen. Wir haben viel vor.«

»Was denn?«, wollte ich wissen und war mir bewusst, dass ihn die Frage provozierte.

»Uns das erste Mal lieben zum Beispiel.« Er stand auf und nahm mich bei der Hand.

»Wenn du dir da mal nicht zu viel vorgenommen hast.«

»Im Gegenteil. Zu wenig. Das sehe ich dir an der Nasenspitze an.« Und schon liefen wir auf den Platz zu, trieben den Taubenmarathon an, bahnten uns den nun freien Weg quer über den Markusplatz, auf eine dunkle Gasse zu. Ich hörte mich lachen, völlig grundlos.

»Ist Sex der Grund, weshalb wir nach Venedig gefahren sind?«

Er blieb vor einem Uhrengeschäft stehen und starrte mich fassungslos an. »Nein. Aber die Ausbeute.«

Seine Direktheit gefiel mir. »Du bist ein viel schlimmerer Casanova als Michael. Der versucht es zumindest zu kaschieren.«

»Während ich die Richtige suche, probiere ich Frauen aus. Kennst du eine Methode, wie man es anders machen könnte?«

Ich überlegte. Mir fiel nichts ein. Aber ich musste irgendetwas antworten. »Aufhören zu suchen. Vielleicht.«

»Das hieße, dem Schönsten zu entsagen. Wer wollte die wahre Liebe nicht aufspüren, wo sie sich auch aufhalte, in welcher Ecke, hinter welcher Mauer, in welchem Erdloch.«

»Du wirst pathetisch und kitschig.« Ich grinste und zog ihn weiter zu einem Eisstand.

Er holte Geld aus seiner Hosentasche und kaufte uns Eis. Vanille, Erdbeere und Mango für mich. Mocca, Haselnuss und Zitrone für sich selbst. Schleckend gingen wir zu einer Steinbank und setzten uns. Gegenüber wohnte irgendjemand in einem besonders reich verzierten Palazzo. Ich steckte mir den Rest Waffel in den Mund und leckte mir die klebrigen Mundwinkel sauber. Da nahm er mein Gesicht in beide Hände und hauchte mir einen Kuss auf die Lippen.

»Deine Gedanken werfen lange Schattenhälse auf mein Glück«, raunte er poetisch. Den Satz hatte er garantiert irgendwo gelesen. Seine Stimme klang anders als sonst. Rau und unwirklich.

Ich musste aufhören, mit allem aufhören, weil der Satz wehtat und ich trotz allem an Urs dachte.

Ich rief Melanie an. Sie krächzte ins Telefon, dass sie alles unfair finde. Ich würde in Italien relaxen, während sie im Regen festsitze und vor Langeweile stürbe. Man könne nicht im Garten sein. Man könne überhaupt nichts. Ich lachte. Morgen werde es besser, das hätte die Wettervorhersage versprochen. Es nützte nichts. Ich redete eine geschlagene Viertelstunde auf sie ein, um sie zu besänftigen, während er sich fürs Abendessen umzog. Es war eine alltägliche Szene. Man hätte glauben können, wir seien ein Ehepaar, das ohne Kind Urlaub macht. Sie kommt ihren Mutterpflichten nach, während er in Ruhe duscht und sich ein zweites Mal rasiert.

Wir aßen in einer kleinen Trattoria zu Abend. Es war immer noch unerträglich heiß. Ich nahm mir den Pashminaschal von den Schultern, während er den Wein auswählte. »Wieso ist es um die Zeit noch so verdammt heiß?«, stöhnte ich. Es war kurz nach elf.

»Vermutlich kochst du innerlich, weil du dich auf die Nacht mit mir freust.«

Ich schwieg.

»Du hast allen Grund, dich auf alles zu freuen, was nach dem Essen kommt. Ich bin ein guter Liebhaber.«

»Ein Mann, der das von sich behauptet, ist kein guter Liebhaber, sondern ein Angeber.«

»Ein Realist weiß, was er wert ist.«

Wir sondierten das Terrain. »Vielleicht will ich ja gar nicht?«, meinte ich nicht ohne Koketterie.

»Ich bin mir auch noch nicht sicher«, behauptete er. Dann bestellten wir den Hauptgang.

Die Nacht verbrachte ich im Bad und übergab mich. Schweißbäche liefen mir die Stirn hinab. Im Schlafzimmer hörte ich seine Schritte. Bedächtig. Manchmal klopfte er zaghaft an die Badezimmertür und fragte, ob er etwas tun könne.

»Es wird schon vergehen. Irgendwann«, presste ich hervor.

Als die ersten Sonnenstrahlen die schweren Nachtschatten aufhoben, spürte ich, dass sich mein Magen beruhigte. Ich spülte mir den Mund aus und betrachtete mein aschfahles Gesicht im Spiegel.

»Mein Gott. Du hast nie schlechter ausgesehen«, sprach ich mir mit letzter Kraft zu.

Zum Frühstück trank ich eine Tasse Tee, die ich schon Minuten später wieder erbrach.

›Leidenschaft‹ las ich als Schlagzeile in der Tageszeitung. Ein Mann aus Modena hatte seine wesentlich jüngere Frau windelweich geprügelt, weil er sie in flagranti erwischt hatte. Wutentbrannt hatte er auf sie eingeschlagen. In wilder Leidenschaft.

Ich deutete auf die schwarzen Lettern.

»Das ist dir erspart geblieben«, scherzte er.

Wir saßen auf der Terrasse unseres Hotels. Im neunten Stock gab es ein Jacuzzi mit Blick auf den Canal Grande und die Dächer Venedigs. Wir hatten uns ein schattiges Plätzchen unter einem Sonnenschirm gesucht. Er hielt meine Hand fest in seiner.

»Es geht mir schon besser. Wirklich«, versprach ich.

Er seufzte und sah abwesend aus. »Meine Frau hat angerufen. Wir sind seit sechs Monaten geschieden. Sie hat sich von ihrem Freund getrennt.«

Davon hatte ich nichts gewusst.

»Wir waren 22 Jahre zusammen. Janina, unsere Tochter, macht dieses Jahr Abitur. Meine Frau hat sich einen anderen genommen. Von heute auf morgen. Ich hab lange um sie gekämpft.«

Ich spielte mit meiner Schuhspitze zwischen den Platten herum. »Und jetzt?«, forschte ich, als ich mich gefasst hatte.

»Sie will zurück zu mir.«

Ich tat so, als habe ich mit all dem nichts zu tun.

Die Rückfahrt verlief ereignislos. Wir redeten miteinander, über unsere Arbeit, Hobbys, Vorlieben, Abneigungen. Erst jetzt erfuhr ich, dass er Ingenieur war und Windräder auf den Golanhöhen aufstellte. Lange Jahre hatte er in den Staaten verbracht, in Kalifornien. Er beschrieb mir die Tücken seiner Arbeit, detailgenau. Ich verstand nicht alles und fragte nach. Er lächelte, weil er sich über mein Interesse freute.

»Und dein Beruf? Machst du gerne, was du tust?«

Ich nickte.

Meistens erhöht es den Reiz, wenn etwas im Geheimen bleibt. Man rätselt still und leise vor sich hin. Überlegt, was den anderen ausmacht. Was ihn fasziniert und abstößt. Womit man sein Herz erreicht, wie man ihn zum Lachen bringen kann.

Je mehr man weiß, desto sicherer muss man sich seiner Gefühle sein. Verliebtsein profitiert von der Ungewissheit. Liebe kann man sich nur leisten, wenn man sich sicher ist, den anderen über die Schwelle der Verliebtheit hinaustragen zu können. Ans sichere Ufer der Liebe. Das ist nicht leicht. Und doch passiert es ohne Anstrengung. Es ist wie mit den Weihnachtsgeschenken. Man wünscht sich etwas Besonderes und bekommt das Schönste in goldenes Papier eingepackt, wenn man mit etwas Praktischem rechnet.

Die Reise nach Venedig blieb unvergessen. Ich hatte mir gewünscht, Hand in Hand mit einem wunderbaren Mann den Canal Grande entlangzuspazieren. Alles andere war nicht so wichtig.

Der Chirurg

»Einen Arzt an seiner Seite zu haben bedeutet Sicherheit.« Ich hatte Venedig in die hinterste Ecke meines Gehirns verbannt und schlenderte mit David und Melanie die Seepromenade entlang. Es war Sonntag, einer dieser trägen Sonntage, die einem nichts aufgaben, was man hätte tun können.

»Das hat dir eine deiner Freundinnen infiltriert«, überlegte David laut vor sich hin. »Das ist alles Schwachsinn.«

»Kannst du dich noch an den Internisten erinnern, der sich auf alternative Heilmethoden spezialisiert hatte?«

»Der, mit dem du vor Thomas zusammen warst und den du fast geheiratet hättest?«, fragte David nach.

»Den kenne ich doch gar nicht, Mama«, mischte Melanie sich ein.

»Er wollte eine Praxis auf dem Land, anstatt mit mir in der Großstadt zu bleiben. Drei Kinder mit ihm zu bekommen, wie er es sich ausgemalt hatte, war für mich damals unvorstellbar«, erklärte ich.

Am nächsten Morgen schlug ich David einen gemeinsamen Urlaub vor. »Zerrinnt uns das Leben nicht zwischen den Fingern, David? Seit zwei Jahren hab ich nichts anderes getan als zu arbeiten. Ich fühle mich ausgebrannt und leer. Ich bin urlaubsreif und du bist es auch.«

Nachmittags rief mich eine ehemalige Kollegin an, die für ein bekanntes Frauenmagazin schrieb, und machte mich, als ich ihr von meinen Plänen erzählte, auf ein Sonderangebot aufmerksam. Eine Woche Türkei, in einer neu erbauten Klubanlage. Charterflug. Genau das, was ich nicht wollte.

Trotzdem buchte ich für David und mich. Die Reise war billig und das kam uns beiden gelegen.

»Nur Ruhe, Strand und Sonne. Das muss genügen«, versprach ich ihm. Melanie konnten wir nicht mitnehmen, wegen der Schule. Meine Mutter sollte an den Tegernsee kommen und auf sie aufpassen. Doch dann fing David sich eine Darmgrippe ein, die es in sich hatte. Ich musste seine Reise stornieren und packte allein meine Koffer.

Ich legte Taschenbuchbestseller auf meine Strandkleider, T-Shirts, Jeans, Bikinis und einen Sonnenhut, und machte mich auf den Weg zum Flughafen.

Die Klubanlage war gerade erst eröffnet worden. Kleine Villen gruppierten sich um ein dreistöckiges Haupthaus. Dazwischen hatte der Architekt Swimmingpools gestreut. Es gab Tennisplätze mit Flutlicht, eine Golfanlage und ein halbes Dutzend Animateure, deren Namen ich mir nicht merken konnte. Ich war sicher, dass sie um mich einen weiten Bogen machen würden. Ich mochte es nicht, wenn man mich im Urlaub zu irgendwelchen lächerlichen Aktivitäten zwang.

Das Essen am ersten Abend war aufschlussreich und mir war sofort klar, dass ich abnehmen würde. Wiener Schnitzel, Rollbraten, Putenbrust und Schweinesteak, dazu Erbsen und Möhren aus der Dose und Salat, der wohl ewig lange im Dressing schwamm. Versalzen und warm. Ich nahm mir vor, morgens ausgiebig zu frühstücken. Das würde mich über den Tag bringen. Ich wusste noch nicht, dass die Brotscheiben wie Gummi auf dem Gaumen liegen würden, die Marmelade an süße Klebemasse erinnerte und von Honig nur zu träumen war.

Das nächste Mal würde ich ein ordentliches Hotel buchen oder zu Hause bleiben. Doch für dieses Mal musste ich das Beste aus der Situation machen.

Der Strand war passabel. Hellbeiger heißer Sand, grau schimmerndes Wasser und blaue Sonnenschirme. Ich musste früh aufstehen und eine Liege mit Handtuch und Büchern belegen.

Ich war die Einzige, die allein am Tisch saß. Überall wimmelte es von Menschen. Lärmende Kinder, die vor Überaktivität die Balance verloren hatten. Mütter mit zu dick aufgetragener Schminke über sonnenverbrannter Haut. Und Männer, die ihr Testosteron nicht unter Kontrolle hatten.

Ich beugte mich über meinen Teller und versuchte,

eine gebratene Aubergine mit Zitrone zu ergattern, als der Oberkellner an meinen Tisch kam und mich schüchtern anlächelte. Ein neuer Gast sei angekommen und der Klub voll. Der einzig freie Platz im Speisesaal sei der an meinem Tisch. Er deutete auf das Gewimmel um uns herum. »Sie sehen selbst. Überall Familien!«

Hinter dem Kellner sah ich einen Mann mit Halbglatze stehen.

»Entschuldigen Sie. Wenn Sie gestatten, dass ich mich vorstelle. Harald Paulans.« Er schob seinen Bauch in Richtung Stuhl und setzte sich mir gegenüber. Er war Chirurg. Aus Hamburg. Im kommenden Jahr hoffte er auf den Chefarztposten. Ich säbelte an meinem Steak herum und schwieg.

Bei näherer Betrachtung fand ich ihn hässlich. Sein Körperbau war ungünstig ausgefallen, der Oberkörper gedrungen und der Unterkörper zu kurz geraten. Haare hatte er irgendwann einmal besessen. Der Rest davon war mit Pomade am Schädel festgeklebt. Seine Finger waren unförmig. Die Hand fleischig.

Für mich stand fest, dass er Single war. Jemand wie er konnte keine Frau haben. Unmöglich.

Er hatte sich die Liege neben meiner reserviert, die aufgrund meines auffälligen roten Sonnenhuts, den ich stets mittig platzierte, wie eine Ampel wirkte. Er musste in aller Herrgottsfrühe aufgestanden sein, um das zu bewerkstelligen.

»Meine Frau konnte mich nicht begleiten. Sie ist auf einem Kongress. Kardiologie.«

Sein Gerede interessierte mich nicht im Geringsten. Aber ich gebe zu, dass ich einigermaßen überrascht war, eine Gattin an seiner Seite zu wissen. Er zog ein Foto aus seiner Brieftasche und hielt es mir hin. Ich sah das Gesicht einer vielleicht 40-jährigen, hübschen Frau. Sie hatte eine schlanke Figur und ein ansprechendes Gesicht mit nettem Lächeln.

»Ihre Frau?«, erkundigte ich mich, als könne ich es nicht glauben.

Er nickte zustimmend. »Wir haben erst letzten Herbst geheiratet. Für mich ist es die dritte Ehe. Ich bin zweimal geschieden und bekenne mich schuldig. Mit der Treue hab ich's nicht immer ernst genommen. Idiotisch, wenn Sie mich heute fragen. Damals war ich wohl in der Sturm- und Drangphase.« Er polterte ein ungestümes Lachen hervor.

Ich gab ihm mit einigem Erstaunen das Bild zurück.

Liebe ging offensichtlich seltsame Wege.

Die nächsten Tage wich er nicht von meiner Seite. Wir trafen uns, unverabredet, morgens gegen acht am Frühstücksbüffet, aßen jeder zwei Scheiben Brot mit Schinken oder Marmelade und trennten uns wieder. Wie durch ein Wunder – ich tippte auf ein saftiges Trinkgeld, mit dem er den Strandwart erfreut hatte, um dieses Wunder Wirklichkeit werden zu lassen – erwischte er täglich die Liege neben mir.

Ich hatte mir angewöhnt, bereits gegen sechs aufzustehen. Nach einer kurzen Dusche joggte ich, gegen den feuchten Sand ankämpfend, den menschenleeren Strand entlang. Es kostete viel Kraft, vorwärtszukommen. Ich versuchte es auf trockenem Untergrund. Auch nicht besser. Der Sand verschluckte meine Schritte und ließ mich immer nur die Hälfte der Strecke zurücklegen, die ich mir vorgenommen hatte. Auf dem Rückweg reservierte ich irgendeine Liege. Ich weiß nicht, ob er mich beobachtete. Vielleicht joggte er genauso wie ich, nur in die entgegengesetzte Richtung?

Abends fanden wir uns an unserem Tisch ein, meist gegen neun. Nach dem Essen lud er mich, inzwischen obligatorisch, auf einen Drink an die Bar ein. Ich trank viel zu bunte Cocktails und ging danach angeheitert ins Bett. Meist schlief ich traumlos. Morgens wachte ich genauso auf, wie ich mich abends zuvor niedergelegt hatte. Und ich spürte die Schatten auf meiner Seele.

Ich war braun geworden, obwohl ich meinen Platz unterm Sonnenschirm nur zum Schwimmen verließ. Nie bot er mir an, mir den Rücken einzucremen, als ahne er, dass mir das viel zu viel Intimität wäre. Keine Pose des Ignorierens schien dagegen die jungen Männer am Strand zu beeindrucken. Man war nie vor ihnen sicher. Wenn sich einer von ihnen meiner Liege näherte, richtete Harald es so ein, dass seine Hand zufällig in den Sand rutschte, nahe meiner. Es sah so aus, als seien wir ein Paar. Das war meine Rettung. Die jungen türkischen Gigolos, die wie Fliegenschwärme den Strand bevölkerten und sich beim Eincremen der weiblichen Gäste stets behilflich zeigten, machten einen Bogen um mich und ließen mich in Ruhe. Dafür war ich Harald dankbar.

Wir wurden so etwas wie Freunde. Unbeabsichtigt. Er hatte eine unaufdringliche, bedächtige Art zu erzählen. Er schilderte Dinge und Situationen als völlig nebensächlich. Selbst die furchtbarsten Begebenheiten kamen aus seinem Mund mit einer Milde und Versöhnlichkeit, die mich erstaunte.

Ich malte mir aus, wie es wäre, seine Patientin zu sein. Inzwischen hatte ich erfahren, dass er Onkologe war. Tumorchirurg. Er hatte ausschließlich mit Krebspatienten zu tun. Mit Menschen, die in Panik dem Leben ein letztes Glück entreißen wollten. Er kannte Traumen und Zusammenbrüche, Wahnvorstellungen, auffällig manische Situationen und depressive Verstimmungen. Er erzählte, dass er sich alles stets in Ruhe anhörte, mit dem nötigen Respekt. Er habe das Leben erst begreifen dürfen, als er sich entschlossen hatte, mit dem Tod zu arbeiten, nicht gegen ihn, wie fast alle seine Kollegen es taten.

Ich hörte fasziniert zu. Langsam und ohne dass ich es wollte, entstand ein lebendiges Bild vor mir. Harald hatte sich optisch seinem täglichen Umfeld angepasst. Er wirkte wie jemand, der nichts mehr zu erwarten hat. Unauffällig, bieder, manchmal nachlässig. Seine Einstellung spiegelte das krasse Gegenteil. Äußeres und Inneres passten nicht zueinander. Es war wie bei einem Puzzle, das man zur Hälfte gelöst hat, um dann festzustellen, dass die zweite Hälfte der Teile von einem anderen Spiel stammte.

Er sagte, er helfe den Patienten nicht dabei, zu kämpfen. Wer kämpfe, habe bereits verloren. Ich war mir nicht sicher, ihn richtig verstanden zu haben und fragte, wie er das meine. »Aufgeben kann doch nicht der Weg zur Genesung sein.«

»Aufgeben nicht«, dozierte er. »Aber annehmen.« Wer die Krankheit nicht als getreuen Wegbegleiter entziffere, stürbe.

Ich spürte, wie sich die Härchen auf meinen Armen aufstellten. Es berührte mich, wie er über den Tod sprach. Es hatte nichts von der falschen Scham, die ich bis dahin mit dem Thema verbunden hatte.

Nach fünf Tagen bekam er einen Anruf von seiner Frau. Der Kongress sei wegen eines Disputs zwischen dem Professor und seinem Co-Seminarleiter abgebrochen worden. Ein Affront. Er ließ sich am Telefon über das Thema aus. Wieso es so weit gekommen sei? Was den Professor erzürnt habe? Wie seine Frau die Lage einschätze? Ob dieser Disput der gesamten Ärzteschaft schaden könne?

Wir lagen am Strand, und ich hörte mit einem Ohr zu. Als das Telefonat beendet war, seufzte er. Es sei immer dasselbe. Macht stünde auf dem Lebensplan ganz oben auf der Liste. Es genüge nicht, sich einen Namen zu machen, gutes Geld zu verdienen, in finanzieller Sicherheit zu leben. Der Mensch wolle sich selbst zur Unsterblichkeit erheben. Und wenn es nur dadurch sei, die meistbeachtetsten Seminare zu halten. Da werde kein Gegenspieler geduldet. Es könne nur einen König geben. Hoch lebe der König!

Das kannte ich gut. Wer die 30 überschritten hat, kommt nicht umhin, die Auswüchse menschlicher Umgangsformen wahrzunehmen.

Er lud mich ein, mit ihm zu schwimmen. Er brauche eine Abkühlung. Wir schwammen weit hinaus und ich schluckte Wasser, als eine Welle über mich schwappte und mich zu verschlingen drohte. Die Sonne hatte sich hinter einen hellen Dunstfilter verzogen. Das Meer war nicht mehr die glatte Spiegelfläche von heute Morgen, sondern ein aufgewühltes, lebendiges Tier. Wir schwammen zurück ans Ufer, kämpften verbissen gegen die Fluten und trockneten uns ab. Ich putzte mir die Nase und trank gierig einen Schluck Wasser aus der Flasche, die täglich neben meiner Liege stand. Da sagte er, dass er sich in mich verlieben könnte, wenn er es nicht bereits in seine Frau wäre.

Ich merkte, dass sich nichts in mir unangenehm berührt anfühlte. Ich lächelte sogar und fühlte, wie mich ein kleines warmes Gefühl durchströmte.

Es macht keinen Unterschied, ob man mit einem Elektriker oder einem Chirurgen zusammen ist. Beide reparieren.

Weil Ärzte sich dem Tabu Tod verweigern, glorifizieren wir sie. Als ob ein Arzt je wirklich den Tod in Schach gehalten hätte.

Warum hatte ich mich jahrelang sicher neben einem Arzt gefühlt? Ich schlief wie ein Säugling im weichen Federbett, wenn ich einen Mediziner neben mir liegen hatte. Wenn sich etwas in mir rührte, ein Schmerz, eine Unpässlichkeit, ein Gefühl, anders als all die anderen Gefühle, brauchte ich meinen Freund, den, mit dem ich vor meinem Mann zusammen war, nur anzuschauen.

›Was hast du, Schatz? Beschreib mir die Symptome. Warte, ich hole den Koffer. Ich gebe dir eine Spritze. Das sehen wir uns morgen mal genauer an. Ich schicke das Blut per Express ins Labor.‹

First-class-Behandlung.

Offensichtlich war ich mir selbst nicht genug gewesen. Mit einem Arzt als Katalysator hatte ich mich dem Leben gegenüber gewappnet gefühlt. Dass das eine Illusion ist, hatte ich sehr spät begriffen.

Am letzten Urlaubstag ließ ich das Joggen ausfallen und schlief länger. Erst gegen zehn kam ich zum Büffet und frühstückte allein. Fertigmüsli mit Light-Milch und schwarzen Tee. Ich hatte Kopfschmerzen, fühlte mich kraftlos und ohne rechten Antrieb.

Nach dem Frühstück ging ich in den Billardraum und sah zwei Jugendlichen beim Spiel zu. Aggressiv, kindisch, aber auch lebendig. Als ich davon genug hatte, verzog ich mich in den Fernsehraum und schaute mir die Nachrichten an. Statt die Neuigkeiten aus aller Welt zu erfahren, geriet ich an eine deutsche Komödie. Ich bekam die letzten zehn Minuten mit und ließ den Abspann über mich ergehen. Plötzlich las ich Urs' Namen. Wie von der Tarantel gestochen, rannte ich hinaus. Ich setzte mich an einen Brunnen und sinnierte vor mich hin. Meine Augen schienen sich gegen das grelle Tageslicht zu sträuben.

Später riss ich mich aus meiner Lethargie und ging an den Strand. Ich zog mein T-Shirt aus, warf es in den Sand und schmiss mich ins Wasser. Als mein Körper mit Wasser überspült war, fühlte ich mich besser. Als ich wieder auftauchte, prallte mir die Sonne wie ein Fausthieb ins Gesicht.

Ich war mir niemals zuvor mehr darüber klar geworden, wie wichtig es ist, sich selbst zu lieben.

Die Busse warteten mit laufendem Motor vor der Hotelanlage. Ich brachte mein Gepäck nach draußen und suchte mir einen Platz in den vorderen Reihen des ersten Busses. Harald war unter den Letzten, die aus dem Hotel kamen. Er winkte mir hektisch zu, setzte sich keuchend und erzählte, dass er verschlafen hatte, ausgerechnet am letzten Tag.

Die Fahrt zum Flughafen dauerte eine Dreiviertelstunde. Ein Reiseleiter des Hotels beschrieb uns die Sehenswürdigkeiten links und rechts der Straße. Ich sah die meiste Zeit nur verdorrtes Land und halb fertige Neubauten. Der Klub freue sich, uns nächstes Jahr wieder als Gäste begrüßen zu dürfen. Man plane eine Erweiterung des Golfplatzes und ein Erlebnisschwimmbad für Kinder. Außerdem gäbe es in der nächsten Saison einen Kommunikationstrainer aus Deutschland, der uns in die Magie der Sprache einweihen würde. Ausgerechnet in der Türkei.

Harald schrieb sich meine Adresse und Telefonnummer auf. Es sei eine Bereicherung gewesen, mich kennenzulernen. Wenn ich irgendwann in Hamburg sei, solle ich ihn besuchen. Es war mehr als die übliche Floskel. Es war ehrlich gemeint.

Am Flughafen umarmten wir uns zum Abschied. Ich spürte seinen warmen Körper an meinem, seine gut von Fett gepolsterten Rippen. Wir würden uns noch lange aneinander erinnern.

Der Jurist

Ich war kaum Haralds Armen entkommen, da schloss David mich in die seinen, als sei er mir erst gestern, und das in eindeutig sexueller Absicht, begegnet. Doch er war nur erleichtert, wieder gesund zu sein und wollte sich deshalb körperlich nähern. Meine Mutter hatte sich nicht nur Melanies angenommen, sondern auch seiner.

Ich setzte mich sofort an meinen Schreibtisch und begann mit der Arbeit an einem Drehbuch, dessen erste Fassung von einem Tiroler stammte. Man hatte es mir gemailt, weil der Autor ernstlich erkrankt war und seine Arbeit nicht fortsetzen konnte. Nun suchte man einen Ersatz und war auf mich gestoßen. Das Ganze war als Koproduktion geplant. ARD und ORF in einem Boot, was immer ein hohes Risiko darstellte.

Um mir die Möglichkeit zu geben, mich besser in den Stoff einzufinden, bat man mich, für vier Wochen nach Wien zu kommen. Schließlich sollte der Film in der österreichischen Hauptstadt spielen. Und ohne fundierte Wienkenntnisse würde es mir nicht möglich sein, das Buch zu überarbeiten und zur Abnahme zu bringen, hatte mir die österreichische Produktionsfirma in einer zweiten Mail mitgeteilt.

»Langsam wirst du mir unheimlich«, meinte David mit verächtlicher Skepsis, als wir gemeinsam bei Maja vor großen Biergläsern saßen. »Wo kriegst du ständig diese lukrativen Aufträge her? Und dann Wien? Wer wollte nicht vier Wochen nach Wien, um zu recherchieren?« Sein Gesicht wirkte aufgedunsen, als habe er zu viele Antidepressiva geschluckt, was natürlich nicht der Fall war.

Maja kam zu uns, setzte sich, steckte sich, wie meist, eine Trocken-Zigarette, wie ich es heimlich nannte, in den Mund und hörte mir zu. Sie nickte anerkennend. »Wenn du nach Wien musst, dann musst du nach Wien. So einfach ist das.«

Ich freute mich, dass man mir den Auftrag erteilt hatte und Maja Verständnis für mich aufbrachte, und bat meine Mutter, wieder einmal als Kindermädchen zu fungieren. Doch David fühlte sich in seiner Ehre als Ersatzpapa gekränkt und bestand darauf, allein auf Melania, wie er sie schon wieder nannte, aufzupassen.

»Eigentlich schaut ohnehin sie nach mir, anstatt ich nach ihr«, erklärte er mir, obwohl ich das längst selbst wusste. Er zwinkerte Melanie verschwörerisch zu und sie grinste breit zurück. Ich dankte ihm, küsste ihn überschwänglicher als üblich und fuhr zum Flughafen.

Ich kannte Wien von einer früheren Reise. Es war lange her, dass ich im ›Imperial‹, einem der schönsten Hotels der Stadt, gewohnt hatte. Damals hatte ich das Pompös-Nostalgische noch nicht zu würdigen gewusst.

Diesmal wohnte ich in einem kleinen Stadthotel in der Nähe des Westbahnhofs. Nichts Luxuriöses, aber in Ordnung. Die Rezeptionistin grüßte bei meiner Ankunft derart freundlich, dass ich mich wie eine Prominente fühlte, die sich jede Woche im Hotel aufhielt. Als ich meine Daten niederschrieb, reichte sie mir ein Wienticket, mit dem ich alle Linien der öffentlichen Verkehrsmittel benutzen konnte. Ein Taxistand befände sich gegenüber dem Hoteleingang. Ich spekulierte damit, mir einen Mietwagen zu nehmen, verwarf den Gedanken aber wieder. In einer Millionenmetropole würde es schwierig sein, sich ohne Navigationssystem zurechtzufinden.

In Wien kannte ich nur einen Menschen. Einen Juristen, der seine Kanzlei in der Nähe der Kärntner Straße hatte, jener Einkaufsmeile, die ich während meines Aufenthalts viel zu oft auf und ab schlenderte, die Augen begehrlich auf die Auslagen gerichtet.

Vor Jahren war ich mit Thomas zu einer Geburtstagsparty eingeladen gewesen. Unser Anwalt feierte seinen 65. und hatte Freunde und Kollegen in ein uriges Landhotel gebeten. Es war ein turbulentes Fest gewesen, bei dem viel gelacht und noch mehr getrunken worden war. Doktor Leander Christensen war ein Kollege aus Wien, den unser Anwalt auf einer seiner vielen Fortbildungsreisen kennengelernt hatte. Seitdem telefonierten die beiden regelmäßig miteinander, tauschten sich über grenzüberschreitende Mandate aus, fachsimpelten und hatten offensichtlich, trotz des Altersunterschiedes von über 20 Jahren, Freundschaft miteinander geschlossen.

Ich hatte nicht länger als eine halbe Stunde mit Leander Christensen gesprochen, dessen Mutter Niederösterreicherin war und dessen Vater – ebenfalls Jurist, aber leider bereits verstorben – aus Norddeutschland stammte, jedoch gleich nach dem Studium nach Wien gezogen war. Wir wurden einander vorgestellt und erweiterten die nüchternen ersten Sätze durch einige Anekdoten aus unserem Leben.

Vier Wochen nach dem Fest rief er mich zum ersten Mal an. Wir redeten über Belangloses, über unspektakuläre alltägliche Situationen.

Dem ersten Telefonat folgte ein zweites, ein drittes, schließlich stellte ich fest, dass er regelmäßig anrief, zuerst alle drei, vier Wochen, später häufiger, zum Schluss fast täglich. Ich fragte mich oft, warum er das tat. Es war mir ein Rätsel. Ein Mann und eine Frau, die miteinander telefonierten, ohne Wesentliches preiszugeben. Irgendwann gab ich es auf. Ich wartete seine Anrufe ab, beantwortete seine Fragen, stellte selbst welche, zum Beispiel, was er mit seiner Zeit anfing, wenn er einmal nicht arbeitete, eine berechtigte Frage, wenn man seinen Terminplan bedachte, den er hier und da einflocht. All das, ohne auf wirklich Persönliches einzugehen. So vergingen zwei Jahre. Dann bat ich ihn, damit aufzuhören. In meiner Ehe kriselte es und wir lebten uns mehr und mehr auseinander.

Als ich zu guter Letzt die Trennung von Thomas eingeleitet hatte, war erneut ein Anruf von Leander gekommen. Es schien, als habe er gespürt, dass ich wieder zu haben war. Seitdem rief er sporadisch an. Ein Detail am Rande, das ich David bis jetzt noch nicht anvertraut hatte. Warum, wusste ich nicht genau. Vermutlich schien es mir nicht wichtig genug.

Zugegeben, ich hatte kurz erwogen, Leander von meiner Wienreise zu erzählen. Schlussendlich entschied ich mich dagegen. Es war ein inneres Gefühl, dem ich folgte, und das mir sagte, es wäre besser, ihm nicht zu begegnen. Ich hatte keine Lust auf Gespräche. Ich wollte meine Ruhe haben.

Die Sonne leuchtete mein Gesicht aus, als ich eine der schmutzigen Straßen Wiens hinunterging. Das unnatürlich helle Licht störte mich nur kurz, dann gab ich nach.

Im Hotel fühlte ich mich sofort heimisch. Ich wusste nicht, woran es lag. Vielleicht an der Rezeptionistin, die mich immer, wenn ich an ihr vorbeiging, überschwänglich grüßte, dass es eine Wohltat war. Vielleicht war es aber auch dem Umstand zu verdanken, dass ich wusste, wie lange ich bleiben würde. Vier Wochen konnten ein ganzes Leben sein. Wenn ich irgendwo länger als ein paar Tage blieb, war mir, als sei ich umgezogen. Hier, an dem Ort, an dem ich mich gerade befand, war meine Heimat. Dort fand mein Leben statt.

Ich fand rasch Lieblingsplätze. Anstatt im fünften Stock des Hotels zu frühstücken, machte ich mich morgens zu Fuß auf den Weg Richtung Schwarzenbergplatz. Im ›Café Schwarzenberg‹ frühstückte ich an einem marmornen Tisch: eine Tasse Tee, eine Semmel mit weich gekochtem Ei dazu und ein Kipferl mit Butter und Erdbeermarmelade. Nirgendwo gab es besseres Gebäck, das so eindeutig nach Butter und langer Gärzeit schmeckte wie dort. Wenn ich in meinem Zimmer den Vormittag schreibend verbracht hatte, ging ich auf eine Kleinigkeit ins ›Schwarze Kameel‹, ganz in der Nähe des Graben, einer der schöneren Einkaufsmeilen Wiens.

Im ›Schwarzen Kameel‹ hielten sich die erfolgsverwöhnten Wiener auf. Man sah an der Kleidung und am Gehabe, wen man vor sich hatte. Rechtsanwälte, Steuerberater, Manager, Filmschaffende, Schriftsteller, Unternehmer und Betrüger. Silikonbestückte Frauen jeden Alters standen an der dunkelbraunen Holztheke und nippten an ihren Drinks. Nirgends sonst sah ich so viele Wulstlippen wie dort. Und blonde Mähnen schienen in diesen Lokalen im Rudel aufzutauchen.

In diesem Gewimmel von Irrtümern, Illusionen und Selbstbetrug, Aufschneiderei und Mafiamethoden fühlte ich mich wohl. Das war das Leben von der maroden Sorte. Alles vorhanden. Jede Art von Affäre, die im Dunkeln bleiben musste, Zank und Streit und liebevoll verpackte Lügen. ›Wie gut du heute wieder aussiehst. Klar, der Vertrag ist unterwegs. Natürlich bekommen wir das am Finanzamt vorbeijongliert. Mach dir keine Sorgen. Wann treffen wir uns? Ich kann morgen in der Mittagspause. Meine Frau ist bei der Kosmetikerin. Wunderbar. Mein Mann ist beim

Investmentberater.‹ Und heiße, ungeduldige Blicke erzählten den Rest.

Hier lächelte ich vor mich hin und trank heiße Schokolade, aß eines oder mehrere der wunderbar belegten kleinen Brotschnitten, schaute und lauschte. Niemand nahm mich wahr. Das gefiel mir. Hier konnte ich aus dem Vollen schöpfen, unbemerkt. Ich fiel nicht auf. Ich war brünett, hatte keine Silikonverstärkung aufzuweisen und schmale Lippen.

Dreimal wöchentlich schaute ich im Büro des Produzenten vorbei. Die Firma, die mir diese vier Wochen ermöglichte, war in mehreren Etagen untergebracht. Ich wusste nie, wohin ich musste. Einmal wartete man im dritten Stock auf mich. Dann im Parterre oder im zweiten. Es war ein ständiges Suchen und ein Hin- und Hergerenne. Man legte mir nahe, mich möglichst viel in Wien umzusehen, vor allem in den Bezirken, in denen gedreht werden sollte. Man wolle den Wiener Flair im Buch wiederfinden. Ich hatte ein Stück Wien zu erzählen, anhand einer Ehetragödie, die sich in einem Finale im Wiener Wald im Nichts auflösen würde.

Ich erklärte, ich hätte die Wiener Luft in meine Lungen eingesogen und es gehe mir noch immer ausgezeichnet. Mein Produzent lachte und klopfte mir auf die Schulter. Wie er sehe, habe ich mich eingelebt. Ein gutes Zeichen für ihn und absolut notwenig für mich. Wir verabredeten uns für den übernächsten Tag zum Mittagessen bei ›Plachutta‹. Den Tafelspitz dort müsse ich probieren. Mit einem Gefühl zufriedener Gelassenheit verließ ich sein Büro.

Wenn man die Millionenmetropole hinter sich ließ und nach Grinzing fuhr, in den 19. Bezirk, lernte man ein anderes Wien kennen. Das der kleinen Häuschen, des Stöckelpflasters und der biederen Gemütlichkeit.

Wenn ich mich überarbeitet fühlte, setzte ich mich in die Straßenbahn und fuhr hinaus ins Grüne. Die sanfte Hügellandschaft wirkte beruhigend auf mich. Ich merkte, wie ich zugänglicher wurde. Wo ich vorher etwas Verhärtetes gespürt hatte, ließ ich nun los.

Mindestens zwei Nachmittage in der Woche verbrachte ich spazierend in den Weinbergen. Oft kehrte ich beim Heurigen ein, auf ein Glas Wein und ein Speckbrot mit Meerrettich, der in Wien Kren genannt wird.

Die Luft dort draußen war spritzig und frisch wie Sekt. Nach zwei, drei Stunden in Grinzing fühlte ich mich wie ausgewechselt. Danach stieg ich erneut und bester Stimmung in die Bahn, quetschte mich zwischen all die anderen, um auf den altmodischen braunen Sitzschalen Platz zu nehmen, und zockelte den Abgasen, den Hupkonzerten und dem Lärm der Innenstadt entgegen und meinem Zimmer im fünften Stock, wo mein Notebook auf mich wartete.

Wenn die Sonne unterging, begann mein zweites Leben. Richtig los ging es, wenn Finsternis sich über die nah aneinandergebauten Häuser legte, die Sterne zu funkeln begannen und die dunklen Limousinen mir mit ihren grellen Xenon-Scheinwerfern den Weg wiesen.

Meist aß ich im Hotel ein leichtes Abendessen und zog mich danach um. Eine bequeme Hose, einen Pullover und Stöckelschuhe. Ich schminkte mich jedes Mal sorgfältig und steckte mir auffällige Ohrgehänge an. Danach war ich gewappnet. Ich zog ziellos durch die Straßen und schaute mir alles an, was mich interessierte. Mäntel im Ausverkauf, Designerstücke, die kein Mensch mit normalen Maßen tragen konnte, antike Silberschalen im Pfandhaus, eine Rolf-Benz-Garnitur im Einrichtungsladen, nostalgisch geblümtes und handgeschöpftes Briefpapier sowie modernen Schmuck mit klarer Linie und farblosen Steinen bei einem Nobeljuwelier.

Wenn ich an einem Bistro vorbeikam, das mir mit Kerzenschein und sich interessiert anschauenden Leuten passend vorkam, ging ich hinein, setzte mich an einen freien Tisch und trank etwas. Mein wahres Ziel lag noch vor mir. Die ›Sky-Bar‹ im Steffl.

Die Nacht hat etwas Befremdendes und Geheimnisvolles an sich. Das harsche Sonnenlicht ist vorbei und endlich kommt es einem vor, als könne man nur nachts die wirklich wichtigen Dinge erleben. Was man im Verborgenen wissen möchte, vertraut man den dunklen Stunden an, auf dass es nie wieder ans Licht käme.

Von jeher hat mich die Nacht magnetisiert. Wenn

es Nacht wird in Wien, bitte ich mein zweites Leben um Erlaubnis. Ich gestehe mir zu, ich selbst zu sein, mit meinen in meine Seele geätzten Fehlern, den Seiten, die ich bei Tage wenig empfehlenswert finde. Nie ist mir das bewusster geworden als in dieser Stadt.

Ich saß an der Bar, vor mir ein Glas Prosecco. Die Musik dröhnte laut aus den Lautsprechern, pulsierte in meinen Ohren, hallte wider, was ungewöhnlich für eine Bar ist wie die, in der ich mich befand. Es gäbe einen neuen DJ, erfuhr ich. Man experimentiere, wolle verstärkt das junge Publikum ansprechen, einen Tag die Woche. Den Rest lebe man von den Gästen, die das Geld bereits in Sicherheit gebracht hätten, dem mittleren bis fortgeschrittenen Alter.

Die formschönen Ledersessel, die rund um die Bar gruppiert waren, wurden mehr und mehr von Männern und Frauen bevölkert. Die Bar füllte sich. Es war kurz nach Mitternacht.

Ich zählte mit, wie viele Frauen ihre Wolford-bestrumpften Beine kokett übereinanderlegten, ein laszives Lächeln im Gesicht, das dem Mann gegenüber signalisierte: ich will!

Es waren hübsche Frauen, blonde, rothaarige, brünette. Sie sahen allesamt erfolgsverwöhnt aus und gepflegt. Die Männer waren von der Art, wie ich sie aus den Lokalen rund um den Graben kannte. Gewinner oder solche, die dabei waren, es zu werden. Geld und Macht wirkten stärker als Viagra. Ein

Mann, der Geld hatte, zog Frauen an, ohne dass an ihm etwas Außergewöhnliches gewesen wäre außer seinem Geld. Ich sah oft, dass Frauen nachgaben, wenn sie wussten, morgen bekämen sie von dem dickbäuchigen Typen neben sich ein Duftwasser von Douglas geschenkt. Als Eröffnungsangebot. Im besten Fall folgten die Preziosen von Haban oder Wempe. Cartier- und Jaeger-le-Coultre-Uhren, Einkaräter und Perlenketten mit Platinverschluss. Goldene Armbänder von Wellendorf und Piaget-Ringe, am besten die mit den Brillanten rundum.

Ich habe mich mit meiner Cartier-Uhr immer wohlgefühlt. Die Uhr war eine der wenigen teuren Geschenke, zu denen Thomas sich während unserer Ehe aufgerafft hatte. Ansonsten hielt er nicht viel von teurem Schmuck. Es gäbe Wichtigeres, hatte er stets behauptet. Doch ich gebe zu, dass ich die Sehnsüchte jeder Frau teile. Ich bin nicht besser als all die anderen. Auch mir vermittelt es das Gefühl, etwas Besonderes zu sein, wenn ein Mann mich ansprechend beschenkt. Es geht nicht um das Schmuckstück, es geht um den Gedanken, der dahintersteht. Es ist die perfekte Illusion der Liebe. Hasse ich mich dafür, dass ich noch immer zu glauben glaube?

Mehrere Paare hatten angefangen zu tanzen. Sie zappelten wie nach einer schmerzhaften Impfung. Die Bar wirkte beengt. Es gab keine richtige Tanzfläche, aber zwischen dem Tresen, den Sesseln und den herumstehenden, in Gesprächsfetzen vertieften Menschen drehten sich einige im Kreis und hielten sich an den Händen, als könnten sie sich so vergrößern, eine Trutzburg gegen die Welt.

Ich hatte ein zweites Glas Prosecco bestellt, als mich der Mann neben mir, ein älteres Semester, ansprach. Ob ich zum ersten Mal hier sei, er habe mich nie zuvor gesehen.

»Ich bin gerne hier, wenn ich in Wien zu tun habe.« Er fragte mich, ob ich tanzen wollte und ich schaute ihn genauer an. Er war circa Ende 60, trug einen grauen, nichtssagenden Anzug mit passender Krawatte und eine Goldrandbrille. Er sei Wirtschaftsanwalt, erzählte er, ohne dass ich ihn danach gefragt hätte. Was ich in Wien treibe?

»Geschäftlich«, murmelte ich, sagte aber nichts weiter.

Ein frischer Schwung Gäste traf ein. Das Gesicht hinter dem Tresen blühte auf. An der Garderobe herrschte reger Betrieb. Die Bar war jetzt im Nu gesteckt voll. Zwischen all den Neuankömmlingen sah ich ein bekanntes Gesicht. In dem Moment, als ich ihn entdeckte, ging es ihm mit mir genauso. In seinen Augen stand die Frage: Was machst du hier?, geschrieben.

Ich ließ den Anwalt stehen und wendete mich Leander Christensen zu.

Wenn es Vorsehung ist, dass zwei Menschen sich besser kennenlernen, hat man keine Chance. Man kann dagegenarbeiten, wird dem Lauf der Dinge aber nicht entgehen. Es ist wie eine höhere Macht, die beschlossen hat, was diese beiden wann und wo miteinander zu tun haben werden. Die Fäden sind gezogen. Wie Marionetten hängen wir daran und glauben, uns selbst zu bewegen.

Ich hatte Leander meinen Wienaufenthalt verschwiegen. Mein Handy war auf Mailbox geschaltet, seit mehreren Tagen. Auf seine Nachrichten hatte ich nicht geantwortet. Er hatte annehmen müssen, dass ich im Urlaub war, zurzeit nicht erreichbar.

Nun standen wir uns gegenüber. So, als hätten wir dieses Treffen minutiös geplant. Er erzählte mir, dass er schon seit über einem Jahr nicht mehr hier gewesen sei. Warum er jetzt gekommen sei, wisse er gar nicht so genau. Eine innere Stimme habe ihn geführt, auf ein letztes Glas Sekt, bevor er nach Hause fahren wollte.

Erst gegen drei verließen wir die zigarettenhaltige Luft, das laute, viel zu laute Gelächter gegen die Depression und die Musik, traten nach draußen, vor die Tür. Im Treppenhaus passierten wir eines der bekannten Gedichte von Erich Fried. Die ersten Zeilen des Gedichts von der Unvernunft, der Unmöglichkeit und der Allmacht der Liebe. Es ist Unsinn – sagt die Vernunft. Es ist, was es ist – sagt die Liebe. Buchstaben, auf eine blaue Wand gepinselt. Man liest sie beim Hinuntergehen, wird nachdenklich und liest zu Hause das vollständige Gedicht.

Als wir auf der Kärntner Straße standen, spürten wir eisige Kälte. Ich knöpfte mir den Mantel zu.

»Wo wohnst du überhaupt?«, wollte Leander von mir wissen. Sein Blick blieb seltsam verschlossen, während sein Mund lächelte.

Ich nannte ihm mein Hotel und er fuhr mich hin. Als ich ausstieg, sagte ich nichts. Wir wussten, dass wir uns wieder über den Weg laufen würden. So oder so.

»Man kann sich vieles wünschen«, sinnierte ich vor mich hin, als ich im Hotel im Bett lag. »Die Frage ist, ob es in Erfüllung geht.« Was man sich am meisten und von Herzen wünscht, das begegnet einem früher oder später. Unsere Leistung besteht darin, geduldig zu sein. Abwarten, bis eintrifft, was kommen muss. Es ist wie eine verlängerte Vorweihnachtszeit. Das Päckchen ist abgeschickt. Wann wird der Postbote es bringen?

Ich arbeitete nun auch nachmittags. Meine Spaziergänge fielen aus. Stattdessen füllte ich Seite um Seite, reihte Dialog an Dialog, immer wieder die schlechteren Szenen korrigierend.

Das Mittagessen bei ›Plachutta‹ mit Tafelspitz, Spinat, Röstkartoffeln und Apfelkren hatte längst stattgefunden. Später setzte ich mich in die Lobby des ›Sacher‹ und sah den Geschäftsleuten beim Warten und Telefonieren zu.

Ich war wie ein Schwamm, der aufnahm, was um

ihn herum geschah. Mir war egal, was ich aufsaugte. Ich tat es einfach. Das war meine Aufgabe.

Ich war nach Laxenburg gefahren. Mit öffentlichen Verkehrsmitteln ist das umständlich. Man fährt mit U-Bahn, S-Bahn und Bus. Das letzte Stück muss man zu Fuß gehen. Aber es lohnt sich.

Schloss Laxenburg ist sehenswert. Im Sommer sind die Wege von Inlineskatern bevölkert, die sich den Park zunutze machen. Es ist ein riesiges Areal mit altem Baumbestand, Wiesen, Kanälen und einem kleinen See mit Insel. Das Gebäude auf der Insel habe ich nie zu sehen bekommen, aber die Insel hinterließ einen bleibenden Eindruck. Es wirkte wie der heimliche Treffpunkt von Liebespaaren, vor Hunderten von Jahren. Was sich wohl dort abgespielt hat?, fragte ich mich jedes Mal, wenn ich daran vorbeischlenderte. Dann arbeitete meine Fantasie auf Hochtouren.

Laxenburg wirkt melancholisch. Über allem liegt der sanfte Schleier des Unerreichbaren. Ich weiß nicht, woher dieses Gefühl stammt, aber ich habe es immer gespürt, wenn ich dort war.

Am meisten gefällt mir der Park, viel mehr als das Schloss. Und dann gibt es den Wind. Laxenburg ohne Wind ist unvorstellbar. Liegt es daran, dass das Gelände frei daliegt, eine einzige flache Ebene?

In Laxenburg werde ich zum Kind. Ich balanciere auf dicken Baumstämmen, renne über kleine Brücken und erkunde die unendlich vielen Wege, von denen ich nie weiß, wohin sie mich führen. Es gibt Pavillons, die plötzlich auf einer Lichtung vor dir auftauchen, Hügel, die man nicht erwartet hätte. Und Gerüche. Waldboden, Moos, Blätter, stehende Gewässer, modrige Luft, Gras, Holz.

Eine der letzten Szenen meines Drehbuchs würde in Laxenburg spielen. Als ich mich dazu entschlossen hatte, war ich zufrieden und lief Richtung Bushaltestelle, um zurück in die Stadt zu fahren.

Die nächsten Tage verliefen ereignislos. Ich hatte Besprechungen beim Sender, auf dem Küniglberg. Danach musste ich mich erholen, weil es meist ein einziges Desaster war. Niemand wusste, was er wirklich wollte. Die Buchszenen wurden in die Mangel genommen. Ich musste mich zurückhalten, um nicht ärgerlich zu reagieren. Es war immer dasselbe.

Mein Produzent war selbst mit den Nerven am Ende. Wir nahmen uns vor, uns davon nicht beirren zu lassen. Aber der Sender musste das fertige Buch abnehmen, sonst wurde kein Film daraus. Ich wusste, dass ich mich noch mehr bemühen musste. Nur wie? Es kam einem Balanceakt gleich, den Geschmack mehrerer Redakteure, Produzenten und Senderbeauftragten zu treffen. Jeder hatte, verständlicherweise, manchmal aber auch unverständlicherweise, eine ganz eigene Auffassung davon, wie das Buch sein sollte. Bei der Verfilmung ginge das Ganze dann wieder von vorne los. Regisseur und Produzent waren oft nach den Dreharbeiten zerstritten. Wer Schokotorte bevorzugt, tut sich schwer mit jemandem, der eine Brezel will. Und eine Mischung aus beidem ist schwer verdaulich.

Nach der Besprechung war ich aufgewühlt. Ich hatte das Bedürfnis, mich abzulenken, um dem Frust zu entkommen. Ich traf Leander am Kohlmarkt, vor dem Guccistore. Er kam von einem Mandanten, der gleich um die Ecke seine Wohnung hatte. Wir liefen uns geradewegs in die Arme.

»Hallo, meine Schöne! Nennen wir es Zufall, oder sollen wir das große Wort Schicksal bemühen?« Er drückte mich fest an sich. Ich sagte, dass ich dringend etwas Süßes brauche. Meine Nerven lägen blank. Wir gingen zum ›Meinl‹. Im Parterre gab es alles, was das Herz begehrte. Ich kaufte mir mehrere Tafeln Valrhona-Schokolade. Zartbitter, Vollmilch und Vollmilch mit Pekannüssen. Nach der ersten Tafel ging es mir besser. Die Glückshormone kamen in Schwung. Ich war fähig zu lächeln und lächelte mich mit Leander in seine Kanzlei. Auf dem Perserteppich sollten wir uns bald zum ersten Mal lieben.

Die Kanzlei befand sich in einem heruntergekommenen Haus in einer dunklen Gasse. Hier, in dieser Öde, verbrachte er in einem alten Zinshaus seine Tage? Ich konnte es nicht fassen. Als wir das Haus betraten, beruhigte ich mich. Draußen sah ich abblätternden Putz, innen glänzten Marmor und antike Zinkleuchten. Im dritten Stock las ich das Messingschild ›Christensen & Wernberg & Schatt‹. Wir gingen hinein und er zeigte mir sein Büro. Ich sah Fortbildungszertifikate an der Wand und einen überdimensionalen Spiegel, der unsere Gesichter unscharf zurückwarf. Eine Sekretärin brachte ungefragt Kaffee und Mineralwasser. Hinter dem schwarzen Schreibtisch wirkte er streng, unerbittlich, unnahbar. Viel zu unnahbar. Eine Vaterfigur im schlechten Sinne. Sein Lächeln änderte nichts daran. Es erlosch noch in der Entstehungsphase.

Nachdem wir uns getrennt hatten, vergingen zwei Wochen, in denen wir nichts voneinander hörten. Ich hatte ihn gebeten, nicht anzurufen, solange ich in Wien sei. Ich hätte zu viel zu tun. Es gäbe Probleme mit dem Buch, die ich dringend und in der vorgegebenen Zeit lösen müsse. Das verstehe er, war seine Antwort, obwohl sein Blick traurig und unangenehm berührt war.

Ich verließ das Hotel kaum noch. Das Frühstück im ›Café Schwarzenberg‹ ließ ich ausfallen, ich aß im Hotel. Pfefferminztee, ein großes Glas Wasser, Joghurt mit Dosenfrüchten und ein Brot mit Käse und Gurkenschnitten. Danach fühlte ich mich in der Lage, mein Zimmer als Einsiedelei zu benützen. Ich schrieb bis in den Abend hinein. Wenn ich aufhörte, knurrte mein Magen und mir war fast übel vor Hunger. Ich ging ins Hotelrestaurant, aß irgendein Gericht von der Karte und trank ein Glas Weißwein dazu. Danach schrieb ich weiter bis gegen zehn und klappte schließlich mein Notebook zu, geistig und körperlich ausgelaugt. Ich schaltete den Fernseher ein und ließ das Programm über mich ergehen. Krimis, Nachrichten, Komödien, Dramen, Shows. Ich war froh, nicht mehr denken zu müssen.

An einem Dienstag war ich mit der ersten Buchfassung fertig. Es war früher Nachmittag, als ich den letzten Satz in den Laptop tippte. Draußen war es schön, wolkenlos und windstill. Die Sonne hatte seit elf Uhr vormittags in mein Zimmer auf das Bett, den Sessel und meinen Schreibtisch geschienen. Ich hatte die Vorhänge zuziehen müssen, um arbeiten zu können.

Ich war erleichtert, das Gröbste hinter mir zu haben und rief meinen Produzenten an. Bis übermorgen wollte er das Buch lesen, wir sollten uns am späten Donnerstagnachmittag im Büro zu einer ersten Besprechung treffen. Inzwischen hätte ich mir eine Ruhepause verdient, meinte er. Im Kino laufe eine seiner internationalen Produktionen, die könne er empfehlen. Ich versprach, mir den Film anzusehen.

Zum ersten Mal meldete ich mich bei Leander an und fragte, ob er Lust hätte, mich zu begleiten. Er war begeistert. Ich hatte nichts anderes erwartet.

Ich war voll bepackt: Popcorn, Mars, Mineralwasser, Gummibärchen. Leander lachte, als er mich sah. Ob noch fünf andere mit ins Kino kämen?, wollte er wissen. Ich schüttelte den Kopf. »Das ist unser Proviant. Der Film hat Überlänge.«

Wir saßen in der letzten Reihe, Mitte, in rotem Plüsch. Vorne eine überdimensionale Leinwand. Bevor der Film anfing, zog eine Lasershow über unsere Köpfe hinweg. Leander entflammte, schob diesen Sonderservice auf meine Anwesenheit. Wenn eine Autorin, die fürs Fernsehen schrieb, an seiner Seite sitze, müsse es etwas Außergewöhnliches geben. Damit habe er gerechnet. Er hatte eine unaufdringliche, höfliche Art zu flirten. Er sagte nie etwas Vulgäres. Anfangs schätzte ich das an ihm. Ich konnte nicht ahnen, dass er diese seltsam aufgesetzt wirkende Korrektheit nie ablegte, in keiner Situation.

Wir konsumierten alles, was ich dabei hatte. Der Film war anspruchsvoll und gut. Wir verließen das Kino angefüllt mit neuen Ideen und Inspirationen. Lange liefen wir durch irgendwelche Straßen und redeten über das Gesehene. Leander erklärte, dass er nun viel mehr Respekt vor meiner Arbeit habe. Er hätte nicht für möglich gehalten, wie vielschichtig es sein könne, einen Film zu machen. Ich nahm das Lob an, relativierte es aber. Ich schrieb nicht fürs Kino. Ich spielte in einer anderen Liga, auch wenn wir uns alle Mühe gaben, etwas Gutes herzustellen. Es war Fernsehen. Leander ließ das nicht gelten. Ich sei zu bescheiden, aber das habe er ohnehin längst bemerkt.

In einem kleinen, unscheinbaren Bistro aßen wir einen überbackenen Toast und tranken Weizenbier. Mir ging es rundum gut. Der Film hatte mich abgelenkt und ich war euphorisch wegen der abgeschlossenen Arbeit. Dieses Gefühl wiederholte sich jedes Mal. Man ist wochen- oder monatelang in der Vorbereitungsphase, dann mittendrin im Schöpfungsprozess, und irgendwann ist das Ergebnis da. Danach geht ein Aufatmen durch Geist und Körper. Man schwebt in anderen Sphären und steht wie unter Drogen. Man möchte irgendetwas tun, das dem, was man geleistet hat, gerecht wird. Ich küsste Leander.

Nachdem sich meine Lippen schwer von den seinen gelöst hatten, hielt er lange seine Augenlider geschlossen, als küsse er gedanklich weiter und weiter. Er hatte ein sanftes Lächeln ins Gesicht gemeißelt und sah dabei aus wie ein kleines Kind, das zwischen den Tagen, gewöhnlichen Tagen, beschenkt worden ist.

Ich flüsterte seinen Namen, als müsse ich ihn wecken. Da endlich schaute er mich an. Warum nur fühlte ich mich, als sei ich die Kopie des Originals?

»Darauf habe ich Jahre gewartet!«, meinte er gerührt.

»Das hast du gut kaschiert«, antwortete ich trocken.

Er erklärte, dass er sich nicht getraut habe, mir seine Zuneigung zu zeigen. »Du warst am Telefon immer und ausnahmslos reserviert, korrekt und geradlinig. Was hätte ich tun sollen?«

Ich lächelte, als er weitersprach.

»Ich wollte dich vom ersten Sehen an. Wenn du gewusst hättest, wie sehr.« Er nahm meine Hand ungelenk und ein wenig zu fest in seine und küsste sie an jeder erdenklichen Stelle, sogar zwischen den Fingern. Danach klebten meine Häute zusammen. Mir war so viel Aufmerksamkeit peinlich. Es war lange her, dass ein Mann mir so seine Gefühle offenbart hatte.

»Du bist verheiratet«, sagte ich. »Es hat keinen Sinn!«

»Ich werde meine Frau verlassen. Ich komme ohnehin nicht gegen meine Gefühle an. Und der Sex mit ihr ist, ehrlich gesagt, eine Katastrophe.«

»Überlege dir, was du sagst. Alles, was man ausspricht, hat Bedeutung.« Ich machte eine Pause und spann den Faden weiter. »Deine Frau verlassen. Den Satz wirst du nie wieder los, auch wenn du ihn längst vergessen hast.«

Er schaute mich kopfschüttelnd an. »Was redest du nur? Ich kann dir versichern, dass ich kein Wort sage, ohne mir etwas dabei zu denken. Ich bin Jurist. Ich denke zuerst und spreche danach. Das ist bei mir Prinzip.«

Ich stand auf und blickte auf ihn hinunter. Wie von viel zu weit oben. Er verkam zu einem Gnom. »Ich muss ins Hotel. Es ist spät.«

Er zahlte und setzte mich widerspruchslos am Westbahnhof ab, wo die Züge traurige Geschichten erzählten, die ich allesamt verstand.

Um halb sechs am nächsten Morgen joggte ich die Maria-Hilfer-Straße entlang. Die Straßen waren trist und menschenleer, bis auf die Zeitungsverkäufer und

Frauen, die ihre Hunde ausführten. Ob ich zu viel Energie hätte?, fragte mich ein Straßenkehrer, der ein Gespräch verkaufen wollte. Er grinste frech und fragte, ob ich meine offensichtlich gute Laune an ihm auslassen wolle.

»Geht nicht! Bin schon vergeben«, antwortete ich keuchend und lief weiter. Die Straße bot genügend Möglichkeiten, meine Lauffreude auszuleben. Mehrere Kilometer standen mir zur Verfügung.

Als ich geduscht hatte und meine nassen Haare auskämmte, fühlte ich mich wie neugeboren. Ich strotzte vor Energie. Ich rief meine Tochter an und erkundigte mich, ob alles okay sei. Melanie lachte.

»Natürlich ist alles in Ordnung. Ich bin schließlich kein Kleinkind mehr.«

David gab ein Feedback über die vergangenen Tage und die Fortschritte seiner Arbeit. »Keine besonderen Vorkommnisse. Alles normal«, versicherte er. »Obwohl vier Wochen ganz schön lang werden können. Wann kommst du zu uns zurück?« Er klang wie mein Mann in guten Tagen. Ich sagte, dass ich vielleicht früher nach Hause kommen könne. Ich müsse nur noch die Besprechung beim Produzenten abwarten. Am anderen Ende hörte ich ein kühnes Seufzen. Ich wusste nicht, ob ich mich darüber freuen oder traurig sein sollte. Ich wollte auf keinen Fall falsche Hoffnungen in David wecken, obwohl mir die Vorstellung, wir könnten jemals zusammenkommen, völlig abwegig vorkam.

Ich beendete das Gespräch, öffnete den Kleiderschrank und suchte meine Garderobe zusammen. Einen schwarzen Lederrock, Stiefel und einen hellen Pullover. Ich zog mich an und überprüfte meinen Anblick im Spiegel. Eine ganz ansehnliche Frau, die kurz davor war, einen neuen Mann stückchenweise in ihr Leben zu lassen.

Es gibt kein besseres Gefühl als die Gewissheit, geliebt zu werden. Am stärksten ist es, bevor man Sex hat. Da bleibt Raum für Fantasie. Man kann alles, was man sich vom anderen wünscht, in ihn hineinprojizieren. Das sind die stabilsten Beziehungen. Wenn man der Realität ins Auge geblickt hat, erkennt man oft, dass der Traum schöner war als die wirklich gelebten Stunden. Das ist der Knackpunkt. Danach entscheidet sich, ob man Illusion und Wirklichkeit verbinden kann.

Wir aßen bei ›Fabios‹ zu Mittag, ließen uns die Leichtigkeit Italiens an den Tisch bringen. Bei Saltimbocca fühlten wir uns wie am Mittelmeer. Bei Panna cotta hätten wir schwören können, unsere Füße baumelten die Kaimauer hinunter, knapp über dem kühlenden Wasser. Wir ließen die Spannung, die zwischen uns herrschte, zu. Die Spannung, die einen wissen lässt, bald, heute, werden wir uns zum ersten Mal lieben.

Sein Begehren stand ihm überdeutlich ins Gesicht geschrieben. Nichts hätte ihn noch abhalten können. Es gab kein Zurück, nur ein Vorwärts. Vielleicht mit überhöhter Geschwindigkeit.

Das Essen dehnten wir bis nachmittags aus. Leander verschob Termine per Handy und schickte seine Assistentin früher in den Feierabend. Er wollte das Büro freihaben. Für uns. Unsere Rücken, die vom Teppich aufgeraut werden würden, um zu testen, was auf körperlicher Ebene aus uns werden könnte. Ich verdrängte einen Gedanken an Urs, unsere einzige Nacht, die mir erneut die Augen für die Liebe geöffnet hatte.

Wir verließen bald das Restaurant, gingen die Kärntner Straße hinunter und bogen schließlich in die unscheinbare Gasse, in der sich seine Kanzlei befand. Plötzlich blieb er mitten auf der Straße stehen, nahm mein Gesicht in beide Hände und küsste mich rigoros auf die Lippen.

»Heute ist der Beginn einer neuen Zeitrechnung. Für mich und auch für dich!«

Ich wusste nichts zu erwidern. Stattdessen nahm ich seine Hand in meine, und so gingen wir die letzten Schritte nebeneinander her.

Das Büro wirkte verlassen. Auf seinem Computer klebten gelbe Zettelchen mit Nachrichten. Ich sagte, ich müsse auf die Toilette. Er zeigte mir den Weg, und ich verließ ihn für wenige Augenblicke. Als ich zurückkam, erwartete mich ein Lichtermeer. Überall standen Teelichter herum. Ich blieb benommen stehen. Der Raum wirkte wie ein riesiger Weihnachtsbaum, frisch entzündet. Eine ganz und gar perfekte Traumwelt. Ich sah kaum sein Gesicht, aber ich spürte seine Arme, Krakenarme, um mich. Er küsste mich leidenschaftlich nass, sagte, dass er mich liebe und unendlich begehre. Wie nie eine Frau zuvor. Sein Schwanz suche eine Heimat in mir.

Mein Rücken war tatsächlich wundgescheuert. Ich lag bäuchlings auf dem Perserteppich, das Gesicht zur Seite gedreht. In mir stritten sich die Gefühle.

Er hatte sich auf den Ellbogen gestützt und schaute mich durch seine Augenschlitze an. »Willst du mich heiraten?«, fragte er. Es klang derart ernst, dass ich erschrak.

Ich konnte es nicht glauben. Ich hatte einen Mann geliebt, der von Zweifeln, Hemmungen und Komplexen bestimmt war. Ich hatte nicht mitgezählt, wie oft er mich, während wir uns einander hingeben wollten, gefragt hatte, ob ich aufgegeilt genug sei.

»Nein, ich darf noch nicht. Du bist noch nicht so weit. Ich werde dir wehtun. Meiner Frau tut es auch weh«, hatte ich ihn in mein Ohr ächzen hören. Entsetzen und stille Abneigung hatten sich meiner bemächtigt. Die Flutwelle der Abneigung war durch nichts aufzuhalten. Ich konnte nichts, gar nichts dagegen tun. Jede Lust war verloren.

Anfangs versuchte ich, ihn zu beruhigen. »Es ist alles in Ordnung, Leander. Ich fühle mich gut. Nichts tut mir weh. Lass deine Lust zu.« Es half nichts. Er konnte nicht anders als zweifeln und sich bestrafen. Noch während wir uns liebten, sprach er vom Ende und wie traurig es für ihn wäre, mich körperlich zu verlassen. Er wolle für immer in mir bleiben. Er könne nicht aufhören. Sein Penis habe einen Hafen gefunden. »Den Hafen der Lust, Lust, Überlust.« Sein Schwanz wolle andocken. Er wolle nur noch reines Wollen. Egal was. Wenn nur ich dabei wäre. Schnittstellen meines Fleisches.

»Wir können uns ein zweites Mal lieben«, brachte ich noch hervor. Danach gab ich kraftlos auf.

Ernüchterung ist das schlimmste Gefühl, das man nach einer Liebesnacht empfinden kann.

Ich hatte darauf bestanden, mir ein Taxi zu nehmen. Bei der Ankunft im Hotel bezahlte ich den Fahrer und stieg grußlos aus. Die Rezeptionistin sah meinem Gesicht an, dass etwas nicht stimmte. Sie grüßte knapp und überließ mich meinen rätselhaften Gedanken.

Ich stieg, wie immer, in den Aufzug, fuhr in mein Stockwerk, ging den Gang entlang, bis zu meinem Zimmer, steckte die Karte in den Türschlitz und öffnete die Tür. Mit einer einzigen Bewegung warf ich mich aufs Bett. Es war kurz nach zwei. Ich schlief sofort ein, völlig erschöpft.

Ich wachte erst gegen zehn auf. Das Frühstück hatte ich verschlafen. Auf meiner Mailbox waren drei Nachrichten. Alle von Leander. Er vermisse mich. Jetzt schon. Wir müssten uns heute noch sehen. Er werde mit seiner Frau sprechen. So bald wie möglich. Ich löschte seine Stimme von meinem Band.

Was sollte ich ihm sagen? Dass er neurotisch war. Jeder glaubte doch, normal zu sein. Selbst die Verrücktesten waren von ihrer Durchschnittlichkeit überzeugt. Für ihn war es Realität, voller Selbstzweifel und Hemmungen zu lieben. Er musste sich quälen, um Lust zuzulassen.

Jetzt verstand ich seinen gedämpften Blick, die leise Traurigkeit, die er ausstrahlte. Er hatte sich in sein eigenes Gefängnis eingeschlossen. Ich würde nicht mit einem solchen Menschen leben. Nie und nimmer.

Liebe braucht Freiheit und innere Weite. Erst dann ist es wirklich Liebe. Alles andere ist ein Abklatsch dessen, was man dafür hält.

Die Besprechung bei meinem Produzenten verlief komplikationslos. Die nächste Buchfassung stünde erst an, sobald wir Nachricht vom Sender bekämen. Meine Anwesenheit in Wien sei nicht länger nötig.

Zurück im Hotel packte ich. Wahllos warf ich Kleider, Hosen, Pullis und Unterwäsche in den Koffer.

An der Rezeption vergewisserte ich mich, dass die Rechnung durch die Produktion abgedeckt war. Es sei alles in Ordnung, versicherte man mir.

Dann nahm ich mir ein Taxi.

Die vergangene Nacht fiel von mir ab, als ich mich in den Sessel der Fokker 50 zurücklehnte. Die Flugbegleiterin ging durch die Reihen, um sich davon zu überzeugen, dass jeder angeschnallt war.

Ich starrte aus dem kleinen Fenster, hinaus auf den

Asphalt mit dem weißen Mittelstreifen. In wenigen Augenblicken würden wir starten und dann läge alles hinter mir. Der Name Leander Christensen. Durchgeschriebene Tage. Streifzüge durch die Nacht. Falsche Hoffnungen und vorweggenommene Träume: Wien.

Liebe kommt, wenn es Zeit ist. Man erlebt sie selten, wenn man nach ihr verlangt, war mir schlagartig klar.

Plötzlich bekam ich Sehnsucht nach Melanie. Irrsinnige Sehnsucht. Nach einer Weile schob sich Davids Bild über das ihre. Seine traurig-trüben Augen über Melanies kindliches Lächeln gestülpt. Ich sank nach hinten und dämmerte weg.

Der Architekt

Die nächsten zwei Monate tat sich nichts Besonderes. Ich hockte täglich an meinem Schreibtisch, holte Melanie von der Schule ab, aß manchmal mit David zu Abend, meist schnell zubereitete Fertiggerichte oder belegte Brote, und sprach hier und da mit Maja, dem Butterlöckchen.

»Berlin war lange die Stadt, die ich als meine Heimat bezeichnet hab, ohne je dort gewesen zu sein«, vertraute ich ihr an. »Das Ganze hatte als Kind, bei einem Spiel mit Freunden, angefangen.«

»Ah ja? Und wieso? Lass mich heute nicht unwissend ins Bett fallen. Das gehört sich nicht.« Maja sprach mit leisem Singsang, und ich begann, alles vor ihr auszubreiten. Die ganze, verrückte Geschichte, die mich mit Berlin verband. Der Stadt, die ich kurz vor der endgültigen Trennung von Thomas besucht und mit einem Mann kennengelernt hatte, als bereits feststand, dass unsere Beziehung nicht mehr zu kitten war.

»Ich komme aus Hamburg«, hatte Sonja, die in unsere Gegend gezogen war, großmächtig von sich gegeben. Sie stand mit in die Hüften gestemmten Armen da, die Waden streng aneinandergelegt, als sei sie etwas Besseres, nur weil sie aus der Großstadt kam.

»Und ich aus Berlin«, kam es schneller aus meinem

Mund, als ich überhaupt gewollt hatte. Meine Intention war klar, ich wollte mit Sonja mithalten können. Seitdem gab ich an, Berlin gut zu kennen. Niemand machte sich die Mühe, mich nach Einzelheiten zu fragen, warum wir aus Berlin fortgezogen waren, wo meine Berliner Schnauze geblieben sei. Wieso nie Freunde aus Berlin zu Besuch kamen. Berlin war meine ausgedachte Vergangenheit ohne Fragen. Jeder glaubte mir.

Als ich viele Jahre später endlich nach Berlin kam, hatte ich die Lügen aus meiner Kindheit längst vergessen. Ich hatte in der Stadt zu tun, weil ein Treffen mit einem Verleger anstand. Schon lange schrieb ich um Erfolg und Anerkennung, um meine Daseinsberechtigung, darum, mein Leben und das der anderen schreibend zu erkennen. Thomas erzählte ich nichts davon. Er hätte es als pure Zeitverschwendung abgetan. ›Du bist Journalistin. Find dich damit ab. Ist nicht das Schlechteste.‹ So was in der Art. Weil ich darauf keine Lust hatte, schwieg ich.

Berlin würde mir weiterhelfen. In Berlin trafen sich die, die das Sagen hatten, die Wichtigen, Intellektuellen, die Meinungsbildner. Mein zukünftiger Verleger, wie ich ihn in Gedanken frech nannte, lebte und arbeitete dort. Ich war zu vielem bereit, um in seinem Verlag unterzukommen.

Wochen vor meiner Abreise war ich im Zug unterwegs gewesen. Mein Wagen stand mit einem Motorschaden in der Werkstatt und so war mir nichts anderes übrig geblieben, als auf die Bahn auszuweichen. Ich hatte einiges in der Stadt zu besorgen. Meine biologische Zahnpasta war ausgegangen und im Kühlschrank herrschte gähnende Leere. Außerdem wollte ich in die Buchhandlung, um mir etwas zum Lesen zu besorgen. Alltagskram, den man ernst nehmen musste, trotz allem.

Auf dem Rückweg teilte ich das Abteil mit einem jungen Mann. Er las irgendeinen Band der Harry-Potter-Reihe, den Blick die ganze Zeit über auf die Seiten geheftet. Ich saß neben meinen Tüten und Taschen, kramte darin herum und überlegte, ob ich auch alles besorgt hatte. In der Buchhandlung war ich nach endlosem Suchen fündig geworden. Aber irgendwie hatte ich an diesem Tag nicht den richtigen Griff bewiesen. Das Taschenbuch, das ich gekauft hatte, gefiel mir schon nicht, nachdem ich erst wenige Seiten gelesen hatte.

Kurz vor meiner Station hatten wir einen Schienendefekt. Über Lautsprecher bat man um Geduld. Es werde einige Zeit dauern, den Schaden zu beheben. Mein Nachbar sah zum ersten Mal auf und ich in seine Tigeraugen.

Gut aussehende Männer verunsichern mich. Man nimmt grundsätzlich an, dass sie untreu und oberflächlich sind. Es ist schwer vorstellbar, dass ein attraktiver Mann auch noch durch innere Qualitäten besticht. Durch Charakter und Einfühlungsvermögen. Das wäre zu viel des Guten. Auf jeden Fall zu schön, um wahr zu sein.

Der Mann, der mir gegenübersaß, sah blendend aus. Er war der schönste Mann, den ich seit Jahren gesehen hatte. Und mindestens zehn Jahre jünger als ich. Das beruhigte mich. Er kam ganz und gar nicht für mich infrage. Ganz abgesehen davon, dass ich noch verheiratet war.

Im Zug herrschte Unruhe. Man ging hin und her, besuchte sich gegenseitig in den Abteilen, tauschte sich aus. Was los sei? Wann mit einer Weiterfahrt zu rechnen wäre?, und so weiter, und so fort.

Mir war langweilig. Ich hatte mein Taschenbuch rausgekramt und las trotz allem weiter, obwohl das Buch, besser gesagt die Handlung, flach und ohne besonderen Sprachstil erzählt war. Ich steckte es nach einer Viertelstunde zurück in die Tasche. Mein Nachbar machte mit Harry Potter dasselbe, er stopfte ihn in einen randvoll gepackten Koffer und schaute mich an. Wir kamen ins Gespräch. Ich machte mir keine Gedanken mehr über sein Aussehen und redete einfach drauflos.

Er kam aus Berlin und war auf dem Weg zu einem Wochenendseminar. »Ein Coach lehrt, mit wenigem zu überleben, zeigt auf, was man braucht und was nicht und dass die simpelsten Dinge die größten Erfolge bringen. Urbanität ist out. Zumindest für 48 Stunden, am Samstag und Sonntag. Ich nenne es emotionale Abkoppelung«, erzählte er mir mit einer Stimme, die mich an warmes Wasser denken ließ.

Er war Architekt. Auf dem zweiten Bildungsweg hatte er sich seinen Kindheitstraum erfüllt, den vom Baumeister, der die höchsten Häuser der Welt schafft, von deren Dächern die Menschen einen freien Blick haben. Dieser Blick sei es, der ihnen neue Möglichkeiten offenbare. Das dritte Auge. Ohne Unterbrechung erklärte er, wie tief die Stahlstäbe in den Boden gebohrt werden müssten, um in die Höhe bauen zu können. 80 Meter Bodentiefe würde er für sein neues Objekt benötigen, einen Tower in einer japanischen Großstadt. Erdbebensicher. Er erzählte lebendig, seine Augen glänzten verführerisch, er redete gestenreich mit beiden Händen, seine Haare fielen ihm dabei immer wieder ins Gesicht. Er strich sie sich hinters Ohr und redete weiter, oft von einem unerwarteten Lachen der Begeisterung unterbrochen. Die Zeit schien stehenzubleiben. Ich sah glasverkleidete Riesenmonumente aus der Erde wachsen, erkannte, wie etwas entstand, von dem ich mir nicht hätte träumen lassen, dass es möglich sei. Fast 100 Stockwerke und Aufzüge, die in Rekordschnelle von null auf neunzig schossen.

Wir hörten über Lautsprecher, dass der Gleisschaden behoben sei und man in wenigen Minuten weiterfahren könne. Wir hatten Visitenkarten ausgetauscht und uns verabredet. Am nächsten Abend wollten wir ins Kino gehen. Als ich zu Hause ankam, wusste ich nicht, was ich von dieser Begegnung halten sollte.

Ich zog meine älteste Jeans und einen Pullover an. Ich wollte auch den letzten Zweifel, dass er etwas an mir als Frau finden könne und ich darauf mit peinlich genauer Überlegung über mein Outfit reagieren müsse, ausräumen. Ich tat das Gegenteil von dem, was ich sonst tat, ich machte mir keine Gedanken.

Mit Turnschuhen und meinem Trenchcoat überm Arm verließ ich die Wohnung. Wir trafen uns vor meiner Bank. Er stand an die Mauer gelehnt da und wirkte nicht, als warte er auf jemanden, eher so, als stünde er einfach so dort rum und warte auf einen günstigen Augenblick seines Lebens. Irgendetwas an seiner Körperhaltung rührte mich. Vielleicht seine Unaufgeregtheit. Die Selbstverständlichkeit, mit der er dem Ausschnitt seines Lebens in diesen Sekunden begegnete. Irgendwie halt.

Als wir aus dem Kino kamen, schwiegen wir. Der Film war aktionsreich und brutal gewesen. Ich war innerlich aufgewühlt von all den Toten und Geschundenen. Wir gingen unter den milchig leuchtenden Straßenlaternen dahin. Hüpften von Lichtkuppel zu Lichtkuppel. Er hatte sich eine Zigarette angesteckt, zog geräuschvoll und deftig daran, blies den Rauch in die Luft. Seine Absätze klackten auf dem Asphalt. Plötzlich lachte ich. In einer der letzten Filmszenen war ein Drehbuchfehler gewesen. Ich erklärte ihm, dass ein Mann, der vielleicht seit 20 Filmminuten tot war, als Hintergrundfigur wieder aufgetaucht sei. Er überlegte, versuchte sich zu erinnern und nickte dann.

»Sie haben recht! Wie gibt's denn so was?«

»Keine Ahnung!« Wir bogen die nächste Straße links ab und marschierten immer geradeaus. Ich begann zu schwitzen. »Vielleicht sollten wir anrufen und das loswerden?«, schlug ich flachatmig vor.

Er schüttelte den Kopf. »Lohnt sich nicht. Lassen wir die anderen selbst drauf kommen.« Er grinste, warf seine Kippe in einen Gully und blieb stehen. »Wir sollten Du sagen, bevor wir uns küssen!«

Ich schaute ihn perplex an. Auf sein Angebot, ihn in Berlin zu besuchen, kam ich zurück, nachdem es einen fürchterlichen Streit mit Thomas gegeben hatte. Ich wollte weg, nichts mehr von ihm sehen und hören. Einfach nur eine Weile für mich sein und nicht länger durchs Netz des Lebens fallen.

Berlin-Tegel kam mir zu klein für eine Stadt vor, die mehr als drei Millionen Einwohner hatte. Als ich aus dem Flugzeug stieg und aus dem abgesperrten Teil der ankommenden Fluggäste durch die sich automatisch öffnende Sperre in die Halle trat, fand ich meine Meinung bestätigt. Die Halle war schmal, eng, klein.

Dort stand er, zwischen all den anderen Wartenden. Rote Rosen hatte er mitgebracht. Es schien klar, dass ich bei ihm wohnte. Ich bliebe nur eine Nacht in Berlin, hatte ich gesagt, am nächsten Morgen müsse ich nach Leipzig weiter. Zur Buchmesse.

Ich wollte mich über die aktuellen Medientrends informieren. Zwei Tage später käme ich allerdings erneut nach Berlin und bliebe drei Tage. In dieser Zeit könnte ich alle Termine und einen privaten Teil, den ich eingeplant hatte, schaffen.

Beim Privaten stünde er mir gerne zur Verfügung, versprach er. Als Reiseführer sei er unschlagbar. Im Gegensatz zum Architekten in ihm.

Er wohnte in Berlin-Tiergarten, direkt neben einer schmuddeligen Kneipe und einem Videofilmverleih. Gegenüber ein leer stehendes dreistöckiges Gebäude. Slums auf Deutsch. In einem kleinen Innenhof, den wir durchquerten, um zu einem der Eingänge zu kommen, der Versuch, eine grüne Idylle in die Aussichtslosigkeit zu zaubern. Ich war fassungslos. Er hatte gesagt, dass er zurzeit finanziell knapp sei. Seine Projektplanungen verschlängen Unsummen. Und bis die ersten Gelder eintrudeln würden, das dauere. Jung-Architekt sei er, noch im Aufbau.

Ich musste an Louis Kahn denken, den berühmten amerikanischen Architekten, der sich ein eigenes Haus nicht leisten konnte, dafür aber zwei parallel existierende Familien neben seiner offiziellen.

Drinnen erwarteten mich 45 Quadratmeter, ausgelegt mit PVC, ohne Fußleisten. Die Küche ein Sortiment schmutzigen Geschirrs. Das Bad schwach beleuchtet mit einem schief hängenden Mini-Spiegel vor türkisgrünen, zum Teil gesprungenen Fliesen. Im Wohnzimmer Kabelsalat auf dem dunkelrot gestrichenen Holzboden, eine defekte Stehleuchte, neue Rollos an den Wänden und ein überdimensionales Bild in grün-blau.

Im Schlafzimmer eine Matratze und die Federbetten ohne Bettzeug, eine Nachttischlampe auf einem umfunktionierten Pappkarton, elend viele, verblichene Zeichenrollen in jeder Ecke. Ein Singlehaushalt der übelsten Sorte. Diese Tage würden mein Leben verändern. Als ich im Flur stumm stehen blieb, fragte er: »Soll ich dich doch in ein Hotel bringen?«

Ich sah ihn direkt an. »Nein! Das lasse ich mir bestimmt nicht entgehen.«

Das kleine Zimmer, in dem wir schliefen, wirkte klaustrophobisch. Er schlief mit nacktem Oberkörper, der notdürftig mit einem Laken zugedeckt war, ich lag zu seiner rechten Seite. Eine dünne Mondsichel blitzte zwischen den Jalousien hervor. Draußen war es verdächtig ruhig. Keine Stimmen, nur ein undefinierbares stupides Klopfgeräusch, wohl von einer Wohnung über oder unter uns. Ich starrte an die Decke. Was tat ich hier? Warum lag ich bei diesem Mann, den ich kaum kannte, im Bett?

Was Leben bedeutet, zeigt sich nur in Fragmenten. Es sind die kleinen Bruchstücke, die manchmal in unser Bewusstsein dringen. Plötzlich macht es Klick und wir begreifen etwas, das uns zuvor wie hinter dichtem Nebel verborgen erschien.

In diesem engen Raum dachte ich über mein Leben nach. Meine ewige unablässige Suche nach Lebendigkeit, nach Abwechslung, nach Neuem brachte mich dazu, mich immer leerer zu fühlen. Was tat ich nur? Ich sprach Stunde um Stunde, ich grübelte und küsste wieder und wieder den Falschen, Thomas, den Mann, den ich geheiratet hatte, der mich aber nicht mehr wollte und um den ich doch kämpfte, und ich war immer und unablässig tätig.

Wie ruhig diese Nacht mich machte. Ich brauchte nichts zu tun. Einfach nur dazuliegen, genügte. Ich musste irgendwann eingeschlafen sein und wachte viel zu spät auf. Als ich die Decke zurückschlug, um aufzustehen, flogen mir wirr aufgescheuchte Staubflocken ins Gesicht. Ich zog die Matratze von ihrer präparierten Stelle und erschrak. Brotkrumen, Staubwülste, Papierfetzen und undefinierbare Scheußlichkeiten verbargen sich in den Ecken, als führten sie dort ein Parallelleben. Ich ekelte mich. Ich schob die Matratze unwirsch zurück an ihren Platz und nahm mir vor, nichts zu sagen. Als ich ins Wohnzimmer kam, grinste er mich an. »Kaffee ist fertig!«

Sebastian trainierte mit Hanteln, die in einer staubigen Wohnzimmerecke, direkt hinter dem Sofa, verstaut waren. Ich sah sie dort liegen und seinem geröteten Gesicht an, dass er sie eben noch in Händen gehalten hatte.

»Bloß nicht! Mir dröhnt ohnehin schon der Kopf. Ich trinke Wasser.«

Er schaute mich an und sein Blick hielt meinen gefangen.

Ich schaffte es nicht, mich zurückzuhalten, obwohl ich eine Kakofonie aus Andeutungen unbedingt hatte vermeiden wollen. »Deine Wohnung ist eine Zumutung«, warf ich ihm schließlich doch an den Kopf. »Ich weiß nicht, was du dir dabei denkst, eine Frau hierher einzuladen.«

Seinen Gesichtsausdruck nach diesem kurzen Satz werde ich nie vergessen. Zwischen seiner Stirn und den Augenbrauen hatte eine Detonation stattgefunden.

In Leipzig blies ein kalter Wind. Ich wohnte in einem dieser austauschbaren Hotels und fror schon bei dem Gedanken, es zu verlassen. Da nützten selbst dicke Strumpfhosen, Pullis und wattierte Jacken wenig. Es war eisig kalt. Ständig schien es, als schnitten die Wolken ein Stück vom Himmel weg, den Teil, der für die Wärme zuständig gewesen wäre. Übrig blieb eine graue Eintönigkeit, die den Winter krampfhaft festhielt, obwohl der Frühling längst in den Startlöchern wartete.

Mein Hotel befand sich gleich neben dem Messegelände. Vom Flair Leipzigs bekam ich anfangs nichts mit, denn ich schaffte es nicht, in die Stadt zu fahren, um irgendwo einzukehren und etwas Gutes zu essen oder zu trinken und eine der vielen Lesungen zu konsumieren. Trotzdem genoss ich jeden Moment. Nie zuvor hatte ich ein Hotelzimmer so geschätzt wie in jener ersten Nacht in Leipzig. Die frische Bettwäsche, der ordentlich gesaugte Teppichboden, das blitzsaubere Bad, Kacheln zum Spiegeln, Abschminktücher, Toilettenpapier auf Vorrat, der Obstkorb auf dem Schreibtisch. Abends erzählte ich einer Freundin am Telefon, einiges auch David, von Sebastians scheußlicher Wohnung, dem Schmutz, dem Fehlen jeglichen Komforts. Beide lachten und amüsierten sich. Später, als ich längst bei David wohnte, erzählte er mir, dass ihn diese Schilderungen erheitert hätten. Ernst genommen habe er sie aber nicht. Ich grinste nur. Auch diesmal würde er mir nicht glauben. Also erzählte ich weiterhin, was er erwartete. Selbstverständlich lebe Sebastian in einem hippen Loft.

»Das war mir klar«, meinte er nur.

Die Tage in Leipzig, die direkt nach dem Frühstück begannen, trieben mich von Halle zu Halle, von Stand zu Stand, von Gespräch zu Gespräch. Ich hatte das Gefühl, Kilometer hinter mich gebracht zu haben. Nachts, im Bett, ließ die Anspannung noch immer nicht nach. Ständig ging mir alles Mögliche im Kopf herum: Würde ich einen Verlag finden?

Gegen meinen ursprünglichen Plan entschied ich mich am zweiten Abend, in die Stadt zu fahren. Ich nahm mir ein Taxi, und ließ mich vor einer der vielen Kneipen absetzen. Inmitten einer taumelnden Menge bücherbegeisterter Menschen quetschte ich mich in ein Lokal, das mit dunklem Holz vertäfelt war und in dem es wie in einem Bienenstock summte. Plötzlich wurde es still. Vorne, auf einem Hocker sitzend, begann ein junger Autor zu lesen, dessen lange Haare gepflegt und dessen Augen wie eine eigene Geschichte wirkten.

Seine laute, kräftige Stimme hob ihn aus der Masse heraus und ich fühlte mich sofort durch seine Worte in den Arm genommen. Er erzählte eine poetische Liebesgeschichte und träumte mit dem Publikum von einem vielversprechenden Beginn, bevor ein schwer auf den Protagonisten lastender Mittelteil das wonnige Hochgefühl unterbrach, ein Mittelteil, der von Krankheit, auswegloser Krankheit berichtete. Einer Zäsur, die der Liebe eine Höhe verlieh, die sie ohne diesen Einschnitt vermutlich nie erreicht hätte. Oder etwa doch? Das Ende war, wie zu erwarten, traurig, aber in seiner Traurigkeit derart schön erzählt, dass ich weinen musste. Ich war nicht allein mit meinen Emotionen. Um mich herum schniefte und hüstelte es. Der Autor klappte, selbst Tränen in den Augen, sein Buch zusammen, stand auf und wurde von einem Mann, der aussah, als wären Emotionen normalerweise ganz und gar nicht seine Sache, auf ein Bier eingeladen.

Ich hatte mich aus der Menge gelöst und hastig das Lokal verlassen. Draußen stand ich noch eine ganze Weile herum und weinte weiter. Weinte um den Mittelteil meines Lebens, der vielleicht ebenfalls von einer Krankheit heimgesucht war. Der Krankheit, die Schönheit des Lebens nicht zu erkennen, weil ich im Liebesleid, aber vor allem im Selbstmitleid feststeckte.

Zurück in Berlin erlebte ich eine Überraschung. Sebastian hatte eigenen Angaben zufolge einen ganzen Müllcontainer mit seinem Zeug vollgestopft. Die Hausverwaltung werde alles andere als erfreut sein, wenn sie erfahre, dass nun niemand mehr seinen Müll loswerden könne, weil der Container voll sei. Mein Interesse hielt sich in Grenzen. Die Küche wirkte immer noch schäbig, aber immerhin war das Geschirr in die Hängeschränke geräumt worden. Im Bad hing der Spiegel gerade an der Wand, außerdem gab es einen neuen Duschvorhang. Das Bett war frisch überzogen, und von den Zeichenrollen fehlte jede Spur. Doch die größte Überraschung war das Wohnzimmer. Sebastian hatte die Kabel hinter den Fußleisten verlegt und eine Zimmerpflanze mit glänzenden Blättern in eine Ecke gestellt. Er hätte sogar die Sofas abgesaugt und mit weißen Kissen von Ikea bestückt, erklärte er mir zufrieden.

In einem Buch über Feng-Shui hatte ich gelesen, wie wichtig es ist, ordentlich zu sein. Es fängt damit an, sich im Zaum zu halten. Überflüssiges anzusammeln hat dieselbe Wirkung wie Schlacken für den Körper. Beides ist giftig. Ich hatte Sebastian davon erzählt und er hatte gespannt zugehört. Während ich redete und redete, wurde seine Furcht greifbar. Für ihn als Architekt sei das Thema hochinteressant, unterbrach er mich schließlich. Die Kunst der Reduktion spiele in seinem Beruf ebenfalls eine große Rolle. Bauhaus, Gropius, wenn man nur daran denke. Wir redeten lange darüber, wie viel man wirklich braucht. Wie viel Haus, Wohnung, Möbel. Sebastian begeisterte sich immer mehr für den Minimalismus. Nach über einer Stunde stand er auf und fuhr sich mit der Hand kräftig durchs Gesicht. »Danke, dass du mir das alles erzählt hast. Für mich kam das zum richtigen Zeitpunkt.«

»Es gibt keine Zufälle«, sagte ich.

Danach küssten wir uns leidenschaftlich. Sebastians Hände fuhren mir, zwischen einzelnen wohlschmeckenden Küssen, sanft durchs Gesicht, als wolle er sich jedes Haar meiner Augenbrauen, jedes Merkmal meiner Nase, meines Mundes und des Kinns durch das vorsichtige Abtasten seiner Fingerkuppen merken, um irgendwann eine Plastik von mir anzufertigen.

Draußen war die Stadt in triefende Nässe getaucht, und die Nacht begann, sich über eine namenlose Gegend zu legen. Der Regen trennte die Welt wie einen Vorhang von mir. Mehr noch. Alles Leben schien sich im Regen aufzulösen. Stumm, still. Sein Gesicht dagegen war nachgiebig und willig. Angestachelt von irgendetwas, vielleicht nur von seinem unbändigen Trieb, ging er daran, mich zu erobern.

»Lass mich dich spüren!«, raunte er mir zu. Seinem Körper haftete ein starker Geruch an. Pulsierende Augenblicke, deren Intensität sich später vor meinen Augen wieder auflösen würde.

Wir hatten uns angewöhnt, lange zu schlafen. Meist standen wir gegen elf auf, nachdem wir aneinandergekuschelt jeder die Wärme und Andersartigkeit des anderen spürten. Oft liebten wir uns leidenschaftlich und ohne Pausen. Immer vor dem Aufstehen. Er war ein guter Liebhaber, sprach wenig, hielt meine Hände kraftvoll hinter meinem Kopf auf dem Kissen fest und sah mir mit sanfter Gewalt in die Augen. Die Neonlichter über uns leuchteten unser zerbrechliches Glück aus. Ein ums andere Mal.

»Denk nicht an mich. Nur an dich. Darauf kommt es an«, flüsterte er mir zu. Körperlich waren wir uns sehr ähnlich. Alles ging ganz leicht. Erregung war in Sekunden, wie auf Bestellung, da. Wir küssten uns hingebungsvoll. Meist hatte er mich längst ausgezogen und auf die Matratze gelegt, ehe ich überhaupt an Sex denken konnte. Tief und schwer atmend. Oft waren wir völlig erschöpft.

Meine beruflichen Ambitionen gerieten immer mehr ins Hintertreffen. Bei schönem Wetter saßen wir stundenlang im ›Café am Neuen See‹, mitten im Tiergarten, und frühstückten mit Appetit, sahen aufs Wasser und redeten oder hielten uns an den Händen. Der See lag tiefgrün und ruhig vor uns. Später liehen wir uns ein Ruderboot aus. Ich saß ihm gegenüber, während er abwechselnd ruderte und rauchte und mich zärtlich streichelte.

Nachdem wir den horrenden Preis für das Boot gezahlt hatten, brachen wir auf, um in die Stadt zu fahren. Wie Zigeuner suchten wir die Straßen ab. Am Alexanderplatz fühlte ich mich wie zu Hause. Ich ließ mich über Willi Sittes Bilder aus und freute mich darauf, mich oben, im Fernsehturm sitzend, um meine eigene Achse zu drehen. Kakao trinkend pickte ich die vielen Zettelchen auf, die die Leute in die sich drehende Rinne legten. Darauf wurde um ein Wiedersehen gebeten: Tisch 26 möchte Tisch 12 kennenlernen. Unbedingt.

Ich amüsierte mich, während ich die Zettel las, über die blinde Euphorie, mit der Fremde sich annäherten.

Bei schlechtem Wetter wichen wir ins ›Tomasa‹ aus. Sebastian parkte seinen Wagen in der Wartburgstraße. Ich ging vor, um im Lokal einen Platz zu besetzen. Die Preise fürs Frühstück waren üppig, aber wenn eine der hübschen Kellnerinnen uns das Ausgesuchte brachte, waren wir immer versöhnt. Wir aßen, als hätten wir tagelang gehungert. Sebastian trank Kaffee, steckte sich zu viele Zigaretten zwischen die Zähne, die er nie anzünden würde, und redete mit mir über die sinnlosesten Kleinigkeiten. Allmählich waren wir dazu übergegangen, uns auch in der Öffentlichkeit zu küssen. Zärtlich strichen wir einander über die trockene Haut an den Wangen. Wenn Sebastian seine Zigarette zurück in die Schachtel steckte, fest und sorgsam, dann nur, wenn er zuvor über meine Hand gestreichelt hatte. Wir waren ungeplant ein Paar geworden.

»Ich wünsche mir, dass mich jeden Abend gegen 22 Uhr jemand küsst«, sagte ich einmal.

Stunden später, kurz vor 22 Uhr, gab sein Handy

einen Ton von sich. Er riss mich stürmisch in seine Arme. »Schon erfüllt«, meinte er dann. Wir lachten, als wären diese beiden Sätze die einzig wichtigen für uns.

Im ›Einbogen‹ in der Boxhagener Straße, Ecke Simon-Dach-Straße, im ehemaligen Osten, änderte sich alles.

»Du hast dich hoffentlich nicht in mich verliebt«, hörte ich ihn sagen. Ich ersparte uns die Antwort.

Wenn Sex die Seele zufriedenstellen würde, würden die Menschen nichts anderes mehr tun. Aber Sex und Liebe sind grundverschieden. Das eine hat mit dem anderen nichts zu tun.

Ich erinnerte mich daran, weshalb ich nach Berlin gekommen war und stattete meinem Wunschverleger einen Besuch ab. Ich erlebte eine herbe Niederlage. Schreiben könne ich, aber man habe keinen Mangel an Autoren. Damit war mein Unglück perfekt. Was sollte mich jetzt noch umhauen? Ich würde Sebastian sagen, dass ich nicht in ihn verliebt war.

Jeder, der Berlin besucht, begutachtet den Reichstag und das Kanzleramt. Man hört den hinuntergeratterten Text irgendeines Fremdenführers. Klingt interessant, berührt einen aber nicht.

Sebastian zeigte mir alles auf seine Weise. Wir liefen die Glasspirale hoch. Außer Atem traten wir hinaus ins Freie und sahen auf die fahlen Dächer Berlins.

»Schön, nicht wahr?«, meinte er überwältigt.

»Schön, weil es so hässlich verschieden ist. Von allem zu wenig und von allem zu viel.«

Ich nickte und nahm wie immer seine Hand.

Um das Bett für einige Nächte miteinander zu teilen, muss man nicht ineinander verliebt sein. Viel zu oft redet man sich ein, nicht ohne den anderen sein zu können. Gutes Aussehen, Manieren, eine gehobene Position, das soll reichen? Dieses vibrierende Kribbeln in der Magengegend heißt noch nicht: es ist ein Anfang. Tiefe Gefühle sind anders. Man kann sie schwer beschreiben, aber man erkennt sie augenblicklich. Es ist, als sei man seiner anderen Hälfte begegnet.

Ich hatte Sebastian erzählt, dass ich irgendwann etwas Verrücktes tun wollte.

»Lass uns ins Kino gehen, ohne zu zahlen. Wie richtige Gauner«, schlug er vor. Wir standen in einem Kinocenter herum. Auf drei Stockwerken spielten sie alles, was das Herz begehrte.

»Okay! Dann los!« Sebastian fasste nach meiner Hand und zog mich hinter sich her. Wir erkämpften uns einen Weg durch das Samstagabend-Gemenge. Lauter junge Leute, die ihr unaufgeregtes Leben gegen die weitaus spannendere Fiktion auf der Leinwand eintauschen wollten. Irgendwie schafften wir es, uns an der jungen Frau vorbeizuschummeln, die die Karten abriss, und landeten in Saal fünf, wo ein Streifen mit Russel Crowe in der Hauptrolle gespielt wurde. Sebastian drückte mich in einen Sessel und setzte sich, sozusagen als Wachmann, neben mich. Auf der Leinwand vor uns balancierte ein Farbiger eine Dose auf dem Kopf. Das Publikum feuerte ihn an und lachte, als die Dose zu Boden fiel.

Ich konnte mich nicht auf die Handlung konzentrieren. Immer wieder musste ich daran denken, dass wir auf den Plätzen irgendwelcher Leute saßen, die vielleicht noch kommen würden. Dass wir, ohne bezahlt zu haben, seelenruhig den Film genießen wollten. Es dauerte keine fünf Minuten, als uns ein junges Paar zum Aufstehen aufforderte. Der Mann hielt Sebastian seine Karte unter die Nase. Ein Wort ergab das andere. Schließlich gipfelte das Ganze in einem Handgemenge. Ein Kartenabreißer, der inzwischen dazugekommen war, stieß den jungen Mann zurück.

»Was ist denn bloß in euch gefahren? Schlagen könnt ihr euch draußen.«

Der Fremde, der zu Boden gegangen war, rappelte sich hoch und sah Sebastian und den Kartenabreißer wütend an. »Der Typ sitzt mit seiner Tussi auf unseren Plätzen.«

Als sei das mein Stichwort, begann ich, auf den Notausgang zuzurennen. Ohne auf Sebastian zu warten, lief ich weg.

Als ich draußen war, kniete ich mich hin und stemmte beide Hände auf meine Oberschenkel. Sekunden später erschien Sebastian keuchend neben mir. »Was hast du denn? Es war doch nur ein Spiel.«

Ich sah ihn nur verständnislos an.

Die nächsten Tage regnete es dunkle, schmutzige Fäden auf den Asphalt. Meine Schuhe waren ständig durchnässt und mich fröstelte. Am vorletzten Abend lag ich fiebernd im Bett. Sebastian machte mir einen Tee mit Rum und servierte ein Aspirin auf einem angeschlagenen Teller.

»Für meine Prinzessin«, murmelte er.

Er setzte sich neben mich auf die Bettkante und sah mir dabei zu, wie ich mit kleinen Schlucken den Tee trank. Als sein Handy klingelte, hob er ab und diskutierte mit einem Freund darüber, dass er nicht zum verabredeten Kartenabend kommen könne. Seine Freundin liege krank im Bett.

Als er das Telefonat beendete, küsste ich ihn spontan auf die Lippen.

»Fühlst du auch, wie nahe wir uns manchmal sind?«, fragte er.

Man kann einander ins Herz schließen, ohne es groß zu bemerken. Es funktioniert sogar, wenn man sich vorgenommen hatte, gerade das nicht zu tun, weil es der falsche Augenblick ist, zu viele Kilometer zwischen beiden Wohnorten liegen oder ein Mann oder eine Frau zu Hause auf den oder die andere warteten.

Es ist ein erhabenes Gefühl, jemanden zu mögen. Es macht einen größer.

Ich hatte selten in meinem Leben einen schöneren Satz als den von Sebastian gehört, dass wir einander nahe seien. Manchmal. Und dieses manchmal sei nach seinem Geschmack viel zu häufig. Aber da sei noch mein Alter. Zwölf Jahre, die zwischen uns lägen. Ich beruhigte ihn. Mir genügten diese Wochen in Berlin. Dafür war ich dankbar. Als ich das gesagt hatte, veränderte sich sein makelloses Gesicht. Es war das einzige Mal, dass diese Unvoreingenommenheit aus seinem Blick wich. Da war er wieder, jener magische Moment, der Menschen miteinander verbindet, ohne dass man sagen könnte, weshalb.

Am letzten Abend aßen wir im ›Storch‹. Sebastian zeichnete mit wenigen Strichen einen riesigen Storch aufs Blatt, der eine hübsche Langhaarige im Schnabel hielt. Das Papier gab er dem zufrieden dreinblickenden Kellner, der versprach, dass die Zeichnung beim nächsten Druck in die Speisekarte aufgenommen werden würde. Im ›Storch‹ ist die Speisekarte mit Kunstwerken der Gäste verziert. Alles, was einem zum Thema Storch einfällt, darf mit Stift, Kugelschreiber oder Füller zu Papier gebracht werden. Zu diesem Zweck liegen riesige Blätter statt Decken auf den dunklen Holztischen. Während man aufs Essen wartet, kann man zeichnen, radieren und sich wundern. Ein vergnügliches Ritual.

Wir aßen Spitzkohl mit Wildgulasch und Spätzle. Es schmeckte hervorragend. Mir war immer noch heiß und ein bisschen unwohl im Magen. Trotzdem aß ich alles auf. Hier lässt man nichts übrig. Dazu ist das Essen zu gut.

Wir liebten uns ein letztes Mal im kleinen Schlafzimmer. Er hatte eine Tafel Milka-Vollmilch-Nuss gegessen und danach eine Zigarette geraucht. Auf dem Boden neben mir stand eine Flasche Soda, die ich, wie jede Nacht, wenn ich wach wurde, austrinken würde. Wir waren ein eingeschworenes Team diverser Kleinigkeiten geworden. Wir wussten dies und das voneinander. Er cremte sich nach dem Duschen mit Babyöl ein und verließ mit nassen Haaren die Wohnung. Er wollte immer, dass ich meinen roten Lippenstift benutzte. Kaum hatte ich den aufgetragen, küsste er ihn mir weg. Das war unsere Art, den Morgen einzuläuten.

Als er mich zum Flughafen brachte, war ich nicht traurig. Ich war voller Eindrücke. Immer noch hatte ich einen heißen Kopf und rote Wangen.

»Du befindest dich im Delirium«, meinte er zu mir vor dem Schalter, als ich mein Ticket abgab. »Sag, dass du unendlich traurig bist, mich zu verlassen.«

»Bin ich nicht«, entgegnete ich.

»Sag ich doch. Du bist nicht Frau deiner Sinne. Du fieberst noch immer. Oder wie erklärst du dir sonst diesen Blödsinn aus deinem Mund?« Er zog mich an sich und küsste mich lange. Zuletzt hielt er seine Wange an meine gepresst. Ich spürte seine Bartstoppeln neben meiner Nase. Er hatte sich seit Tagen nicht rasiert.

Kaum daheim stiegen meine Telefonrechnungen ins Unermessliche. Wir hatten uns verliebt, ohne es zu wollen. Unser Liebesleben fand am Telefon statt, mit allen Worten, derer wir habhaft wurden. Später schworen wir uns, Freunde zu bleiben und hatten uns nach kurzer Zeit vergessen.

Maja sah mich an, mit dünnen Tränen in den Ecken ihrer Augen. »Was hast du denn?«, wollte ich wissen, nachdem ich die Geschichte von Sebastian und mir vor ihr ausgebreitet hatte, wie ein bevorzugtes Tapetenmuster.

»Die Liebe«, schluchzte sie. »Sie ergreift mich immer wieder aufs Neue.«

»Mich auch«, gab ich zu, dachte, wie so oft, an Urs und spürte, wie sich seit langer Zeit wieder ein tiefes, echtes, viel zu trauriges Gefühl in mir rührte und blieb.

Der Vetter

»Wenn du nach etlichen Fehlschlägen erneut den Mut aufbringst, dich auf einen Menschen einzulassen, ist das, wie mit Sommerreifen auf eisglatter Fahrbahn zu fahren«, referierte David, der nach Unzeiten endlich wieder mal eine Nacht mit einer Frau verbracht hatte. Sie machte gerade Urlaub am Tegernsee, hieß Ulrike und wohnte in einem kleinen hübschen Hotel.

»Die Suche danach und das Aufspüren der Liebe, irgendwo, im Herzen eines Menschen, wenn du fühlst, dass dieses Herz deines aufbricht ... Das ist berührend und magisch zugleich«, schwärmte ich.

Doch David blieb unbeeindruckt. »Danke, daran besteht kein Bedarf im Gefrierraum meiner Seele, viele Grade unter null. Ich suche nicht gleich nach Wärme und Geborgenheit. Ein bisschen Abwechslung tut's auch.«

David und ich, wir hatten das Empfinden verloren, wie viel wir verkraften konnten. »Jeder Mensch kommt an seine Grenzen, aber es bringt einen nicht unbedingt um«, log er.

»Und immer wieder lotet man sie aus, während das Leben voranschreitet«, sinnierte ich in seine Überlegungen hinein. »Danach kommen die Fragen: Warum ist mir das passiert? Wäre es zu verhindern gewesen? Hab ich mich übernommen? Lohnt es sich, einsam zu sein für dieses bisschen Sicherheit im Kopf?«

Ich sah David bei seinen holprigen Versuchen zu, sich ernsthaft zu verlieben. Denn dass er sich nichts sehnlicher als das wünschte, auch wenn er anders daherredete, wusste ich. Schließlich entschloss ich mich, ihm das Haus eine Weile allein zu überlassen. Das würde ihm gut tun. Nur er und Ulrike. Ich reiste ins Rheinland, um meinen Vetter Hajo zu besuchen. Melanie, die ich ursprünglich mitnehmen wollte, kam bei einer Schulfreundin unter. Gegen eine neue Freundin zog ich den Kürzeren.

Das Museum ›Ludwig‹ in Köln, das sich in unmittelbarer Nähe des Doms befindet, ist für jeden Kunstinteressierten eine Fundgrube. Dort sind viele Epochen vertreten, fast alle Maler, die wichtig sind.

Man kann staunen und sich wundern, man kann schwärmen und grübeln. Man kann lachen und richtig traurig sein. Und auf alle Fälle bekommt man Blasen an den Füßen, wenn man alles mit eigenen Augen gesehen haben will. Es ist ein langer Fußmarsch durch die Galerie der Künstler. Was sie übers Leben erfahren durften, nehmen wir zur Kenntnis. Womit sie sich herumschlugen, dafür bezahlen wir Eintritt. Ihre Liaisonen sind unsere aufgerissenen Augen. Pupillen, die ins letzte Geheimnis eindringen möchten. Wie beschenkte Kinder stehen wir davor und partizipieren. Es ist, als spräche jeder Künstler nur zu uns.

Ich war gerade erst in Köln angekommen und bereits voll und ganz in die Welt der Kunst eingetaucht. Ich drehte mich um, als mich jemand ansprach. Ein Mann mit Locken und Bart stand vor mir. Seine Stimme klang tief und gebrochen, aber ich hatte nicht auf ihn geachtet und noch weniger verstanden, was er gesagt hatte.

»Tut mir leid. Ich war ganz in Gedanken versunken. Dieses Bild hier«, ich deutete auf einen Mondrian an der Wand und lächelte entzückt, »hat mich ganz und gar in Anspruch genommen.«

»Sind Sie Marianne Feldhorst?«, wiederholte der Fremde seine Frage.

»Marianne Feldhorst?«, ich schüttelte den Kopf. »Wer soll das sein?«

»Sie sehen Marianne zum Verwechseln ähnlich. Entschuldigen Sie. Schönen Tag noch.«

Er drehte sich um und ging mit forschem Schritt davon. Ich sah einem altmodischen Daks-Sakko mit Lederflicken an den Ellbogen hinterher und wunderte mich. Nachdem er in der Menge verschwunden war, wandte ich mich erneut dem Mondrian zu. Ich war froh, hier zu sein.

Nachdem ich mich sattgesehen hatte, ging ich zum ›Früh‹, trank zwei Kölsch und aß Bratwürste. Ich hatte Appetit auf etwas Gewöhnliches und wollte die dickbäuchigen Männer sehen, die nichts Besseres vorhatten, als in einer dunklen Kneipe zu sitzen und übers Leben herzufallen.

Die wenigsten kommen auf die Idee, dass wir vor dem Glück Angst haben. Wir haben uns an das Unglück gewöhnt. Wir fühlen uns von der Vorstellung, glücklich zu sein, erdrückt. Wie schlimm wäre es, die Liebe gefunden und wieder verloren zu haben. Dann lieber niemals lieben. Die meisten von uns fühlen diesen Satz in ihrem Herzen brennen und wüten. Was wir mit größter Hingabe suchen, davor fürchten wir uns auch. Aber es gibt Hoffnung. Wir sollten tun, wovor wir uns ängstigen. Dadurch erlösen wir uns. Die tiefe Bedeutung dieser Sätze, die ich vor einiger Zeit in einem philosophischen Buch gelesen hatte, berührte mich. Ich ahnte, dass es genau so war.

Hajo freute sich unbändig, mich zu sehen. Er bewohnte eine riesige Maisonette-Wohnung in der Düsseldorfer Altstadt, gemeinsam mit seinem Siamkater Fred. Täglich riefen mehrere Frauen an und luden zu verschiedenen Abendessen ein, fragten nach einem Besuch im Fitnesscenter, wollten zum Bowlen, zum Golfen und hinterher ins Bett. Sein Briefkasten war permanent überfüllt, und wenn er seine E-Mails abrief, wusste ich, dass es sehr lange dauern konnte.

Er war Casanovas Wiedergeburt. Wenn ich ihm das an den Kopf warf, boxte er mich in die Hüfte, knurrte etwas zwischen den Wörtern und tippte sich danach an die Stirn.

»Du spinnst«, tadelte er mich. »Ich will nur nicht verkommen.«

»Das leuchtet mir ein.«

Wir verstanden uns seit jeher blendend, obwohl wir völlig unterschiedlich waren. Vielleicht machte das den Reiz aus.

Ich saß auf der Kö im ›Heinemann‹, vor mir ein Stück Römischen Apfelkuchen. Die tratschsüchtigen älteren Frauen um mich herum störten mich nicht. Ich war mit meinem Kuchen beschäftigt und überlegte, während sich meine Gabel dem letzten Drittel näherte, ob ich noch ein Stück Himbeertorte bestellen sollte.

Da sah ich ihn. Den Mann aus dem Museum, der mich angeblich wiedererkannt und mir einen fremden Namen angedichtet hatte. Wie ein polternder Geist riss er ein Tablett Trüffel, das zum Probieren auf die Theke gestellt worden war, zu Boden. Er entschuldigte sich hastig bei der Frau hinterm Tresen, die hervorstürzte, um die Trüffel zu retten, und verschwand im hinteren Teil des Cafés.

Kopfschüttelnd sah ich ihm nach und winkte der Kellnerin. Ein zweites Stück Kuchen war beschlossene Sache.

Der ewige Streit zwischen Kölnern und Düsseldorfern ist legendär. Die Kölner werfen den Düsseldorfern Arroganz vor, während die Düsseldorfer die meisten Kölner für Proleten halten.

Hajo befand sich in der Zwickmühle. Als geborener Kölner, der seit Jahren in Düsseldorf lebte, war er in ständiger Versuchung, entweder in das eine oder andere Extrem zu verfallen. In Köln gab er sich als Düsseldorfer aus, in Düsseldorf dagegen bestand er darauf, Kölner zu sein.

Seine Frauen, die, zumindest zum Teil, sowohl aus Köln und Düsseldorf kamen, verziehen es ihm. Damit konnten sie leben. Mit der obligatorischen Abfuhr nach vier Wochen sah es dagegen schon anders aus. Sobald ich bei Hajo war, reagierten seine Frauen eifersüchtig. Sie bezweifelten, dass wir verwandt waren und folglich kein Sex auf dem Programm stand. Sie spürten unsere Verbundenheit, die mehr wert war als eine schnelle Nummer. Sie würden lieber so mit Hajo zusammen sein, als ausschließlich durch sein Bettlaken gezogen zu werden. Sie spürten, dass das keine Sicherheit gab. Ich hatte Mitleid mit ihnen. Ich wusste, was alle früher oder später durchmachen würden. Liebeskummer kann unschöne Wunden reißen. Hajo konnte ein Lied davon singen, er erlebte es jedes Mal mit seinen Frauen mit. Das sei er ihnen schuldig, hatte er mir anvertraut.

Als Kinder spielten wir im Garten meiner Großmutter. Unser bevorzugter Rückzugsort war ein Baumhaus in einem Pflaumenbaum. Es bestand aus stümperhaft zusammengezimmerten Brettern, die wir auf den günstigsten Platz, zwischen die stärksten Äste, gelegt hatten. Mit Seilen hatte Hajo das Konstrukt befestigt. Ich sagte immer, er habe unser Haus ›angeschnallt‹. Dort oben hielten wir uns von Mai bis September auf und beobachteten alles und jeden. Wir fühlten uns nicht als kleine Kinder, die zu den Erwachsenen und den interessanten Dingen aufschauen mussten. Wir lugten hinunter. Das bot neue Möglichkeiten. Wir redeten wenig, beobachteten umso mehr. Es gab viel zu sehen. Dinge, die wir uns nicht erklären konnten. Wieso etwa verschwand jeden Mittwochnachmittag die Nachbarsfrau mit dem Gärtner in dem kleinen Schuppen, in dem das Werkzeug aufbewahrt wurde? Wir hörten leise Schreie und verhaltenes Stöhnen. Hajo sah mich jedes Mal eindringlich an, sagte aber nichts dazu. Ich fragte ihn, was dort unten vor sich ginge. Er schüttelte immer wieder den Kopf. Wir nannten die Nachbarin ›Stöhne‹. Vielleicht litt sie unter einer Krankheit, irgendetwas, das ihr zu schaffen machte. Meine Fantasie kannte keine Grenzen. Ich bekam Mitleid mit der Frau, die ständig mit rotem Kopf und verwirrter Frisur aus dem Häuschen kam. Das Leben der Erwachsenen war für mich nicht zu durchschauen.

Zu Ostern suchten wir Ostereier auf dem weitläufigen Grund unserer Verwandten. Meist kam uns Hajos älterer Bruder zuvor. Sein Teller quoll über vor lauter Eiern. Hajo und ich mussten uns mit den wenigen begnügen, die Gernot uns übrig ließ. Wir waren Verschworene, die auf derselben Seite standen. Das prägt fürs Leben.

Wenige Jahre später war alles anders. Hajo war dem Fußballfieber verfallen. Jeden Nachmittag, nach den Schulaufgaben, spielte er mit seinen Freunden, visierte das Tor an, das aus zwei nah beieinanderstehenden Birken bestand, rannte drauflos, ließ sich den Ball zuspielen und kickte ihn zwischen die Bäume, zum Sieg. Seine Freunde rissen die Arme in die Höhe, jubilierend. Und er ließ sich feiern. »Tor, Tor Tor!!! Gewonnen!«

Ich stand oben auf der Wiese und verzehrte mich nach dem, was unten passierte. Die Jungen kannten kein Pardon. Hajo machte mir das mit einem einzigen Wort klar. Als ich ihn fragte, ob ich mitspielen dürfe, meinte er nur schroff: »Nein!«

Kaum waren wir allein, war alles wie immer. Wir waren die besten Freunde. Ich brauchte lange, um zu verstehen, was geschehen war. Hajo wurde erwachsen. Ich dagegen war noch das kleine Mädchen, das spielen wollte und sich die Welt nur teilweise erklären konnte.

Als wir Teenager waren, punktete ich mit Bildung. Hajo war zu faul zum Lernen. Er jobbte zweimal wöchentlich in einem Jugendheim, als Aufpasser für aufsässige Kinder minderbemittelter Eltern. Das erschien ihm sinnvoller, als Mathe, Physik, Chemie oder Englisch zu büffeln. Ich dagegen saß an meinem Schreibtisch, die aufgeschlagenen Bücher vor mir, und sog das Wissen in mich hinein. Ich wollte etwas werden. Ich war ein Kind des Wirtschaftswunders. Es gab nur einen Weg: den nach oben.

Inzwischen vermutete ich hinter Hajos Frauenverschleiß eine tief sitzende Angst vor Bindung. Als Kind hatte er gegen eine strenge Mutter und einen schwachen Vater kämpfen müssen. Von Liebe konnte keine Rede sein. Es hatte Ermahnungen, Ohrfeigen und versteckte Bosheiten gehagelt.

›Du bist zu nichts nutze. Das kriegst du nicht hin. Was hast du schon wieder angestellt. Du bist wie dein Vater. Alle Männer sind Egoisten.‹

Ohne Zweifel hatten ihn diese Jahre geprägt. Vielleicht empfand er Angst vor Frauen, vor ihrer Härte, ihrer Unerbittlichkeit, ihrer Macht. Deshalb benutzte er sie, schlief mit ihnen und ließ sie danach fallen, als habe er keinen Funken Gefühl für sie übrig.

Ich sah viele Frauen weinend auf der Treppe, vor seiner Wohnung hocken. Er habe von Liebe zu ihnen gesprochen, erzählten sie mir. Er sei der Mann ihres Lebens. Ohne ihn habe alles keinen Sinn. Dann redete ich auf sie ein, verständnisvoll, tröstend. Es half nur kurzfristig. Ich erlebte Frauen, die Hajo zum Teufel wünschten. Nie wieder wollten sie etwas mit diesem miesen Schwein zu tun haben. Doch kaum kam er die Treppe hinauf, fielen sie ihm schluchzend um den Hals und entschuldigten sich für ein falsches Wort, das sie am Abend zuvor gesagt hatten. Endlich begriff ich das Wort Hörigkeit, ich erlebte es ständig. Es war erschütternd und beschämend zugleich.

Vielleicht ist das Leben die einzige Therapie, die wir uns leisten können. Wir sind unser eigener Therapeut, ohne es zu ahnen. Alles, was uns begegnet, entschlüsselt eine Seite unserer selbst. Wenn uns jemand fürchterlich auf die Nerven geht, ist das ein sicheres Zeichen, dass wir gerade dorthin unsere Aufmerksamkeit lenken sollten. Trotz allem. Unseren Feinden dürfen wir dankbar sein. Sie lehren uns, was wir uns anschauen sollen. Unmissverständlich.

Chaos aus der Ferne beruhigte mich. Hajos privates Desaster, das er gerne ›mein Liebeswirrwarr‹ nannte, bewirkte, dass mein eigenes Versagen dadurch erträglicher wurde. Seit ich bei ihm war, wusste ich, dass alles, was mich belastete, halb so schlimm war. Mein Leben war, trotz allem, durchaus lebenswert. In Düsseldorf mehr als woanders. Täglich ging ich an den Rhein, schlenderte eine Weile am Ufer auf und ab, den knirschenden groben Kies unter meinen Schuhen, die grauen Fassaden der Häuser in naher Ferne und einen gleichbleibend grauen Himmel über mir. Ich sah den Kähnen hinterher, die Lasten transportierten, beobachtete Spaziergänger, die sich liebevoll oder genervt um ihre Kinder kümmerten. Fast alle Kleinen warfen Steine ins Wasser und juchzten dabei. Doch die wenigen

Liebespaare, die die Romantik des Wassers nutzten, um ihren Gefühlen den passenden Hintergrund zu geben, taten meinen Augen am wohlsten.

»Weißt du, was mich am meisten nervt?«

Ich lag auf der Couch in Hajos Wohnzimmer, die Füße auf die vielen Kissen platziert, und hatte eine Illustrierte in der Hand. Hajo hing über mir, als wolle er mich mit seinem Oberkörper erdrücken. Ich japste nach Luft und schob ihn zentimeterweise von mir weg.

»Keine Ahnung. Wenn du mich nicht sofort tief durchatmen lässt, nervt dich meine Ohnmacht, das garantiere ich.«

Hajo setzte eine schuldbewusste Miene auf, die er seit Kindertagen in Sekundenschnelle abrufen konnte, und ließ sich in den Sessel gegenüber fallen.

»Ich kann mich nicht mehr verlieben«, fuhr er mitleidheischend fort. »Je mehr Frauen ich durchziehe, desto krasser wird es. Manchmal beneide ich Uwe, der keine abkriegt. Wenn er soweit ist, spürt er wenigstens was. Mit einer Frau im Bett checkt er seinen Erfolg. Dann ist er ein Mann. Er hat gesiegt. Ich siege pausenlos. Nie hätte ich gedacht, dass Erfolg bei Frauen derart einsam macht.«

Ich hatte jedes Wort verstanden und wusste, was Hajo mir sagen wollte. Er war ein ungeschlachter Riese, was Empfindungen anbelangte. Zurückgeblieben, keine Chance auf Anschluss.

»Liebe stellt sich umso weniger ein, je mehr du vögelst. Früher dachte ich immer, es sei genau umgekehrt.«

»Vielleicht schadet Überfluss? Du musst offen bleiben für die eine Begegnung. Sie kann dir jeden Tag passieren. Wir wissen nicht, wann dieses schicksalhafte Aneinandervorbeigehen stattfindet.«

»Ich will nicht an ihr vorbeigehen«, mischte Hajo sich quengelnd ein. »Ich will neben ihr stehen bleiben.«

Ich stand auf, kniete mich vor ihn hin und umschlang seine Beine mit den Armen.

»Erinnerst du dich?«, fing er plötzlich an und seine Stimme hatte eine neue Wärme angenommen. »Wenn wir im Erdbeerfeld hockten, die Sonne brennend heiß im Nacken, mit roten Mündern, klebrigen Fingern und vollen Bäuchen. Das war ein Gefühl wie lieben. Bis an den Rand gefüllt. Nichts fehlte. Es war gut, wie es war.«

Ich nickte, ohne ihn anzuschauen, mein Gesicht gegen sein Bein gepresst.

Kinder lieben, weil sie leben. Später kehrt es sich um. Wir leben, weil wir lieben.

Auch ich hatte das Gefühl meiner Kindheit verloren. Vielleicht war ich nicht so weit davon entfernt wie Hajo. Aber ich suchte genauso wie er danach. Ich wollte wieder Kind sein. Alles wäre gut. Wieso gelang mir das nicht?

Ich hatte selbst ein Kind geboren, erlebte mit ihm noch einmal die Kindheit, die letzte Bastion der Gedankenlosigkeit. Später würde meine Tochter sich auf die Suche begeben. Wie lange würde sie tun, was ich tat? Hetzen, leben, lachen, weinen, arbeiten, zweifeln, hoffen.

Ein leerer Kopf ist der Anfang vom Glück. Wenn du über deine Zufriedenheit nicht nachdenken musst, ist sie an deiner Seite.

Hajos Siamkater hatte den Himmel auf Erden. Sein Reich war die geflieste Küche im Toskanastil. Hier stand sein Alu-Blechnapf, der immer gefüllt war. Hier war sein Katzenklo, weiß und frisch. Hier rollte er sich auf der Fensterbank zusammen, die hinaus zum Hof zeigte, und döste bei Sonne, Wind und Wetter. Sein Leben lief vor ihm ab. Ein Siamkater machte sich nichts aus der Tatsache, dass es morgen anders als heute sein könnte. Vielleicht schlechter, schwieriger, beklemmender. Hajo sagte oft, er würde gern mit Fred tauschen. Ich riet ihm, den Wunsch in einem Abendgebet zu platzieren.

Er langte sich an den Kopf und lachte erbost auf. »Hör mit dem Scheiß auf! Kirche, Gebete, Wiedergeburt und so ein Schwachsinn. Ich hab alle Tassen im Schrank.«

Ich hörte ihn dennoch eines Nachts etwas Ähnliches wie ein Gebet murmeln. Auch wenn man alle Tassen im Schrank hat, kann eine zusätzliche nicht schaden.

In der Kindheit entscheidet sich alles. Wenn man es als kleines Wesen nicht gelernt hat, wie soll man später glücklich sein? Im Dreck wühlen. Den Regen auf der Haut spüren, bis alles, was man anhat, klitschnass ist. Den Wind durch die Haare fahren lassen, bis sie zerzaust sind. Viel zu spät heimkommen. Geheimnisse erleben und womöglich ausplaudern. Schule schwänzen und sich deshalb stark fühlen. Lügen und glauben, dass die Eltern nichts davon merken. Sich nach Freunden sehnen und welche finden. Abends todmüde ins Bett fallen, die Zähne viel zu hastig geputzt.

Seit in meinem Erwachsenenleben alles festgefahren scheint, denke ich mich öfter zurück. Hinein in meine Kindheit. Das hilft mir, an manchen Abenden durchzuhalten. Immer öfter.

Der Maler

Hajo besuchte eine Messe in der Schweiz und hatte mich allein in seiner Wohnung zurückgelassen. Einzige Bedingung: Fred müsse versorgt werden. Ich versprach, mich um den Kater zu kümmern, obwohl ich ein schlechtes Gewissen dabei hatte. Ich sollte längst zurück in Bayern sein, bei Melanie, David und meinen Terminen. Doch als ich Melanie anrief, tönte sie nur: »Ach was, Mama. Ich bin supergut aufgehoben!«, in den Apparat. Ich war froh, dass bei ihr alles in Ordnung war. Und doch! Wenn ich länger als eine Woche fort war, packte mich eine Sehnsucht nach ihr, die ich mir nur im Stillen eingestehen mochte.

Ich traf erneut den Mann aus dem Museum. Vorm Düsseldorfer Bahnhof liefen wir uns in die Arme. »Wenn man jemanden dreimal hintereinander trifft, ohne mit ihm verabredet zu sein, macht man sich so seine Gedanken«, berichtete ich Maja am Handy, wenige Meter hinter ihm.

»Spüre dein Schicksal auf. Vielleicht hast du was mit ihm zu klären?«, mutmaßte sie und lachte dabei.

»Wenn du meinst«, gab ich den Ball an Maja zurück. Sie hatte lediglich ausgesprochen, was ich selbst dachte.

Ich konnte nicht anders als grübeln, warum ich diesem komischen Kauz ständig über den Weg lief.

Um dem Ganzen auf den Grund zu gehen, entschloss ich mich, ihm zu folgen. Ich heftete mich also an seine Fersen. Er trottete quer durch die Stadt und kaufte Malutensilien in einem Laden für Malerbedarf. Riesige Tüten voll schleppte er aus dem Geschäft heraus. Danach aß er einen Hamburger bei McDonald's.

In einem Dessousgeschäft beschäftigte er die Verkäuferin, indem er sich Unmengen von dunklen BHs zeigen ließ, außerdem kaufte er Strapse und String-Tangas. Was hatte dieser Mann vor? In den Beate-Uhse-Shop folgte ich ihm nicht. Inzwischen war ich mir sicher, es mit einem Abartigen zu tun zu haben. Zeit umzukehren. Wer wusste schon, was einem Kerl wie diesem noch einfiel?

Ich wartete an der Ampel, bereits auf dem Weg nach Hause, als er plötzlich neben mir stand und mich ansprach.

»Verfolgen Sie mich?«, wollte er von mir wissen.

Ich war derart perplex, dass ich irgendwas Unzusammenhängendes stammelte und lächerlich naiv grinste. Ich fühlte mich unwohl.

»Das ist doch kein Zufall, dass Sie andauernd dort sind, wo ich bin?«, fügte er drohend hinzu. »Jetzt hören Sie mir mal gut zu. Ich stehe rein zufällig an dieser Ampel, und wenn es Sie nicht stört, überquere ich jetzt die Straße und mache mich auf den Heimweg. Ich habe kein Interesse an Ihnen.«

Als ich gerade gehen wollte, sprang die Ampel auf Rot und ich musste neben ihm stehen bleiben, mit einem komischen Gefühl im Magen. ›Was hast du dir nur dabei gedacht, dich in das Leben eines Wildfremden, eines Schizophrenen einzumischen, Franziska?‹, schimpfte ich innerlich mit mir selbst.

Zurück in Hajos Wohnung fühlte ich mich, als sei ich aus einem Krisengebiet entkommen, zwar ohne Papiere, aber mit Fluchthelfer, in letzter Minute sozusagen. Von Verfolgungsjagden hatte ich die Nase voll. Endgültig. Ich griff nach Hajos Telefon und wählte Davids Nummer. Da sich niemand meldete, sprach ich eine Nachricht aufs Band, stellte Teewasser auf, ging ins Wohnzimmer und schaltete den Fernseher an. Ich zappte mich durchs Programm, bis ich eine Uralt-Komödie mit Cary Grant erwischte, die mich zum Lachen brachte. Als ich später im Flur meine Jacke aufhängen wollte, fand ich die völlig zerknitterte Visitenkarte.

Das Haus in Montabaur wirkte grob und verlassen. Raue, rissige Wände, Mörtelbrocken auf dem Boden, derbe Schindeln auf dem Dach, zum Teil mit abgebrochenen Rändern, wie immer das auch passiert sein mochte. Kein Auto vor der Tür. Die Läden zugeklappt. Der Garten verwildert. Ein mit grauem Kies aufgeschütteter Weg führte zu einer Holztür, an deren Seite ein Name in den Putz geritzt war. ›Götz Alsberg. Kunstmaler und Bildhauer‹.

Was ich vor dieser Eingangstür zu suchen hatte, diese Frage wollte ich mir lieber nicht beantworten. Ich hatte einen Zettel für Hajo in der Wohnung hinterlassen. Falls mir etwas zustoße, solle er diese Adresse aufsuchen und einen seltsamen Typen, der angeblich Maler war, befragen. Einen Mann, der sich in meinem Kopf festgesetzt hatte, ohne dass ich wusste, weshalb. Ich war weder Krimiautorin auf der Suche nach Inspiration, noch eine Frau, die es auf konservative Daks-Sakko-Träger abgesehen hatte, die das Innerste ihres Schädels hatten absterben lassen. Und doch war ich längst mitten in der Geschichte drin. Einer Geschichte, von der ich nicht wusste, wie ich sie mir überhaupt erzählen würde.

»Jede Nebensächlichkeit hat etwas mit uns zu tun. Mit dir und mir. In diesem Sinn sollten wir unser Schicksal und auch unsere Ehe interpretieren«, hatte ich irgendwann zu Thomas gesagt, als noch Hoffnung auf eine gemeinsame Zukunft bestand.

»Bei wichtigen Dingen freut's dich, wenn du den vermeintlichen Sinn dahinter entdeckst. Aber was hinter all der Wut und den Missverständnissen ist wirklich für unser Erleben bestimmt? Das ist das Einzige, worauf ich erpicht bin«, hatte er müde geantwortet.

Kleinigkeiten fand ich längst nicht mehr der Mühe wert, um mir das Gehirn darüber zu zermartern. Jemand wie ich, der schrieb, dachte anders, um die Ecke herum, komplex und vielschichtig. Privat half mir das allerdings keinen Schritt weiter.

Heute, nach all den Zweifeln und der endgültigen Verabschiedung vom Stadium der Ehe, ließ mich plötzlich ein Mann nicht mehr los. Wenn auch nur gedanklich. Etwas an ihm sprach mich an und sollte mir zum Schicksal werden.

Jeder hat ein Umfeld, das es ihm ermöglicht, sich gehenzulassen. Ordnungsfanatiker spannen ihre Muskeln an, wenn sie sich im Chaos befinden. Chaoten dagegen fühlen sich in einer aufgeräumten Wohnung deplatziert. Das drückt sich in ihrer Haltung aus. Der Körper reagiert auf Gedankengänge, auf Gefühlsschwankungen, auf die Stimmung. Es ist eine Herausforderung, seinem Körper Unordnung zuzumuten und ihn trotzdem zu bitten, wie gewohnt zu funktionieren. Es ist ein Willensakt des Gehirns. Man erweitert seinen Horizont, wenn man sich in außergewöhnliche Situationen begibt. Wer immer tut, was er stets tut, verkümmert. Wer immer in gewohnten Bahnen denkt, verblödet. Wir schneiden uns vom Lebensstrom ab, wenn wir uns nicht manchmal verwandeln. Deshalb fluche ich regelmäßig in derbem Ton. Ich lege einen Tag ein, an dem ich mir vorstelle, hässlich zu sein, trage alte Sachen, schminke mich nicht. Lasse meine Haare ungekämmt herunterhängen. Danach weiß ich wieder, wer ich bin. Nichts, was ich je über mich gedacht hatte und nichts, was ich je sein wollte. Ich war. Das war alles.

Ich fuhr dreimal nach Montabaur, bis ich ihn antraf. Er hatte die Haare voller Sägespäne und einen blöden Ausdruck im Gesicht, als er mich sah.

»Haben Sie mich also gefunden«, begrüßte er mich fast tollpatschig.

»Warum haben Sie mir Ihre Visitenkarte in die Jacke gesteckt?«, brachte ich nervös heraus. Seit diesem Tag malte ich mit ihm. Er stellte mir eine 1,20 mal 1,80 große Leinwand auf eine verschmierte Staffelei, deutete auf die Farbtuben und die Flasche mit Leinöl und Firnis und befahl: »Anfangen!«

Ich überlegte nicht lange, schob mir die Ärmel meines Pullis hoch und quetschte Farbwürste auf einen Teller. Ich mischte Rot und Blau mit dem Gelb des Öls, tunkte den dicksten Pinsel, den ich fand, in die Paste und zog einen breiten violettfarbenen Strich über die weiße Fläche. Nachdem ich mir ansah, was ich vollbracht hatte, fühlte ich eine tiefe Zufriedenheit. Wäre er nicht Maler gewesen, hätten wir uns nie geliebt. Schon in diesem Moment wusste ich das.

In vier Tagen kann man alles, von dem man nicht wusste, dass man es malen wollte, auf Leinwände bannen. Malen ist wie gebären. Man setzt etwas in die Welt, aber der Unterschied ist, dass man sich nach der Geburt nicht mehr darum kümmern muss. Die Wehen und das Herauspressen reichen. Es ist faszinierend.

Ich verliebte mich in ihn, weil er malen konnte. Dazu koppelte ich ihn von seinem Äußeren ab, um stattdessen sein Innerstes an mich heranzulassen. Es war vergleichbar damit, dass ich, sinnbildlich gesehen, die Augen schloss, um die Stimme eines Menschen in mich aufzunehmen. Die Optik blieb unerwähnt.

Wenn ich meine Lider senkte, war ich in der Lage, jenes Gefühl, das in mir aufkeimte, zuzulassen. So war ich fähig, mich Götz hinzugeben.

Er war ein bekannter Künstler, über den in Fachzeitschriften und In-Magazinen berichtet wurde. Er hatte in New York und Tokio ausgestellt, in Bern und München, in Helsinki und Stockholm. Im vergangenen Jahr hatte der Britische Premierminister eine Skulptur ankaufen lassen. Doch das war ihm nicht genug. Er wollte in die Museen der Welt Einzug halten. Das war sein erklärtes Ziel. Trotz dessen weigerte er sich standhaft, fotografiert zu werden. Eine seiner vielen Marotten. Obwohl jedes Foto Werbung für ihn und seine Werke war. Das letzte Foto, das von ihm existierte, zeigte ihn mit 35, in Lederhosen und Jackett. Damals trug er noch keinen Bart und die Haare lang. Er sah fremd aus und ich hatte das Gefühl, nichts über ihn zu wissen. Das Foto prangte in einer alten Ausgabe der Vogue. Ich hatte sie aus einem Stapel Altpapier herausgezogen, den er in der Küche, neben dem Ofen, liegen hatte.

»Ich möchte mir nicht öffentlich dabei zuschauen müssen, wie ich mich verändere. Alles, was ich bin, sagen meine Arbeiten aus.« Das müsse reichen. Zu mehr sei er nicht bereit.

»Julian Schnabel war lange weg vom Fenster, irgendwo in New York verschüttet, zwischen seinen überdimensionalen Viermeterbildern, die er aus Stoffresten dem abgrundtiefen Schmutz des Lebens anzupassen versucht, wenn er in seinen Pyjamas durch sein Atelier läuft. Kann auch sein, dass er den seidenen Morgenmantel anhat, der Irre. Filme spuckt er neuerdings auch noch aus, als ob seine Farbpinselei nicht genug anrichten würde.« Götz hatte eine halbe Flasche Whisky getrunken, lachte barsch auf, kratzte sich seinen Bart und stand schließlich polternd, für einen Moment sanft schwankend, auf. Er grub seine großen Glupschaugen in mein Gesicht, kam auf mich zu, packte mein Kinn, zog es, als wenn es aus einer formbaren Masse wäre, zu sich hinauf und grinste mich unverschämt an. Sein Gesicht vollführte eine seltsame Wandlung, direkt vor meinen Augen. Es schien in sich selbst hineinzusinken. Es kehrte sich geradezu nach innen.

»Das Vergessen zieht immer eine trügerische Spur«, murmelte er, ohne den Satzanfang in irgendeinen Kontext zu stellen. Ich schluckte laut und schwer. Mehr war nicht drin.

»Widere ich dich an? Kannst du dich überhaupt in einen Künstler hineinversetzen?«

Ich hatte seine Hand aus meinem Gesicht entfernt und war aufgestanden, damit ich auf gleicher Höhe mit ihm war. »Ich kann mich in einen Künstler hineinversetzen. Ich bin, du erlaubst doch, selbst eine Künstlerin, auch wenn ich nur schreibe. Mit dem Alkoholiker tue ich mich schon schwerer. Whisky riecht immer nur nach Whisky.«

Er fegte das leere Glas mit einer schnellen Geste vom Tisch. Die Glassplitter verteilten sich knirschend auf dem Holzboden. Ich war für eine Sekunde zusammengezuckt, hatte mich aber schnell wieder beruhigt. Er schien nach neuen, abgehalfterten Worten zu suchen, durchforschte sein Gehirn. Eine abstrakte Person mit verqueren Eigenschaften. Brachialgewalt im Schlepptau. Doch die Details verwischten sich.

Ich fing an, sein Bild in mir zu hassen, weil es sich mit letzter Kraft zu ändern schien und doch auch wieder nicht. Alles steuerte einem neuen Höhepunkt zu, obwohl ich nichts von seiner Vergangenheit wusste. Vielleicht versuchte er ja nur, sein Leben zu korrigieren. War verstört dabei, angriffslustig, aber nicht erfolgreich.

»Ich gehe«, kündigte ich an und griff nach meiner Tasche, die auf dem Boden neben mir stand. »Wenn Künstler sein bedeutet, derart meschugge zu werden, dann bin ich lieber Buchhalterin oder Verkäuferin im Supermarkt.«

Ich holte zum ersten Schritt Richtung Tür aus, als er mich fest am Arm packte. Meine Schritte hatten noch nicht die Chance bekommen, über das Pflaster draußen zu hallen, ein Rascheln im Kies zu erzeugen, bis schließlich der Lehmboden ihr Echo verschlucken würde.

»Warte«, befahl er. »Du verstehst es noch nicht.«

»Man muss nicht alles verstehen, Götz. Das ist das ganze Geheimnis.«

Ich lief hinaus in die Nacht. Die Scheiben meines Wagens waren vereist. Es war der erste unerwartete

Frost dieses Jahres. Am nächsten Tag, das nahm ich mir fest vor, würde ich abreisen.

Hajo war zurück und wartete in seiner Wohnung auf mich. Wir fielen uns, worüber auch immer erleichtert, in die Arme und sanken in die weichen Kissen der Couch.

»Der Messebesuch hat sich gelohnt. Eine Supermarktkette hat mir das Angebot gemacht, im ganz großen Stil mit einem meiner Produkte einzusteigen. Fürs Erste.« Es klang verlockend und wir feierten die ganze Nacht mit Portwein, Chips und Kapern, bis uns übel war. Zwei Aspirin verhinderten das Schlimmste. Ich war nicht besser als Götz, auch wenn meine Ausraster in langen Abständen stattfanden.

Vielleicht waren Künstler andere Menschen. Großspuriger, den Rand des Lebenstellers halsbrecherisch überblickend.

Was er sah, erfreue ihn nicht immer, hatte Götz mir erzählt. Manches Mal wünsche er sich eine beschränkte Sichtweise. Blöder wolle er sein, stupider, willenloser. Stattdessen sei er dickköpfig, stark und überintelligent. Das heiße keineswegs, dass er mehr vom Leben habe, nur weil er mehr entdecke und analysiere. Ich wusste, wie er es meinte. Den Durchblick zu haben war mitunter schwieriger, als im Trüben zu fischen.

Schon am nächsten Morgen wünschte ich mir nichts sehnlicher als einen stinknormalen Mann an meiner

Seite. Einen, der bis 17 Uhr arbeitete und danach zu einem guten Abendessen und einem Glas Wein nach Hause kam. Wir würden uns gegenseitig erzählen, was am Tag passiert war, die Füße hochlegen, einen Film anschauen, lachen, uns in halbwegs vertretbaren Abständen streiten, nicht dramatisch, nur so, dass wir unsere Verschiedenheit noch bemerkten.

Im Leben kehren sich manche Dinge um. Das Besondere muss nicht immer das Bessere sein. Um das zu checken, muss man die 30 überschritten haben. Der Karrieretyp mit übervollem Organizer, der, der ständig unter Strom steht, war mir immer der Liebste gewesen. Macht und Intelligenz zogen mich an. Wenn jemand Probleme zu lösen verstand, erwachte meine Libido. Ich hätte nie gedacht, dass das Gewöhnliche mir einmal zeigen würde, dass ich lebe. Hinter Macht und Dominanz, hinter den Machern lauert der Abgrund. Dahinter erstreckt sich eine Parallelwelt. Die zu entdecken macht dich sprachlos vor Entsetzen und Hilflosigkeit. Ich bin nie auf den Gedanken gekommen, dass ich alles missverstehen könnte. Geh aufs Ganze, gib dich mit Haut und Haaren hin, hab Erfolg, nimm dein Leben selbst in die Hand. Du kannst alles schaffen, wenn du es nur willst. So hatte ich gelebt. Vielleicht reichte es aber auch, bloß auf der Welt zu sein, um das Leben als das zu erleben, was es war. Einfach ein Leben. Lebe einfach. Sei bescheiden. Genügsam.

Ich konnte mich jederzeit entscheiden, mich umzuorientieren. Der Gedanke tröstete mich mehr, als ich je gehofft hatte.

Götz malte an einem Bild, schwarz, dickflüssig, abstrakt, wirr und grandios. Ich stand bereits einen Tag später mit offenem Mund vor der Masse dunkler Farben. Er sprühte mit einer Flasche Firnis auf das halb fertige Werk, wischte das Ganze mit einem rauen Tuch in die zuvor aufgetragene Farbe und gab dem Gemälde damit einen eigenen unwirklichen Charakter.

»Was wird das?«, fragte ich vorsichtig.

»Frag nicht. Schau zu!«

Ich war noch nicht abgereist, weil ich ihn noch ein letztes Mal besuchen wollte. Ich musste mich zumindest ordentlich verabschieden. Vielleicht war das eine Ausrede. Ich wusste es selbst nicht. Aber ich war da. Bei ihm.

Vor Drogensüchtigen fürchtete ich mich schon immer. Götz war süchtig. Nach Alkohol, Arbeit, Tabletten, Exzessen.

Er hatte mit nichts, was dem Leben Normalität verlieh, etwas zu tun. Er grub seine Zähne in die Lippen, bis sie bluteten, wenn er malte. Er schlief nicht, aß nicht, trank nicht, atmete stattdessen Lackdämpfe ein, Terpentin, Lösungs- und Verdünnungsmittel, Staub, Sägespäne. In seiner Welt war ich fremd und vertraut zugleich. Ich war die Einzige, die er an sich heranließ. Wenn ich von einer Zeitung gewesen wäre, hätte er mir vermutlich ein Interview gegeben. Ich konnte ihm alles sagen. Er schrie mich an, er wütete, er trampelte mit seinen dicken Schuhen auf dem Boden herum, aber er ließ mich aussprechen. Ich sagte ihm, dass Liebe alles heilen könne. Er erwiderte nichts. Schließlich vertraute er mir an, dass er mit Liebe nichts am Hut habe. Er glaube nicht daran, er wisse noch nicht mal, wie es sich anfühle zu lieben. Als er mir seine tiefsten Regungen schilderte, ahnte ich, dass ich mir bis dato eingebildet hatte, zu lieben. Ich strauchelte wie er. Nur machte ich mir etwas dabei vor. In dem Moment beneidete ich Götz fast um seinen brutalen Realitätssinn. Er wusste wenigstens hundertprozentig, woran er war.

Der Höhepunkt unserer seltsamen Beziehung war die Reibung zweier halb nackter Körper auf einem fleckigen Leinentuch. Wir hatten beide gemalt, stundenlang, ohne zu essen. Mir war schlecht geworden, als ich den Pinsel ins Terpentinglas steckte, mir die Haare aus der Stirn schob und mich nach etwas Essbarem umsah. In der Küche lag Obst auf einem Teller. Ich nahm eine überreife Banane, schälte sie und biss hinein. Der süße Geschmack verteilte sich in meinem Mund und ich fühlte mich augenblicklich besser.

Dieses eine Bild, an dem ich arbeitete, würde ich noch zu Ende bringen, danach wollte ich gehen. Als ich es Götz mitteilte, murmelte er irgendetwas vor sich hin.

Manchmal war er mir so fremd, wie jemand einem nur fremd sein konnte. Ich nahm mir eine Ecke

Schmelzkäse aus dem Kühlschrank, riss das goldene Papier auf und biss gierig in die weiche Masse. Götz hatte nur das Nötigste eingekauft. Er aß die seltsamsten Kombinationen. Hering mit Honigbrot. Gurkenscheiben mit scharfen Pfefferoni und trockenem Knäckebrot. Alte Nudeln, die im Öl schwammen, dazu getrocknete Shiitake-Pilze, die er in warmes Wasser warf, ausdrückte und sich in den Mund schob. Der Käse hatte mich noch hungriger gemacht. Ich stand hinter der Kühlschranktür und starrte ins Leere. Zwei Scheiben Schinken auf einem angeschlagenen Teller, ein Joghurt neben abgelaufener Milch, Essiggurken und ein Stück Parmesan, das an der Rinde Schimmel angesetzt hatte. Götz kam in die Küche, blieb im Türrahmen stehen und glotzte mich an.

»Warum malst du nicht weiter? Du hast keine Zeit zu verlieren.«

»Ich hab Hunger. Hungrig kann ich nicht malen.«

»Ich kann es doch auch.«

»Ich bin nicht du«, antwortete ich ungehalten.

Da kam er auf mich zu, entriss mir die Kühlschranktür, drängte mich gegen die Wand und drückte mir seine flache Handinnenfläche in die Magengrube.

»Was soll das?«, regte ich mich auf.

»Jetzt mach endlich weiter. Du hast Talent.«

Ich quetschte mich seitlich aus seiner Umklammerung weg. »Ich fahre besser. Hier gibt es ohnehin nichts zu essen. Wie du das nur aushältst?« Ich war richtig wütend geworden. Mir reichte es.

»Du hast Talent!«, brüllte er mich erneut an. »Das

sag ich nicht nur so. Du bist aufgefordert, weiterzumachen.« Er stand vor mir wie ein Mahnmal, die Arme wie ein Schild vor seiner Brust.

»Talent hin oder her. Ich lebe und dazu gehört, dass ich satt werde, wenn mir danach ist. Ich bin nicht so idiotisch wie du, so besessen, so absolut.«

Ehe ich noch etwas sagen konnte, hatte er mich an der Hand gepackt und hinter sich hergezogen, zurück ins Atelier. Vor meiner halb fertigen Arbeit war er mit mir stehen geblieben, wortlos. Er schob meinen Kopf in Richtung Bild.

»Schau, schau hin! Das bist du. Das ist deine Welt. Das wollen die Menschen sehen. Auch das wollen sie sehen.«

Ich blickte ihn an, fast traurig. Seine Besessenheit machte mir Angst, erschütterte mich, trotzdem wusste ich, was ihn antrieb. Die Leidenschaft, am Leben zu sein, den eigenen Geheimnissen auf der Spur. Beim Schreiben machte ich nichts anderes, doch ich schützte mich, bei aller Liebe zu meinem Tun, weil ich gelernt hatte, dass das Leben nur lebenswert ist, wenn man auf sich achtet. Behutsam mit sich zu sein. Das versuchte ich Götz zu erklären. Er verstand Halbherzigkeit, Rückzug, Verhaltenheit. Er wollte alles, jederzeit, immer.

»Eine Kerze, die an beiden Enden brennt, leuchtet nicht heller«, sagte ich ihm.

Er lachte nur und meinte: »Du bist zu normal, obwohl du schreibst.« Warum das so sei, wisse er nicht.

Stunden später lagen wir erschöpft auf seinem Bett. Er hatte sich den Oberkörper frei gemacht, seine Brust brauche Luft zum Atmen. Bedächtig schob er mein fleckiges T-Shirt hoch, fuhr mit seinen schwieligen, rissigen, abgeätzten Fingern unter meinen BH und machte seine Augen klein.

»Hmmm«, hörte ich ihn stöhnen. Es klang herzzerreißend. Eine Sehnsuchtsmelodie, die schon vom Verzicht spricht, während sie noch Hoffnung sucht.

»Was nie sein wird, wird nie sein«, flüsterte ich in die Nacht hinein.

Da nahm er seine Hand zurück, schob mein Shirt hinunter, über meinen Bauch, und drehte sich weg.

Ich hatte ihn nicht gefragt, wer Marianne Feldhorst war. Ich wollte nichts mehr von ihm wissen.

In dieser Nacht verließ ich ihn.

Leben entzieht sich vollkommener Identität, völligem Verständnis. Während wir es leben, staunen, beobachten, analysieren, fragen wir. Werten sollten wir nicht. Das hatte Götz mir wortgewaltig beigebracht.

Am nächsten Morgen verabschiedete ich mich von Hajo und seinen Frauengeschichten. Er sah mich mit einem Blick an, den ich nicht deuten konnte, und schaute mir nach.

Der Manager

Als ich nach dem Desaster mit Götz und einer letzten Umarmung für Hajo zurück an den Tegernsee kam, nahm ich mir vor, Melanie und mir eine schöne Zeit zu bereiten. Gesagt, getan: Wir gingen in nette Lokale essen, egal, ob es ein Nobelrestaurant, ein Bistro oder eine Würstchenbude war.

»Zwei Ess-Prinzessinnen«, nannte Melanie uns seitdem und deutete stets freudig lächelnd zuerst auf mich und dann auf sich. Der Gedanke, dass jemand Fremdes für die Nahrungszubereitung zuständig war, beflügelte mich. Dieses vergnügliche Gefühl schien Melanie von mir geerbt zu haben, denn auch sie liebte es, in Restaurants zu essen. David hatte sich von Ulrike getrennt, oder sie sich von ihm. Ich bekam nicht heraus, wie sich das Ganze an einem Tag, der nicht zur Zurschaustellung unfertiger Gefühle taugte, zugetragen hatte. Auf jeden Fall nahm David die Sache plötzlich sehr ernst. Er schlug meine Einladungen zum Essen vehement aus. So, als stünde ihm zurzeit nichts zu, was sich angenehm anfühlte, und wenn es nur ein gut gefüllter Magen war.

»Liebe ist nicht die Abwesenheit von Nicht-Liebe«, impfte er mir ein. Weshalb auch immer, er schien diesen Satz mehr zu genießen als das beste Gourmetmenü. Ich hörte ihn noch einige Male aus Davids Mund und er klang jedes Mal dramatischer.

Die Zeit verflog, zerteilt in Wochen und Tage, viele Tage. Ich arbeitete fast ununterbrochen, kümmerte mich in den Pausen und abends um Melanie und tröstete David, der endlich zaghaft-stockend zu sprechen begann.

Jeden Tag, an dem ich mich entschied, nicht zu kochen, fühlte sich an, als sei ich nie Hausfrau gewesen. Alles um mich herum wandelte sich auf seltsame Weise. Melanie war nicht länger mein Kind, nur ein Mädchen an meiner Seite. Ein ansehnliches Mädchen, das das Mittagessen in einem Restaurant mit mir einnahm. Ich wählte meine Garderobe bedächtig aus, zog High Heels an, schminkte mir die Lippen sorgfältig. Melanie tat es mir nach, zog ihre coolsten Klamotten an und schnappte sich ihre Handtasche, in die sie alles Nötige und vieles Unnötige hineinstopfte, um gewappnet zu sein. Das war die Eintrittskarte in eine andere Welt. So einfach funktionierte Flucht. Weg vom Herd und raus aus der Wohnung. Ein Entschluss reichte völlig.

Das Leben drangsalieren, nannte ich es.

Dieser Sommer war der Jahrhundertsommer schlechthin, das hatten die Meteorologen bereits bestätigt. Nie zuvor hatten wir derart geschwitzt. Regen kannten wir nicht mehr. Wie er auf Asphalt aussah und dass er sich zu ausgedehnten Pfützen zusammenrotten konnte, hatten wir vergessen.

»Was glaubst du, regnet es bald?«, fragten wir einander. Danach folgten wilde Spekulationen, Vermutungen, Erfahrungswerte, Wiedergabe einschlägiger Bauernregeln. Jeden Tag neu.

An einem heißen Augustabend rückte mein Leben erneut ein kleines bisschen in eine Richtung, der ich keine Bezeichnung zu geben vermochte.

Wetter beeinflusst uns mehr, als wir wahrhaben wollen. Wenn es lange genug schön ist, werden wir übermütig. Sonne regt zu exzessivem Leben an. Hitze täuscht Leichtigkeit vor. Wir fühlen uns wie im Orient. Wir kleiden uns bunter. Wir leben schwereloser. Wir verlieben uns schneller. Sex ist hemmungsloser. Alles ist einen Tick mehr und anders als sonst. Und weil wir uns auf diese Ebene begeben, passiert, was sonst nicht passiert wäre.

An einem solchen Abend begegnete ich Frank. Er war groß, schätzungsweise an die 1,90, mittelschlank – mit einem kleinen Bauchansatz, der aber nicht störte – und sonnengebräunt. Seine Haare blitzten blond im Neonlicht und sein Grinsen war breit und spielbereit. Seine gepflegten Hände fingerten pausenlos an der Serviette herum, während er am Tisch neben mir zu Abend aß. Er hob sein Glas schwungvoll vom Tisch und trank den Inhalt in einem Zug aus. Sein Freund lieferte die passenden Stichworte für eine überflüssige Unterhaltung. Ich hörte lautes Lachen. Sein Freund und er sprachen, um sich des Lebens, dieses Abends sicher zu sein. Nichts ergab einen Sinn. Es reichte, dass sie Spaß hatten.

Das ist der Boden, auf dem eine leidenschaftliche Affäre gedeihen kann. Den Dünger gab ich selbst dazu. Mein Lächeln wirkte prompt. Ein Nobelrestaurant ist eine Spielbank. Man selbst ist der Einsatz.

Wenn die Würfel gefallen sind, beginnt der eigentliche Reiz des Ganzen. Bei Garnelen auf Rucolasalat hatte ich die Weichen gestellt. Frank war auf mich aufmerksam geworden und signalisierte, dass er mich wollte. So einfach war das.

Langsam machte ich mir Sorgen. Immer öfter sprachen mich Jahrgänge an, die mir nicht geheuer waren. Männer, die meinen Musikgeschmack nicht teilen konnten, weil sie die Lieder, die in mir Sehnsuchtsgefühle und Nostalgie auslösten, nicht kannten. Pink Floyd, Santana, Genesis, Alan Parsons Project, Cat Stevens, Robert Palmer, Stevie Winwood, Earth, Wind & Fire, Boomtown Rats, Manfred Mann's Earth Band. Ich konnte die Liste beliebig verlängern. Mein Puls raste nach oben, wenn ich die Musik meiner Vergangenheit heraufbeschwor. Sollte ich mir entgehen lassen, mit einem Mann darüber zu debattieren, ob Peter Frampton wirklich so unmöglich war, wie damals angenommen wurde. Ich hatte ihn geliebt, seine Rüschenhemden, seine Wallelocken, seine unvergleichliche Stimme. Zu Rod Stewarts ›I am sailing‹ hatte ich geknutscht.

Bei Phil Collins wurde mir der BH ausgezogen. Stevie Wonders ›Happy Birthday‹ blieb unvergessen, weil ich zu diesem Song in einem undefinierbaren dreisitzigen, silbernen Sportwagen mit überhöhter Geschwindigkeit durch die Großstadt raste, die Hand meines Verehrers auf meinem feuchten Knie.

Ein Mann, der die Musik meiner Jugend nicht kannte, war automatisch im Nachteil. Frank, der sechs Jahre jünger war als ich, lachte, als ich das zu bedenken gab. Er liebe die Stones. Das saß. Mick Jagger fand ich proletenhaft und viel zu dünn. Trotzdem ließ ich mich von Frank küssen. Zum Song einer unbekannten Band. Am ersten Abend. Nach Kürbiskernsavarin mit parfümierten Früchten der Saison. Wenn das kein Anfang war!

Er fuhr mich nachts durch die Gegend. Seine Hände, die ich wunderschön fand, umklammerten abwechselnd das Lenkrad und suchten, während wir Kilometer um Kilometer hinter uns brachten, auf der Haut meines Oberschenkels nach einem Pfad der Liebe. Sein Range Rover sorgte dafür, dass ich eine optimale Aussicht hinaus in die Dunkelheit hatte. Ich sah die grau schattierten Umrisse des Waldes, den hellen, abnehmenden Mond und das blank schimmernde eisenfarbene Wasser eines Teichs, in dem er mit mir baden wollte.

Wir wateten durchs Moor. Meine nackten Füße glitschten hin und her und ich kicherte, weil ich keinen Halt fand. Er fing mich auf. Sein Bart kratzte mich im Nacken, während ich in seinen Armen lag, rücklings, seinen Bauch an meinem Rücken und seinen Atem überall. Der schwache Rest seines Parfüms drang in meine Nase. Olfaktorische Ekstase. Er sprach leise zu mir. Heute wäre unsere Nacht. Die erste von vielen. Wenn ich nur wollte.

Ich hatte nie viel damit anzufangen gewusst, wenn mir jemand sagte, er sei Manager. Welch dubiose Berufsbezeichnung. Was managte ein Manager? Ich bekam stundenlange Telefonate mit, die er meist unbeteiligt abhandelte, Besprechungen, Meetings, Flugstornierungen, Erinnerungen der Assistentin, Anrufe des Steuerberaters, des Bankberaters. All diese Dinge.

Eine Firma existierte, Geldflüsse wurden besprochen, Investitionen durchkalkuliert. Bilanzen gefälscht. Regelmäßig. So mache man Geschäfte, erklärte er mir. Essen in teuren Restaurants, Besuche im Bordell. »Kunden muss man umwerben«, dozierte Frank. Dass man dabei ebenfalls auf seine Kosten kam. That's it. Beschweren zählte nicht.

Frank war ein Mann, der nicht mehr nachdachte als unbedingt notwendig. Von jeder unnötigen Belastung hielt er sich fern. Das Leben sei ein Kirmesbesuch. Er wolle es sich schön machen. Spaß haben. Fun, fun, fun, war seine Devise. Wenig Einsatz, viel Rendite. Ein Mann für unbeschwerte Stunden, ohne Garantie auf Fortsetzung. Mir war das recht. Ich hatte einen Punkt erreicht, der mir selbst suspekt war. Wie lange war ich jetzt allein? Ich hatte aufgehört, die Monate unter Kontrolle zu halten und David erinnerte mich Gott sei Dank auch nicht daran. Eine feste Beziehung erschien mir nach meiner Scheidung, die irgendwann über die Bühne gegangen war, so unmöglich wie der Gedanke, Urs schaffe es tatsächlich, nie mehr an mich zu denken, oder den Rest meines Lebens allein zu verbringen. Frank war mein Spielzeug für einsame Stunden. Ich wusste, wenn ich ihn beiseitelegte, würde er sich nicht rühren. Bequemer konnte man sich Liebe nicht vorgaukeln.

Wonach wir dürsten, das sehnen wir herbei. Wenn alles sich sehnen nichts nützt, schreiten wir zur Tat. Wir suchen Pseudo-Vergnügungen. Liebe wird mit Sex gestillt. Wenn wir uns nur fest genug umarmen, wenn wir nur laut genug schreien, dass wir nacheinander verlangen, leben wir das Gesuchte. Während wir all das denken, wissen wir, dass wir uns belügen. Trotzdem machen wir weiter. Wenigstens Ersatz, wenn das Original sich nicht ertrotzen lässt. Je schneller du rennst, desto weiter entfernt sich das Gesuchte. Loslassen ist das Einzige, das dir noch übrigbleibt. Loslassen kommt vor der absoluten Verzweiflung. Wenn du lieben willst, lerne, allein zu sein. Während du in deinem Zimmer vor dich hinsinnierst, innerlich leer, ausgebrannt, betroffen und den Tränen näher denn je, spürst du, dass etwas mit dir passiert. Ein Samenkorn, nah am Herzen, beginnt zu sprießen. Es rührt dich so, dass du es beobachtest. Es haucht dir zu, dass es trotz allem Liebe gibt. Gerade, weil du nicht mehr daran glaubst. Was am weitesten von dir entfernt ist, ist am schnellsten in deinem Bewusstsein. Wenn du tieftraurig registrierst, dass du völlig allein auf dieser Welt bist, kannst du hoffen, dass die Liebe dir begegnet. Vielleicht zum ersten Mal in deinem Leben. Dieses Erlebnis wird dich erschüttern. Es ist die stärkste Erfahrung, die ein Mensch leben kann.

Frank sprach ständig von Liebe und war doch meilenweit davon entfernt, auch nur einen Bruchteil dieses Wortes zu entziffern. Während er das Wort Liebe buchstabierte, als habe er die Großartigkeit dieses Gefühls erst vor wenigen Minuten entdeckt, grinste er, zog kleine Fältchen um die Augen und strich sich mit der linken Hand durchs Haar. Das war seine Reihenfolge. Über große Themen reden, oder besser gesagt, sie kurz anschneiden, sich durchs Haar fahren, grinsen, Falten ziehen. Immer gleich und immer so, dass ich nichts von dem ernst nehmen konnte.

Wer ständig nach Abwechslung lechzt, hat nicht die Liebe im Sinn. Wer immer auf Achse ist, kann ihr leises Flüstern nicht hören. Dafür braucht es aufmerksame Ohren. Einen Mund, der die Worte der Liebe in sich hineinsaugt. Ein Herz, das den Takt mitschlägt, wenn es ihn in der Ferne erkennt. Liebe heißt uneingeschränkte Aufmerksamkeit. Die innere Stimme sagt, was zu tun ist. In keiner Situation des Lebens muss man so wenig denken, wie wenn man liebt. Alles wird einem geschenkt. Es ist wie das ABC, nach dem A kommt das B ganz selbstverständlich. Danach bilden sich die schönsten Sätze. Eine Welt der Fülle erschließt sich. Das Leben beginnt erst mit der Liebe wirklich. Ich und alle anderen ahnen es, ohne es zu wissen.

Frank küsste, ohne die Lippen zu berühren. Er gab seine Zunge. Ganz. Seine Lippen hielt er zurück. Ich schmeckte seinen Speichel. Ich erforschte, wie seine Zungenoberfläche beschaffen war. Vorne ungewöhnlich rosa-weiß und weich, irgendwie clean, hinten tiefviolett und rau. Ich tastete seine Zähne ab. Ich fuhr im Inneren seines Mundes hin und her. Ich wollte alles erkunden. Sein Mund war schmal und schön. Ober- und Unterlippe ebenmäßig, ähnlich in Größe und Beschaffenheit. Die Umrisse seiner Lippen waren durch eine feine violettfarbene Linie umfasst. Wie mit Filzschreiber nachgestrichelt. Wenn er lachte, zog sich alles in seinem Gesicht nach oben. Das gab ihm etwas Verschmitztes – neben den schon erwähnten Augenfalten. Ein Manager mit dem Gesicht eines spitzbübischen Jungen.

Das Restaurant, in dem wir zufällig nebeneinandersaßen, war eines meiner Lieblingslokale. Ich wusste, dass ich gut essen, ausgezeichnet trinken und viel lachen würde, und ich war mir sicher, von den vielen Singles, die das Restaurant bevölkerten, von den Ehemännern, die nichts lieber taten als fremdzuschauen, von den Geschäftsleuten, die ein bisschen Pseudoheimat in rotem Mini verlangten, wahrgenommen zu werden. Es war ein Spiel. Monopoly für Einzelgänger. Wer gut essen ging, musste mit allem rechnen.

Es gab Flusskrebse an grünen Nudeln mit gehobeltem Parmesan, dazu Friséesalat mit Mandarinenspalten und gerösteten Pinienkernen. Vorher eine Kartoffelschaumsuppe, hinterher das obligatorische Dessert. Darauf verzichtete ich nie. Maja, die mich an diesem Abend begleitete, redete ohne Punkt und Komma auf mich ein. Sie hatte sich von ihrem Lebensgefährten getrennt, einem aufgeblasenen Rechtsanwalt mit Vorliebe für Knaben, was er durch snobistische Parolen und einen Sammeltrieb zu kompensieren versuchte. Ich hatte nicht gewusst, dass sie überhaupt einen Freund hatte, darüber schwieg sie sich aus, als handele es sich um eine Affäre öffentlichen Interesses. Nach ihren verspäteten Schilderungen hätte ich dem Typen gern gesagt, was ich von ihm hielt. In all den Jahren seiner Unverschämtheiten hatte Maja ihn trotz allem lieb gewonnen wie eine alte Jacke, die als Fehlkauf zum Hausputz verbannt worden war. Oft waren einem diese Stücke die liebsten. Sie erinnerten uns an unsere eigene Unvollkommenheit.

Wir hatten viel getrunken. Einen trockenen Sherry vorab, Weißwein zum Hauptgang, Portwein zum Dessert, einen Grappa auf Kosten des Hauses. Ein Weizenbier zum Durstlöschen.

Frank hatte uns beobachtet. Noch immer saß er seinem Freund gegenüber und rechts von mir. Ab und zu zwinkerte er mir vertraulich zu. Es hätte durchaus sein können, dass er mir irgendwann, irgendwo begegnet war, in einem Café, im Bus, auf der Straße. Doch das war er nicht. Wir hatten uns noch nie zuvor gesehen. Als ich vom Tisch aufstand, um mich kurz frisch zu machen, kam er mir entgegen. Er war auf der Toilette gewesen und steckte mir seine Visitenkarte zu, routiniert im Griff. Ich nahm sie selbstverständlich an. Er nickte und ging an mir vorbei, zu seinem Tisch, neben unserem verlassenen. Stunden später kurvte sein Wagen durch die Berge. Ich auf dem Sitz neben ihm.

Wenn wir nur die Küsse der Liebe küssen dürften, wäre das Spiel uninteressant. Auf den Kuss der Liebe muss man unter Umständen lange warten. Bis es soweit ist, spielen wir und wissen nicht, dass wir es tun. Es ist wie das Warten auf Weihnachten. Die Zeit bis zum 24. Dezember muss man sich angenehm gestalten.

Je mehr wir lieben, desto weniger müssen wir geben. Alles passiert von selbst. Das erschreckt uns derart, dass wir im Denken stocken. Das ist unsere Rettung. Ohne zu denken, tun wir endlich das Richtige.

Frank hatte ein 50-Quadratmeter-Büro in einem Softwareunternehmen in der Nähe von München. Seine Assistentin, eine große Brünette mit einer Silhouette-Brille, schottete ihn ab, als handele es sich bei ihm um einen Spitzenpolitiker. Als ich ihn ohne Termin zu Gesicht kriegen wollte, war ich bei ihr an der falschen Adresse. Es dauerte eine geschlagene Stunde, bis er seine Telefonate abgewickelt hatte und die Frau im taillierten Kostüm sich dazu herabließ, mich zu ihm vorzulassen. Danach flog die Tür auf. Er stand mir im blauen Zweireiher gegenüber, das Gesicht ernst, das Notebook in der Hand. Ich lächelte ihn an und sah, dass er Bescheid wusste. Wir hatten nie über eine derartige Situation gesprochen. Wir hatten überhaupt wenig gesprochen. Er nahm mich mit ins Büro und sagte seiner Assistentin, dass er nicht gestört werden wolle. Auf seinem Schreibtisch stapelten sich Schriftstücke, Bücher, Kalkulationsrollen, Stifte, zwei Laptops. Er schaffte mit beiden Händen eine freie Fläche und legte mich dazwischen. Er küsste mir den Nabel und zog seine Zunge höher hinauf, Richtung Busen, als sein Handy klingelte. Es dauerte eine Weile, bis wir miteinander schliefen. Wir sprachen davon, mehr nicht. Als es soweit war, erlebte ich eine Überraschung, die ich mir gern erspart hätte.

Ich hatte Frank zum Abendessen zu mir nach Hause eingeladen. Kurz vor der verabredeten Zeit rief er an und teilte mir mit, es könne eine halbe Stunde später werden. Er habe Tokio am anderen Apparat. Ich goss den Rinderbraten auf, reduzierte die Hitze und zog mir zum dritten Mal an diesem Abend im Bad die Lippen nach. Warum war ich derart aufgeregt?

Frank wollte mich vögeln. Mehr nicht. Das hatte ich schon oft gemacht. Nur mit Frank noch nicht. Über ein paar Küsse auf diverse Körperstellen waren wir nicht hinausgekommen. Ich wartete zwei Stunden auf ihn. Nach einer Stunde erhielt ich eine SMS: ›Kann noch dauern! Beeile mich. Frank.‹ Ich schäumte vor Wut. Was dachte sich dieser Mann überhaupt? Wieso hatte ich mir die Arbeit gemacht und einen Rinderbraten in Rotweinsoße, überbackene französische Kartoffeln und eine Salatplatte vorbereitet? Keine Frau mit Grips täte sich so etwas an. Was wollte ich damit bezwecken? Als ich stundenlang in der Küche herumgepusselt hatte, erinnerte ich mich an ein Gefühl, das ich fast schon vergessen hatte. Familie! Essen herrichten. Versorgen. Füreinander da sein.

Das war es also. Ich wollte einen Abend lang Familie spielen. Mit einem Mann, der sich zu mir an den Tisch setzte. Einer Flasche Wein. Reichlich Wasser. Belanglose Gespräche, die einen in milde Stimmung tauchten. Gewöhnliches Leben. Ein Abend wie viele andere auch. Danach Sex. Einmal, vielleicht ein zweites Mal. Traumlos schlafen. Aufwachen neben einem Menschen. Sich Guten Morgen sagen.

Es klingelte an der Tür. Ich sprang auf und ging durch den Flur, um zu öffnen. Ein überdimensional großer Rosenstrauß verdeckte Franks halben Körper. Sein grinsendes Gesicht kam zaghaft dahinter hervor.

»Was soll ich sagen …?«, fing er an.

»Tokio?«, wollte ich wissen.

Er nickte, drückte mir den Strauß in die Arme, trat ein und schnupperte. »Ich hab einen Kohldampf, das kannst du dir nicht vorstellen.«

»Der Braten ist staubtrocken. Schuhsohlenqualität. Ungenießbar!«

Er machte ein Gesicht, als habe man ihn geschlagen.

»Na ja, fast ungenießbar. Ich werde sehen, was sich machen lässt«, lenkte ich ein.

»Du bist ein Schatz.« Er küsste mich laut schmatzend auf die Wange, mit Lippen, die plötzlich wie Kaugummi an meiner Haut haften blieben, und steuerte, nach einem wahrgenommenen Loslösungsprozess, mit mir die Küche an. Dort zog er sich zu meiner Überraschung das Jackett aus, krempelte die Hemdsärmel hoch und nahm sich der Kasserolle im Ofen an.

Als ich ihn in der Rolle des Hausmannes sah, war der Abend gerettet. Dachte ich zumindest.

Er sortierte zusammengefallene Salatblätter aus und schaute, was noch brauchbar war. Er goss Wein in Gläser und füllte frisches Wasser in den Krug. Nach einer Weile begann er zu schwitzen. Ausnahmsweise freute ich mich darüber, denn er schwitzte, weil er mir helfen, vielleicht auch nur imponieren wollte, etwas richtigstellen, sein Zuspätkommen wiedergutmachen. Während er arbeitete, erzählte er lustige Anekdoten. Kleine Alltagsgeschichten, die er mit seinem Freund erlebt hatte. Zwischendurch küsste er mich eilig auf die Nasenspitze. Von der Seite kannte ich ihn noch gar nicht. Er war mit einem Mal der Mann, der zupackte, ohne groß zu fragen, und schien darüber sein altes Ich zu vergessen. Entweder hatte er die Zeit davor den coolen Typen gespielt oder er hatte gerade heute besonders gute Stimmung und lebte sie aus, indem er unablässig tätig war.

Es war nach Mitternacht, als wir satt waren. Den Braten hatte ich mit Olivenöl beträufelt, sonst wären wir daran erstickt, so ausgetrocknet war das Fleisch, aber die knusprigen Kartoffeln und die Reste des Salats hatten wir zur Hälfte aufgegessen.

Frank legte die Serviette auf den Tisch und stöhnte zufrieden.

Er stand auf, kam um den Tisch herum, blieb hinter mir stehen und umfasste mich mit beiden Armen. Sein Haar legte sich wie ein Verband um meinen Hals.

»Welche Farbe hättest du gern?«, wollte er wissen, als er wieder aufsah.

Zuerst wusste ich nicht, worauf er hinauswollte. Ehe ich mir darüber klar werden konnte, hatte er eine aufgerissene Großpackung verschiedenfarbige Kondome vor mir auf dem Tisch verteilt.

»Wollen wir mit Rot anfangen? Rot wie die Liebe!« Er nahm ein rotes Viereck in die Hand und hielt es mir verführerisch vors Gesicht.

»Von mir aus«, brachte ich heraus und schluckte. Vielleicht hatte ich mir den Übergang ein bisschen romantischer vorgestellt.

Der Abend endete desaströs. Wir verbrauchten vier Kondome, ohne Sex zu haben. Jedes Mal, wenn Frank in mich eindringen wollte, erschlaffte sein Glied. Er schaute an sich hinunter, als sehe er diesen Teil seines Körpers zum ersten Mal. In seinem Gesicht spiegelten sich Ungläubigkeit, versteckte Wut, Verzweiflung und gespielte Coolness.

»Ich hab wohl zu viel am Wein genibbelt«, versuchte er sich zu rechtfertigen und wollte nach dem fünften Kondom greifen. »Hilfst du mir ein bisschen?« Er sah mich flehend an, als habe er gerade seine Wirklichkeit verwechselt.

Ich wusste nichts zu sagen. Sein Blick gewährte mir nicht länger Obdach, sondern raubte mir den letzten Rest Heimat. Die Situation war peinlich genug. Auf keinen Fall würde ich meine Rolle in diesem Spiel ausbauen.

Wochenlang hörte ich nichts von ihm. Ich hatte seinen Namen fast schon vergessen, als er anrief.

»Hi! Ich bin's. Frank.«

Ich hielt das Handy fest ans Ohr gepresst. »Frank?«, fragte ich nach.

»Hast du mich schon abgeschrieben?«

»Ach was! Was redest du da?«, meinte ich teilnahmslos. Genau das hatte ich getan. Ich hatte Frank gedanklich abgeschrieben.

»Ich wollte dich um eine zweite Chance bitten.«

»Worum willst du mich bitten?«

»Um eine zweite Chance. Du weißt schon. Beim

nächsten Mal schau ich drauf, dass ich nüchtern bin. Versprochen!«

Ich musste lachen, ob ich wollte oder nicht.

»Hör auf zu lachen und antworte lieber. Bekomme ich eine?«

Ich lachte immer noch. »Klar.«

Warum ich das gesagt hatte, wusste ich nicht. Verliebt war ich kein bisschen. Frank sah ganz gut aus. Ansonsten hatte er nichts Spektakuläres zu bieten. Er war – bis auf den positiven Ausrutscher in meiner Küche – ein durchschnittlicher Unterhalter, er küsste ganz passabel. Er war gewöhnlich. Vielleicht traf ich mich mit ihm, weil er da war. Es bot sich gerade nichts Besseres. Seine Anzüge waren mittelmäßig, seine Schuhe oft fleckig, mit abgetretenen Absätzen. Er hätte genauso gut Vertreter für Staubsauger oder Versicherungen sein können. Es spielte keine Rolle, ob es ihn gab oder nicht.

Viele erfolgreiche Männer vernachlässigen ihr Äußeres. Oben rum ist es noch passabel. Der Anzug ist konservativ, das Hemd fantasielos, die Krawatte bieder, aber korrekt gebunden. Unten herum wird es schlimmer. Nur Modefreaks, Schwule, Dandytypen und Aufreißer haben ordentliche Schuhe an den Füßen. Der Rest weiß gar nicht, dass Schuhe zum modischen Outfit gehören. Man läuft damit durchs Leben.

Ich sagte Frank, dass seine Schuhe eine Zumutung seien. Zum nächsten Treffen kam er mit funkelnagelneuen daher. Er habe den Boss-Store geplündert. Das sei ich ihm wert. An diesem Tag hatten wir sechs Mal Sex. Es war kurz nach drei, als er ging. Diesmal hatte sich jedes einzelne Kondom bezahlt gemacht.

Am nächsten Morgen wachte ich mit einem flauen Gefühl im Magen auf, das sich innerhalb von zwei Stunden zu einem Ziehen, Brennen und Drücken auswuchs. Mir wurde immer elender. Ich musste mich zusammenreißen, schließlich ging es nicht mehr und ich übergab mich. Stundenlang lag ich auf der hellen Badematte, den Kopf auf den Klodeckel abgestützt, auf die nächste Attacke wartend. Immer, wenn ich mich entleert hatte, hoffte ich, es sei überstanden und immer gab es ein nächstes Mal, bis ich nur noch Gallenflüssigkeit erbrach. Völlig erschöpft schleppte ich mich gegen Mittag ins Bett. Mein Kopf dröhnte wie kurz vor einem Migräneanfall und mein Kreislauf war am Boden. Ich zitterte am ganzen Körper. Als das Telefon klingelte, war ich nicht fähig, abzuheben. Vermutlich war es David, der sich erkundigen wollte, was überhaupt los sei. Ich war völlig am Ende.

Was ändern sechs gefüllte Kondome? Die weißgelbe Flüssigkeit hat sich in der Ausbuchtung gesammelt. Man macht einen Knoten hinein, damit nichts ausrinnt. Man legt es auf den Nachttisch oder auf den Boden. Man beginnt von vorne. Stimuliert einander.

Die Körper springen an. Die Köpfe auch. Es geht wieder los. Reibung, Schweiß, Anstrengung, Entladung, Ruhe. Schwere Ruhe. Die ineinander verflochtenen Beine lösen sich. Aus eins wird zwei. Der Atem flacht ab. Der Puls reguliert sich. Der Schweiß liegt kalt auf der Haut, zeichnet eisige Berggipfel ins Gehirn, trocknet letztendlich, zieht ein, Salzgeschmack tief drinnen. Alles wie zuvor.

Ich hatte vieles getan, was ich hinterher bereute. Wenn ich damit durch war, kam die Erkenntnis, dass es für irgendwas gut gewesen war. Und wenn es nur meine Schublade ›Lebenserfahrung‹ um ein Teil reicher machte. Das war schon was. Sich diese Einstellung zu eigen zu machen, war kostbar. Man konnte seinem eigenen Leben wie einem Film zuschauen. Ich tat grundsätzlich beides. Leben und zuschauen. Im Leben fand ich Erfüllung. Schöne, bittere, kostbare, schwere, tragische, lustvolle Erfüllung. Im Zuschauen fand ich Erlösung. So hatte ich geküsst oder es gelassen. So hatte ich gestritten und mich versöhnt. So hatte ich versucht, mein Leben zu meistern und war gescheitert. Vor vielen Jahren war ich einem interessanten Mann begegnet. Wir waren so weit, uns unsere Arme zuzustrecken. Jeder wollte über die Haut des anderen fahren, stöhnend, lustvoll, verzehrend. Doch aus irgendeinem Grund ließen wir es schließlich doch bleiben. Es tut mir noch heute leid. Ich werde nie wissen, ob es sich gelohnt hätte, den Zement in seinem Gesichtsausdruck wegzusprengen.

Nach Franks zweiter Chance kam eine dritte, eine vierte und eine fünfte. Wir trafen uns regelmäßig in seinem Büro, in Restaurants, in Klubs. Mir war egal, wo wir einander begegneten. Hauptsache, wir taten es. Nach dem Reden und Essen hatten wir Sex. Er sagte mir seinen obligatorischen Satz: »Du bist die Beste!«, nachdem ich ihn oral befriedigt hatte. Danach tat er dasselbe bei mir. Erst dann schliefen wir miteinander.

Ich habe nie so viele Kondome benützt wie mit Frank. Er hatte panische Angst vor Krankheiten. Ich glaube, er ist nie ohne Kondom außer Haus gegangen. Am liebsten hätte er zwei übereinander gestülpt. Er hielt lange Monologe über Hepatitis C und Aids, nachdem wir miteinander geschlafen hatten. Ich fand das widersinnig. Eines Tages wollte er wissen, ob ich außer ihm noch andere Männer traf.

»Du meinst, ob ich Sex mit anderen habe?«, stellte ich seine Frage richtig.

Er nickte heftig und schien gespannt auf meine Antwort.

»Darauf antworte ich nicht. Das ist mir zu intim.«

»Du machst es, wenn sich eine passende Gelegenheit bietet«, warf er mir an den Kopf und streichelte mir gleichzeitig den Rücken. Zum ersten Mal liebevoll. Seine Hand fuhr meine Wirbelsäule entlang, jeden Wirbel einzeln ertastend.

»Nun sag schon. Stimmt's?«, bohrte er weiter.

»Vermutlich«, gab ich mit teilnahmsloser Stimme von mir.

Seine Hand blieb vor der Ausbuchtung meines Gesäßes liegen, als ich endlich geantwortet hatte. Dann verpasste er mir einen Klaps auf den Hintern und lachte. »Du bist immer noch die Beste«, fand er zum zweiten Mal an diesem Abend.

»Die Beste? Von wie vielen?«, gab ich Kontra.

Danach küssten wir uns von oben bis unten, lachend, ganz entspannt lachend. Und dann liebten wir uns. Sehr heftig und kurz. Er wartete nicht auf meinen Orgasmus. Es war seine Antwort auf meine Unbeugsamkeit.

Frank sagte unser nächstes Treffen wegen einer starken Erkältung ab. Er liege unter einer Schafwolldecke, dick vermummt. Und das, wo von Winter weit und breit nichts zu sehen war. Eine heiße Zitrone stehe auf dem Tisch, und wenn sein Kopf weniger dröhne, werde er die Aktienkurse studieren. Er könne beim besten Willen nicht kommen. Ich hätte nichts davon. Sein Körper sei nicht einsatzfähig.

Das war der Moment, an dem mir zum ersten Mal bewusst wurde, dass sich lediglich die Vor- und Hinterseiten unseres Gesäßes trafen. Ich hätte ihn pflegen oder mit ihm reden können. Lachen wäre eine Alternative zu Sex gewesen. Wir trafen uns, um uns unsere Körper zuzuführen. Nichts sonst.

Zwei Wochen später meldete er sich wieder. Wir sollten uns in einem französischen Restaurant treffen, über 100 Kilometer von meinem Zuhause entfernt. Das Fahren machte mir nichts aus. Ich brauchte ohnehin dringend Abwechslung. Die letzten Tage hatte ich nichts anderes getan als gearbeitet und mich um Melanie gekümmert, die Streit mit ihrer besten Freundin hatte.

Ich kam wegen eines Staus viel zu spät zu unserer Verabredung. Als ich das Lokal betrat, sah ich Frank neben einer Blondine an der Theke stehen und flirten. Rechnete er inzwischen nicht mehr mit mir, oder dachte er sich nichts bei seinem Tun? Er hing halb im Ausschnitt dieser Frau, mit geilem Blick und Händen, die nur auf ein Startsignal zu warten schienen. Ich drehte mich auf dem Absatz um und stolperte hinaus.

Der Parkplatz war halb leer. Es hatte angefangen zu nieseln. Ich stieg in meinen Wagen und startete den Motor. Mit einem Taschentuch wischte ich mir den Lippenstift vom Mund, während der Scheibenwischer außen den dünnen Regenfilm gleichmäßig auf die Scheiben verteilte. Nach einer Weile klopfte es an mein Fenster. Franks Gesicht grinste mir, getrennt durch das Glas, entgegen. Von Regentropfen gelöchert. Ein fratzenhaftes Maskengesicht. Anstatt die Scheibe runterfahren zu lassen, stieg ich aufs Gas. Der Wagen machte einen Satz und fuhr los. Frank rannte hinter mir her, mit wild fuchtelnden Armen, die aussahen wie Äste, die jeden Moment von den Bäumen fallen mochten. Sturmopfer.

»Scheißkerl!«, rief ich und gab danach erst richtig Gas. Musste schlimm sein, wenn man seinen Hormonen willenlos ausgeliefert war.

SMS kamen täglich. Doch ich reagierte weder darauf noch auf einen seiner Anrufe. Er vermisse mich. Es tue ihm leid. Es sei lediglich darum gegangen, sich die Zeit ein wenig zu versüßen, während er auf mich gewartet habe. Wir hätten beide keinen Hehl daraus gemacht, dass unsere Liaison eine lockere sei. Ich solle mich nicht so haben. Ich sei schließlich keine von den antrainierten modernen Frauen, sondern eine echte.

Vielleicht war ich eine Frau von heute, doch Frank war für mich ein Mann von gestern. So sehr, dass ich mich eine Woche später nicht mehr an sein Profil erinnern konnte. Es fiel mir nicht schwer, meine Gedanken zu gängeln. Den Namen Frank strich ich aus meiner Vorratskammer im Gehirn. Es blieb keine Lücke zurück.

Der Musiker

Nach der abrupt beendeten Affäre mit Frank wollte ich gerne allein sein. Anstatt mich weiter um den Abklatsch von Liebe und Sex zu kümmern, startete ich mit den Vorarbeiten für ein neues Filmprojekt und traf mich ab und zu mit Butterlöckchen, die, genau wie ich, keine Sekunde länger über die Liebe nachdenken wollte, nach dem, was sie mit ihrem Rechtsanwalt erlebt hatte. Stattdessen richtete sie ihre Wohnung neu ein, besuchte Auktionen und Trödelläden und telefonierte stundenlang mit mir oder skypte mit einer Freundin in Vancouver. David hatte einen Mail-Flirt gestartet. Sie hieß Philomene und war die Tochter eines Großbäckers, den man regelmäßig in den Medien bewundern konnte. Vorwiegend mit hübschen dunkelhäutigen Frauen im Arm, die er als Models buchte und später anschmachtete.

»Ich muss nach Bremen. Passende Drehorte für mein geplantes Filmprojekt ausfindig machen«, erzählte ich David eines Tages, während er an einer seiner Philomene-Mails bastelte.

»Ja, und?« Er blickte kaum hoch. »Fahr halt. Melania steckt ohnehin die Hälfte des Jahres unter meinen Fittichen.« Er sah mir, trotz des kurzen Blickkontakts, mein schlechtes Gewissen an. »Du kannst allerdings Pluspunkte sammeln, wenn du mir hilfst, den Text für Philomene zu formulieren.«

Ich tat, was ich konnte, machte unendlich viele verschiedene Vorschläge und führte sie, gespickt mit passenden amüsanten Fußnoten, gründlich zu Ende. Wir saßen über eine Stunde an einer hochromantischen Ansage, die David schließlich, glücklichen Blicks und mit röteren Wangen als sonst, verschickte.

»Danke, Franziska. Du bist eine Heldin der Worte!«, meinte er zufrieden. Er drückte mich fest an sich. Schraubstockfest. Ich nickte nur, schnaufte laut durch und freute mich. Vielleicht war es diesmal echtes Verliebtsein. Ich wünschte es ihm so sehr.

»Übrigens«, begann ich. »Wird höchste Zeit, dass ich mir was Eigenes suche. Ein richtiges Zuhause für Melanie. Vielleicht eine hübsche Wohnung mit Südbalkon. Oder ein kleines Häuschen. Falls ich mir das leisten kann.« Als ich Davids aufgerissene Augen, in denen der Schreck unübersehbar war, entdeckte, schluckte ich. »War nur so eine Idee«, beruhigte ich ihn hastig.

»Das hat doch Zeit. Oder fühlt ihr euch nicht mehr wohl bei mir?«, fragte er ängstlich nach.

»Doch, natürlich. Wir fühlen uns sehr wohl bei dir.«

»Dann bleibt. Bitte.«

Ich nickte, weil ich spürte, dass das die beste Tat des Tages war. David nahm es erleichtert zur Kenntnis. Vielleicht waren wir inzwischen seine Ersatzfamilie. Eine Frau und ein Kind, zwei Menschen, die er nicht verlieren konnte, weil es in der Beziehung nicht mehr stimmte.

In Bremen angekommen, fand ich vorerst nicht, wonach ich suchte. Eine herrschaftliche Villa mit düsterem Charme. Jeden Tag probierte ich es aufs Neue, immer mit demselben deprimierenden Ergebnis. Ich besuchte die Bremer Wallanlagen, bestaunte die Stadtmauer und die Befestigungsanlagen und bewunderte die Windmühlen, die mich immer in eine andere Geschichte hineintrieben, einen Filmstoff, den ich gar nicht im Sinn hatte. Das Wetter meinte es gut mit mir, meist schien die Sonne, nur ab und zu tröpfelte es ein wenig, als könnten sich die Wolken über mir nicht dazu entschließen, sich zu entleeren.

Nachdem ich die Windmühlen abgehakt hatte, die meist Stationen der Niedersächsischen Mühlenstraße waren, trieb ich mich in Bremen-Nord herum, steuerte den Vegesacker Hafen an und einige Packhäuser aus dem 19. Jahrhundert. Danach waren Schloss Schönebeck und die Wasserburg Haus Blomendal an der Reihe. Ich ließ nichts aus. Weder die Halbinsel zwischen Weser und der Kleinen Weser, noch das Schnoorviertel, das mittelalterliche Gängeviertel in der Altstadt, der älteste Siedlungskern Bremens, den ich mir in vielen Filmszenen gut vorstellen konnte. Die Häuser aus dem 17. und 18. Jahrhundert waren zum Teil gut erhalten und vermittelten ein Gefühl von Romantik und sehnsüchtiger Liebe. Ich kam mir vor wie in der Zeit zurückgereist, sah plastisch vor mir, wie hier früher in den einzelnen Gängen zwischen den Häusern Seile und Taue oder Draht und Ankerketten hergestellt wurden. Was liegt näher, als hier einen historischen Stoff zu verfilmen, dachte ich mir. Nur, ich hatte ein düsteres Stück im Kopf, in dem es um die Entfremdung des Menschen ging. Eine Geschichte, weit weg von Romantik und Zuneigung. Zum Abschluss war noch einmal der Roland dran, das Wahrzeichen Bremens, und natürlich die Bremer Stadtmusikanten an der Westmauer des Rathauses. Ich graste jeden Platz ab, hielt vor den meisten Wahrzeichen, erkundete das Ufer der Weser und die vielen Parks der Stadt, bis ich meine Füße kaum noch spürte. Zwischendurch glaubte ich, jede Kirche betreten zu haben, die Bremen zu bieten hatte, aber das stimmte natürlich nicht. Ich selektierte fachmännisch, aber ich wollte mir auch nicht zum Vorwurf machen, nicht alles angeschaut zu haben, was halbwegs infrage kam. Vermutlich hatte ich furchtbare Angst, zur Ruhe zu kommen und tigerte deswegen wie besessen durch die Stadt. Mich fröstelte schon lange bei dem Gedanken, mich meiner tiefen inneren Einsamkeit zu stellen, geschweige denn sie anzunehmen als das, was sie war. Eine Tatsache. Das Leben, das ich gerade lebte. Ein anderes gab es nun mal nicht. Doch ich machte weiter wie bisher. Ich wich mir selbst aus.

Nach Tagen des Herumstreifens fand ich doch noch etwas. Ein weiteres Abenteuer mit seltsamem Ausgang.

Er war Posaunist und verbrachte die Nacht nach einem Auftritt mit Musikerkollegen und mit Zuhörern, die im selben Etablissement herumsaßen, zwischen halbseidenen Damen, die die Cellulite auf ihren Endlosbeinen auf Tischen wegtanzten, und mittelmäßigem Essen, das zwischendurch serviert wurde.

Die Abende in Bremen waren unspektakulär. Meist ging ich früh zu Bett und las in irgendeinem Buch oder versackte vor dem Fernseher. Im Kino lief zurzeit nichts Aufregendes, die interessanten Museen hatte ich schon abgeklappert und das Plakat an der Litfaßsäule, das mich an jenem Abend auf den bekannten Posaunisten Bodo Hirsch hinwies, war mir als Rettung in der Not erschienen. Ich beschwor die Ausnahme und kaufte mir ein Ticket für das Konzert.

Unsere erste Begegnung fand in seiner Lieblingskneipe statt, die ich nach seinem Konzert aufgesucht hatte, atemlos nach dem vielen Klatschen und Bewunderungsschreien. Ich hatte Lust auf ungesundes, deftiges Essen verspürt. Er kam zu mir und setzte sich, als ich bei der Nachspeise, einem süßen Kuchen mit Buttercreme, angelangt war und den dritten Kaffee dazu trank, der mich nicht mehr würde schlafen lassen. Ich hatte einen Punkt erreicht, der mich nicht nur nachdenklich stimmte, sondern regelrecht in die Enge trieb. Meine Motivation war mir abhandengekommen. Ich arbeitete, weil ich leben musste. Die Filmwelt hatte ihren anfänglichen Glanz eingebüßt, war stumpf und durchschaubar geworden. Mit regelmäßigen Intrigen kam ich inzwischen gut zurecht.

Ich wusste, dass man nicht alles, was einem gesagt wurde, für bare Münze nehmen durfte. Meine Leidenschaft und meine Hingabe für das, was ich tat, hatte ich über dieser Erkenntnis verloren. Das Widerhallen des Schmerzes, das mit all dem einherging, versuchte ich erfolglos zu ignorieren.

Er war klein, vermutlich nicht mal 1,70, hatte einen kantigen Kopf, ausgeprägte Wangenknochen und dichtes, pechschwarzes Haar, das gut geschnitten war. Sein Körper war angenehm muskulös und seine Hände zupackend, was mir für einen Musiker irgendwie falsch erschien. Seine Lippen dagegen sahen aus, als trüge er Lipgloss auf, was natürlich nicht stimmte. Dieses Phänomen umgab ihn mit einem Hauch Weiblichkeit, die mich nicht störte, denn sie hob lediglich das in seinem Wesen vermutete Weiche, Anschmiegsame hervor. All das gab mir das Gefühl, ich kenne ihn bereits. Zumindest auf den zweiten oder dritten Blick.

Wir waren in seiner Lieblingskneipe ins Gespräch gekommen, als sei das ein natürlich ablaufender Prozess. Es folgten einige lässig hingeworfene Worte, dann ein ernsteres Gespräch, ein charmantes Lächeln von seiner Seite, ein wohlmeinender Kommentar von meiner, bis wir miteinander ins Hotel gingen, als wäre etwas anderes die falsche Entscheidung. Ich wusste längst, dass man die Liebe nicht gefügig machen konnte, auch wenn man es wollte. Trotzdem war ich hinter ihr her, als könne ich sonst nicht weiterleben.

Ich wollte wenigstens meinen Körper zufriedenstellen, wenn ich meine Seele schon einsam zurücklassen musste.

»Komm her, meine Lieblingsmusikerin«, summte er mir am nächsten Morgen ins Ohr. »Du bläst mein Instrument, dass es eine Wonne ist.« Beim einsetzenden Augenblinzeln nach unserer ersten gemeinsamen Nacht zog Bodo meinen Kopf in seinen Schoß hinunter, drückte mich in Position und ließ sich genussvoll in die Kissen sinken. Er liebte es ganz offensichtlich, sich von mir verwöhnen zu lassen, viele selbst gedrehte, filterlose Zigaretten nach seinem Spiel, endlose Gespräche danach. Als ich fertig war, ging er daran, mich zufriedenzustellen. Doch während er das tat, musste ich plötzlich an Thomas denken. Den verkorksten Schluss unserer Ehe. Eisernes Schweigen nach kurzen Gesprächen und deprimierte Blicke, die keinen Halt mehr beim anderen fanden. Mein Körper hatte trotzdem nach ihm verlangt, weil ich dachte, wenn wir wieder Sex hätten, könne der Rest bewältigt werden. Jetzt hatte ich Sex, fühlte und handelte wie eine gewöhnliche Frau. Doch der kühle Hauch in meinem Inneren war dabei, zu Eis zu erstarren.

Wenn man Träume hat, weiß man, wofür man etwas tut. Man hört den Motor, der einen antreibt, tief drinnen summen. Alles muss in Gang gehalten werden, denn Träume erfüllen sich meist nicht über Nacht. Wenn man einen Getriebeschaden hat, repariert man ihn und denkt, alles geht weiter wie zuvor. Doch dann merkt man, dass dem nicht so ist! Ein Getriebeschaden hinterlässt Spuren. Die elementarsten Dinge bohren sich ins Fleisch, dringen in Knochen und Gewebe. Sie werden ein Teil von uns. Wie ein Chip, den wir uns selbst eingepflanzt haben. Damit müssen wir weiterleben.

Mein Ich war ein Wagen mit Getriebeschaden. Ich musste lernen, so zu tun, als habe es diesen Schaden nie gegeben. Viel später kam ich drauf, dass ich Alternativen hatte. Ich brauchte nur meine Sichtweise zu ändern. Wenn ich es fertigbrachte, Gebrauchtwagen zu mögen, würden sich meine Probleme in Sekundenschnelle auflösen. Diesen Ausweg fand ich, als ich mich nicht mehr mit dieser Thematik beschäftigte. Die Lösung flog mir direkt zu. Aus dem Nichts. Das Gute passierte in dem Moment, in dem ich auf gar keinen Fall damit rechnete.

Ich wusste, dass ich meine innere Leere bekämpfen musste. Mit einem Vakuum im Herzen atmete es sich schlecht. Ich hatte keine Ahnung, wie ich das Loch in mir füllen sollte. Was konnte die Stelle meines Ehrgeizes einnehmen? Was war so viel wert wie Erfolg und Ansehen? An die Liebe, die um die nächste Ecke wartete, glaubte ich nicht mehr. Ich war ein Fan von Affären geworden. Ungeplante Liebesaffären, die einen nicht einengten, nichts von einem forderten. Sex irgendwo, irgendwie. Es war wie lauwarmer

Pudding. Die Sahne zerrinnt darauf, man erkennt sie nicht mehr, aber man schmeckt sie noch.

Ein Posaunist in Bremen war so gut wie jeder andere. Einen Musiker hatte ich noch nicht in meiner Sammlung. Der fehlte noch. Statt Frust hatte ich den Sammeltrieb gesetzt. Jede neue Eroberung ergänzte meine Liste.

Es gibt einen Punkt, der kritisch ist. Wenn dir die Liebe so abwegig erscheint wie der Anblick des Mount Everest, wenn du in Bremen aus dem Fenster schaust, ist es höchste Zeit. Entweder du schreist laut: Stopp!, oder du verlierst den letzten Funken Respekt vor dir und deinen Illusionen. Ich hatte Angst, dieser Punkt könne bereits überschritten sein. Doch die Vorstellung, mich endlich der Einsamkeit zu stellen, allein und innerlich verdorrt zurückzubleiben, ließ mich weitermachen, wo Anhalten angesagt gewesen wäre.

Mit Bodo lernte ich neue Seiten kennen. Er war ein Musiker mit Fingerspitzengefühl. Er lebte seine Hingabe an seinem Instrument aus. Für eine Frau schien er nicht mehr genug Kraft zu haben.

Wie sehr man sich einem Menschen angepasst hat, merkt man oft zu spät. Meine Sprache ähnelte, nach einem guten Anfang in der Kneipe, seinen knappen Bemerkungen. Unmerklich, etappenweise, generös. Es begann damit, dass ich seine Anweisungen wiederholte.

Bodos stechend schieferfarbene Augen, die mich umwarben, und seine kurzen Hände, die so gut auf meinen Körper passten, machten anfangs vieles wett. Dass wir wenig miteinander sprachen, akzeptierte ich vorläufig.

Er achtete auf seinen Körper, als handle es sich dabei um eine Investition. »Alles nur fürs weibliche Geschlecht!«, erzählte er. Doch das glaubte ich ihm nicht. Er trainierte regelmäßig in einem Fitnessklub, fuhr Rad, machte sechs mal 50 Liegestützen pro Tag, joggte, ruderte im Sommer.

Wie er all das neben seiner Musik hinbekam, blieb mir bis zum Schluss ein Rätsel. Wir trafen uns zu festgelegten Zeiten. Montags, mittwochs und am Samstagnachmittag. Abends hatte er oft Vorstellung. Sonntags spielte er Skat.

Er fragte mich nicht, was ich dienstags, donnerstags, freitags und sonntags vorhatte. Er wollte nichts von mir wissen. Gar nichts.

Ihm genügte, dass ich an drei Tagen, die ihm wichtig waren, für ihn da war. Wir gingen nie essen, nie ins Kino. Kein Theater, keine Konzerte, nichts. Wir trafen uns oft im Park links der Weser. Der Flusslauf der Ochtum war wunderschön und gefiel mir. Wir inspizierten gemeinsam das 300 Hektar große Areal. Schweigend. Ansonsten gingen wir ins Hotel, in sein Auto, nie in seine Wohnung. Wir schlenderten oft nebeneinander her, ohne etwas Besonderes vorzuhaben. Ich hörte ihn atmen, hörte sein leises Hüsteln, das ihm zur Gewohnheit geworden war, seit er mich kannte. Er konnte mir nicht erklären, warum er ständig hustete. Es sei ein permanentes Kratzen, das sich in seinem Hals eingenistet habe, seit er mir begegnet war. Er müsse es loswerden, indem er sich räuspere oder er drehe durch. Wenn er intensiv nachdachte, während wir durch den Wald gingen, knackte er mit den Fingern. Ich zuckte jedes Mal zusammen und sah auf seine Hände, wie sie sich aus der Umklammerung lösten und wieder in der Luft hingen.

Wenn er um neue Erkenntnisse rang, etwa weil er ein Musikstück noch nicht so spielte, wie er es sich vorstellte, kratzte er sich am Kopf, bis er vermutlich mit roten Striemen übersät war. Wenn er derart nervös war, wusste ich, dass es besser war, ihm aus dem Weg zu gehen, dann monologisierte er vor sich hin, für jemanden wie mich, die von Musik nur ein durchschnittliches Wissen abrufbereit hatte, langatmig und nervtötend.

Wenn er Sex wollte, fasste er mir direkt ans Geschlecht. Er machte nicht viel Aufhebens um Werbung, Vorspiel oder Romantik. Er wollte mich und sagte es.

»Sollen wir es tun? Hier?« Dann schlichen wir uns hinter einen Baum, zogen uns ins Gebüsch zurück oder wälzten uns auf moosigem Boden, auf feuchtem Rasen, zwischen Birken und Tannen, nahe der Weser, auf harten Kieseln, im Sand. Er hatte immer Lust. Potenz war für ihn eine Selbstverständlichkeit. Er konnte etliche Male täglich. Eine halbe Stunde Rast zwischen den einzelnen Liebesetappen reichte völlig.

Dann griff er mir erneut zwischen die Beine, schob mir seine Zunge in den Mund und bereitete mich darauf vor, ein weiteres Mal von ihm genommen zu werden. Hinterher sah er mich an, unschuldig grinsend, wie ein großer Junge, der einen Baum mühelos kletternd bezwungen hatte.

Regelmäßig erschienen Artikel über Bodo in diversen Zeitschriften. Meist wurde er mit zwei, drei Zeilen erwähnt, ein winziges Schwarz-Weiß-Foto daneben. Darüber ärgerte er sich lauthals. Oft zerknüllte er die ganze Zeitung und warf sie in die Ecke. Danach war er nicht ansprechbar, später schlief er mit mir. Er packte mich fest, den Kopf ans Geländer des Messingbetts gedrückt. Seit ich Bodo kannte, litt ich unter chronischer Blasenentzündung. Mein Körper hatte keine Zeit, sich zu erholen. Der Urologe hatte mir geraten, eine Zeit lang abstinent zu leben, aber wir hielten uns nicht daran. Man kann sich quälen, wenn man sich lieben will. Man verpackt es in eine Krankheit und fertig. Dass man sich dadurch in die Reihe der Masochisten einreiht, bekommt man erst mit mehrmonatigem Abstand mit. Wenn überhaupt.

Wenn Bodo probte, nahm das den ganzen Tag in Anspruch. Er feilte unerbittlich an seinem Spiel, als ginge es um Leben und Tod. Wenn er die Posaune an sich presste, verklärte sich sein Blick, seine Lippen öffneten sich einen Spalt weit und er war in seiner Welt, einer Welt, zu der ich nie Zugang finden würde, weil ich keine Musikerin war. Dass ich schrieb, brachte ihn mir nicht näher. Er bezeichnete Autoren als Zeitverzögerer. Worte müssten eine Barriere überwinden, um ins Herz der Menschen vorzudringen. Musik gehe sofort ins Blut, in Nanosekundenschnelle. Das hatte er mir voraus. Immer wieder redete er von der Grandiosität der Musik. Ohne Musik lohne sich das Leben nicht. Niemals. Ich brachte meine Argumente ins Spiel, erklärte die Bedeutung der Sprache. Ohne Sprache, so sagte ich, gäbe es keine Weiterentwicklung. Die Sprache eines Menschen zeige unmissverständlich, wo er stehe, emotional und intellektuell. Bodo ging darüber hinweg, als rede ein Würstchenbudenbesitzer mit einem Gourmetkoch. Nur im Bett waren wir auf einer Ebene. Wortlos taten wir, was zu tun war, während ich mich innerlich weiter und weiter von mir entfernte.

»In der Belanglosigkeit liegt die Bedeutung des Lebens!«

Eines Nachmittags, wir lagen müde im Bett, die nass geschwitzten Laken unter uns, zerknüllte Kissen um uns herum verstreut. In meinem Kopf hatte sich ein dumpfes Pochen breitgemacht. Ich musste eine Kopfschmerztablette nehmen, wenn ich nicht wollte, dass der Rest des Tages unerträglich verlaufen würde.

»Diese Belanglosigkeit will ich musikalisch festhalten. Diese verdammte Belanglosigkeit muss ich zu fassen kriegen. So, dass die da unten sie spüren, nur weil ich eine Posaune als Verstärkung habe.«

Ich musste über Bodos Worte nachdenken, so schwer es mir auch fiel. Viele Atemzüge später nickte ich zaghaft. Ich weiß nicht, ob er es überhaupt bemerkte.

»Ich muss meine Posaune auf ein Minimum reduzieren, den Ton herunterfahren, die Luft wegpressen, mich selbst zurücknehmen. Ich muss den Hauch eines Tons treffen, um den Leuten begreiflich zu machen, was sie ohnehin nicht kapieren. In der Belanglosigkeit, im Fast-Nichts, liegt unser aller Leben. Sozusagen dahinter, in einer Nische, liegen Grandiosität, Genialität, Glück, Leidenschaft, Spiritualität, einfach alles versteckt. Wieso das keiner schnallt, verstehe ich nicht.« Bodo griff nach dem Tabak, der auf dem Nachttisch lag, drehte sich eine Zigarette und zündete sie an. Der Rauch würde meine beginnende Migräne verstärken. Aber ich sagte nichts. Wenn man ihn im falschen Moment auf eine schlechte Angewohnheit hinwies, konnte er harsch reagieren. Eine zugeknallte Tür und ein wortloser Abschied waren harmlose Varianten.

»Es ist zu einfach«, merkte ich leise an. Automatisch legte ich meinen Arm auf seinen Bauch, seinen flachen Bauch.

Neben Bodo fühlte ich mich bedeutungslos und leer. Er schaffte es, mich durch seine bloße Anwesenheit in Unsicherheit zu stürzen. Ich sah häufiger als sonst in den Spiegel, um mich zu überprüfen, nachzuschauen, ob die Haare richtig lagen, das Make-up frisch genug war, der Lippenstift nicht in die Falten zu laufen begann. Ich stand mit auf den Bauch gepressten Händen da und kontrollierte mein Gewicht. Was würde er sagen, wenn ich ein, zwei Kilo zugenommen hätte? Ich begann darüber nachzudenken, warum er Gefühle der Unvollkommenheit in mir hervorrief. Es dauerte Wochen, bis ich dahinterkam. Meine beruflichen Erfolge stagnierten. Es ging nicht mehr bergauf, wie am Anfang. Ich war an einem Wendepunkt angelangt. Ich hatte mein Selbstbewusstsein an meinen Erfolg geknüpft. Da war mir Bodo über den Weg gelaufen. Er war das Sinnbild meines beruflichen und emotionalen Misserfolgs. Er trat, wenn jemand am Boden lag. Er ergötzte sich am Unvermögen eines Schwächeren.

Und doch: Wenn Bodos These stimmte, dann musste jene Bedeutungslosigkeit auf alles anwendbar sein. Allein die Tatsache, dass ich lebte, genügte. Mechanisch ein- und auszuatmen war meine Daseinsberechtigung. Hatte ich es noch nötig, mich über Leistung zu definieren? Leistung im Beruflichen und Privaten. Solange ich das brauchte, hatte ich nichts dazugelernt.

Bodo verdankte ich die Erkenntnis, dass das Glück im Kleinen liegt. Seit ich ihn kannte, wusste ich, dass es genügte, jeden Tag ein bisschen von sich herzugeben. Dadurch, dass er grob und ungelenk durch unsere Tage schritt, lernte ich, was es bedeutet, feinfühlig und menschlich zu sein. Er hatte diesen Satz ›In der

Belanglosigkeit liegt die Bedeutung des Lebens‹ nie gelebt, aber er hatte ihn hinausposaunt, geradewegs in mein Gehirn und mein Herz. Die, die am meisten über etwas philosophieren, verstehen am wenigsten, danach zu leben. Mir diesen Satz zu schenken, war Bodos Daseinsberechtigung in meinem Leben.

Ich hatte noch einmal ganz Bremen und Umgebung abgesucht, um das passende Haus für meinen geplanten Film ausfindig zu machen. Das Anwesen musste den morbiden Charme einer halb verfallenen Villa ausstrahlen, damit ich die Geschichte einer Familie am Abgrund erzählen konnte. Ein Mann und eine Frau, die sich längst nichts mehr zu sagen hatten, die lediglich durch das Gerüst ihres materiellen Erfolgs verbunden blieben und schließlich daran zerbrachen. Ein Drama, das in dunklen Bildern dargestellt werden sollte, mit einem kleinen Lichtblick ganz am Schluss. Natürlich hatte ich mir mit der Suche Zeit gelassen, seit ich Bodo kannte. Je länger ich in Bremen festsaß, umso mehr konnte ich mich von einem Musiker quälen lassen, ohne mir dessen bewusst zu sein. Wenn er meine Seele verletzte, spürte ich meine alte Kraft aufflackern. Im beginnenden Einsatz gegen seine Schweig-Attacken lag meine neue Aufgabe. Ich spürte, dass meine Energie noch nicht ganz aufgebraucht war. Wenn ich gegen Bodo kämpfen konnte, würde ich auch meine beruflichen Erfolge wieder in Sichtweite rücken können. Meine Kontoauszüge machten mir deutlich, dass ich handeln musste. Ich hatte noch etwa 14 Wochen

Galgenfrist, dann würden meine Ersparnisse aufgebraucht sein.

Ich war lange der Überzeugung gewesen, es könne nichts schief gehen. Ich arbeitete so viel, dass ich davon ausging, es müsse sich rentieren. Vor und während meiner Ehe mit Thomas war ich ein Mensch mit Prinzipien gewesen, das bildete meinen Rahmen fürs Privatleben. Ich wusste, was ich von einem Mann erwartete, was er mit mir tun durfte, was ich ihm geben konnte.

Doch die Grenzen verwischten schneller, als ich dachte. Meine Einstellung war stets konservativ gewesen. Wenn mich ein Mann schlug, wäre ich Minuten später auf und davon gewesen. So einfach war das Leben aber nicht. Es gab verbale Schläge, die einer körperlichen Misshandlung gleichkamen, und unterschwellige Manipulationen, die man erst einmal als solche erkennen musste. Und es gab uns selbst. Wir selbst konnten unser größter Feind sein.

»Was hat es schon für sich, eine Frau zu lieben, die einem nicht gut tut?« Bodo stellte sein Instrument achtlos in die Ecke meines Hotelzimmers. Ich hatte gerade die Tür geöffnet, um ihn hereinzulassen. Der erste Satz aus seinem Mund war alles andere als erbaulich.

»Hallo, Bodo.« Ich gab ihm einen Kuss auf die Wange, zu mehr konnte ich mich nicht aufraffen. »Ist etwas passiert?«

Er schüttelte den Kopf, holte sich einen Piccolo aus

der Minibar und ließ sich in den Sessel vorm Fernseher fallen. Ich wartete auf weitere Sätze von ihm, auf eine Erklärung, wie er das meine, doch es kam nichts. Er starrte auf den Bildschirm des Fernsehers, trank Sekt aus der Flasche und baute eine Wand des Schweigens vor sich auf.

Ich war ins Bad verschwunden, um mir die Hände zu waschen. Ich fühlte mich schmutzig, ohne etwas angefasst zu haben. Im Spiegel sah ich aus wie immer. Nur mein Blick war trübe.

Drüben, im Zimmer, saß ein Mann, der mich beschimpfte und anstatt mich darüber aufzuregen, überlegte ich, wie ich ihn besänftigen konnte. Der Fehler musste bei mir liegen.

Bodo wirkte angetrunken, als ich zurückkam. Offensichtlich hatte er schon einiges konsumiert. In einem Wortschwall stieß er hervor, dass die Probe eine Versammlung von Idioten gewesen sei. Stümper, Schwachköpfe und Dilettanten habe er um sich herum, ausnahmslos. Er könne nicht mehr. Am liebsten würde er alles hinschmeißen. Und dazu noch eine Frau, die schreibe. Jemand, der nichts von Musik verstehe. Was habe das Leben nur gegen ihn. Er gebe alles, wirklich alles. Und das sei die Antwort darauf. Ich war erschüttert. Was gab er da von sich? Was redete er nur?

Wenn jemand sich vom Leben zu verabschieden droht, wollen wir ihn davon abhalten. Wir versuchen alles, um ihn eines Besseren zu belehren. Ich plädiere dagegen. Wir sollten demjenigen zureden. Das allein kann helfen, wenn überhaupt.

Ich gab Bodo recht. Es sei eine einzige Katastrophe, was er ertragen musste. Mir gehe es nicht besser. Ich stünde kurz vorm finanziellen Ruin und dazu noch eine Affäre mit einem Pessimisten, einem Mann, der sich für etwas Besonderes halte, ohne es zu sein. Besondere Menschen würden sich eher als durchschnittlich, als normal bezeichnen. Wenn jemand das Gegenteil behauptete, sich als grandios einstufe, dann stimme etwas nicht. Bodo muckte mit einem Blick auf. Seine Augen bohrten sich zuerst in den fleckigen Teppichboden, um dann zwischen meinen Augenbrauen zu landen. Die Unbestimmtheit seines Blicks verlieh ihm einen irren Ausdruck.

Ich zweifelte zum ersten Mal an seiner Zurechnungsfähigkeit. Ich sagte ihm, dass er allen Grund habe, wütend zu sein. Täglich mit jemandem wie ihm zu tun zu haben, das war zu viel. Deshalb nähme ich seine Worte ernst und wolle mich verabschieden. Offensichtlich fände ich in Bremen ohnehin nicht die passende Filmkulisse, und mit ihm habe ich zusätzlich Schiffbruch erlitten.

Als ich das gesagt hatte, stand er auf, leicht schwankend, und kam drohend auf mich zu. Ich dachte, er wolle mir die Schultern gegen die Wand pressen, als er mich an den Picassodruck schob. Doch statt mir Gewalt anzutun, legte er mir den Kopf auf die

Schulter und begann sekundenschnell zusammenzuzucken, rhythmisch, lange. Es war das körperliche Aufbegehren eines trotzigen, enttäuschten Kindes. Er sagte nichts, schüttelte sich nur. Als er schließlich aufblickte, hatte er feuchte Augen.

Ich nickte nur und sagte: »Ist schon gut!«

Danach drehte er sich um, sah mich beschämt an, nahm seine Posaune und ging, ließ die Tür fast lautlos ins Schloss fallen.

Ich stand noch einen Moment tatenlos im Zimmer herum. Dann holte ich den Koffer aus dem Schrank und begann zu packen.

Der Zahnarzt

Zu allem Unglück bekam ich Zahnschmerzen, als ich zurück an den Tegernsee kam. Ich hatte noch nicht mal den Koffer ausgepackt, als es losging. Ein stechender Schmerz raste durch meinen Kiefer und nahm mir jegliche Energie. Mit dem Zahn hatte ich schon öfter Probleme gehabt – nun schien es ernst zu sein. Manchmal machte es einem das Leben wirklich nicht leicht. Ich blätterte resigniert im Telefonbuch herum auf der Suche nach einem Zahnarzt. Keine Ahnung, wem ich mich anvertrauen sollte. Ich tippte blind mit dem Finger auf eine Werbeeinschaltung.

Dr. Bernd Hippernitz.

Am nächsten Morgen saß ich als eine der ersten Patientinnen im Warteraum. Dr. Hippernitz war Anhänger der Alternativmedizin. Die Sprechstundenhilfe klärte mich darüber auf, dass ich zwischen einer normalen Spritze und der Akupunkturnadel als Betäubung wählen könne, ebenso wie es möglich wäre, sich kinesiologisch überprüfen zu lassen, etwa bei Fragen, welches Material ich bei Kronen vertrüge. Ich hörte mit mäßigem Interesse zu. Ich wollte nur von meinen Schmerzen befreit werden. Der Rest war mir schlichtweg egal. Wenn man genug Leid mit sich herumträgt, interessieren einen keine Details. Wenn ich ein Bild von Dr. Hippernitz gehabt hätte, dann wäre es das eines kleinen, lustigen Gnoms mit Knubbelnase und krausem Haar gewesen. Jemand mit kräftigen Händen und wachem Blick. Einer, der das Werkzeug, mit dem er im Mund anderer Leute herumfuhrwerkte, fest in seinen Pranken hielt.

Als er mit grünem Mundschutz und Ringelpulli im Hippie-Stil aus dem Nebenraum kam, ein Mann von fast zwei Metern, machte ich große Augen. Vor mir stand einer, der jederzeit eine Fotoserie für Armani hätte machen können. Ein Musterexemplar, ein Beau par excellence. Als er den Mundschutz abnahm, sah ich in ein Gesicht, wie es einprägsamer kaum sein konnte. Schwarze schrägstehende Augen wie die eines Asiaten, ebenmäßig glatte Haut, dichtes langes Haar. Ich brachte den Mund kaum auf, um zu erklären, warum ich in seinem Stuhl saß, so überrascht war ich. Sein Anblick haute mich um. Ich glaube, ich war ihm augenblicklich verfallen. Ich zitterte nicht aus Angst vor der bevorstehenden Behandlung und Dr. Hippernitz' Diagnose, sondern vor der Berührung dieser Hände, die wie die eines Dandys der 20er-Jahre aussahen. Bald lagen seine wohligen Finger, von denen einer von einem goldenen Siegelring verschönt wurde, an meiner Wange. Viel zu nah. Ich spürte die Gefahr, die von ihm ausging, eine Gefahr, die mich zu verschlingen drohte.

Wenn man schon oft Schiffbruch erlitten hat, ist man nicht weniger anfällig für Gefahren, im Gegenteil, man ist regelrecht auf der Lauer, um sein Vorurteil zu besiegeln. Ich hatte genug von Männern und begab mich gerade deshalb in die Arme des nächsten.

Im Frühling keimt, wieder einmal, die Hoffnung. Wie oft schon hatte ich gekämpft, war gestrauchelt und wieder aufgestanden, hatte an meiner Arbeit und meinem Können gezweifelt, versucht, trotz allem das Beste aus der jeweiligen Situation zu machen.

Wenn ich morgens Vögel singen höre, scheine ich aufzutauen wie der letzte Schnee auf den Bergen. Meine Vorsicht schmilzt dahin. Ich will daran glauben, dass alles einen Sinn hat. Ich war konservativ und innovativ zugleich. Einerseits gefangen in Traditionen und der Vorstellung, dass Dinge so sein müssten, wie sie immer waren, andererseits auf der Suche nach Neuem, Ungelebtem, nach Herausforderungen. Es ist schwierig, Altes und Neues zu vereinen. Ich wollte es trotzdem schaffen. Ich wollte glücklich sein.

Meine Geldsorgen drohten durch den Besuch beim Zahnarzt ungeahnte Ausmaße anzunehmen. Das Auswechseln meiner Goldplomben, das Ziehen eines Zahnes, das Einsetzen einer Brücke und das Anfertigen einer Krone. All das klang wenig verlockend. Anscheinend musste mein Gebiss generalsaniert werden. Ich musste zur Bank, um einen Kredit aufzunehmen. Dass ich David oder Maja um Geld bitten würde, erschien mir nicht akzeptabel.

Clevere Frauen beginnen ein Verhältnis mit dem Zahnarzt, wenn sie Zahnprobleme haben. Man glaubt, besser behandelt zu werden und Geld zu sparen. Solche Gedanken fand ich widerwärtig. Wenn ich einem Zahnarzt erlag, dann, weil er mir gefiel. Kennenlernen konnte man einen solchen Mann auf besagtem Stuhl oder in Gesellschaft. Da ich gern nah am Geschehen war, passte für mich die Stuhl-Variante. Auf einem Fest, bei einem Konzert, beim Essen macht ein Zahnarzt viel weniger her. Erst mit Mundschutz und weißem Gewand kommt sein Charisma voll zur Geltung.

Seine Praxis war ein Schmuckstück. Der Warteraum an die 100 Quadratmeter groß, mit alten sternförmigen Parkettböden und Sprossenfenstern. Offensichtlich liebte Dr. Hippernitz großflächige Bilder, meist in Blutrot gemalt, Lederfauteuils, Glastische, Korbsessel und tibetanische Teppiche mit Flauschcharakter, denn der Warteraum, eigentlich die gesamte Praxis, Vorzimmer, Aufnahme, selbst die Behandlungsräume waren in diesem Stil gehalten. Vorhänge suchte man vergebens. Alle Fenster gaben den Blick nach draußen, in einen weitläufigen Garten, frei. Vor einer Birke stand eine Teakholzbank, vom Wetter ergraut, daneben ein alter Stein, ganz nach Zen-Tradition. Ein Garten in Grün, ohne Blumen, mit wenig Bäumen, ein Garten, der einen beruhigte, wenn man lange genug hineinsah. Ein Mann, der seinen Garten so ausgewogen anlegte, der so auf Harmonie bedacht war, musste ein guter Mann sein. Ich machte mir viele Gedanken über Bernd Hippernitz. Ich dachte Tag und Nacht an ihn. Ich begann, aufgeregt und freudig zum Zahnarzt zu gehen. Ich wünschte, die Behandlungen würden nie enden.

Das Haus, in dem sich seine Praxis befand, war ein Altbau in bestem Zustand. Es gab Goldverzierungen an der Außenfassade, üppige Blumendekors über den Fensterbögen, Reliefarbeiten am Eingang. Das blank geputzte Messingschild zeigte Dr. Hippernitz' doppelten Doktor, er war nicht nur Zahnarzt, sondern auch Allgemeinmediziner, außerdem hatte er, wie er mir beim Entfernen meiner alten Goldfüllungen erzählte, eine Psychologieausbildung abgeschlossen. Er war vielseitig interessiert. Und er lächelte auf eine Art und Weise, die einen vergessen ließ, wo man war.

Mai: Die Bäume hatten frische grüne Blätter nach außen gestülpt. Tulpen und Narzissen blühten in den Parks um die Wette. Der Wald begann zu blühen und begrub alles unter einer feinen gelben Puderschicht. Auf dem See sah ich die ersten Boote um die Wette schippern. David hatte sich einen alten Eisentisch in den Garten gestellt und arbeitete draußen, unter einem neuen weißen Sonnenschirm in Übergröße, neben sich ein Glas Saft und einen Apfel, den er wieder vergaß. Wenn Melanie von der Schule nach Hause kam, aßen wir zusammen unter einer

Linde zu Mittag. Über uns die Vögel, sanfte kreisende Bewegungen der Blätter, ein Stückchen Himmel und sonst nichts. Wenn ich später mit Maja spazieren ging, wehte ein warmer, gleichmäßiger Wind, der alles leichter machte. Wir redeten über Belangloses, denn zum Sorgen- oder Problemewälzen hatten wir keine Lust. Wenn es draußen warm ist, gelingt vieles besser. Ich fühlte mich leichter, ich hoffte auf bessere Tage. Beruflich stellte ich mich auf Erfolge ein. Es war jedes Jahr ein Neubeginn.

Die Scheidung von Thomas, mit dem ich, Melanies wegen, losen Kontakt hielt, war inzwischen halbwegs verdaut. Ich war innerlich frei für etwas Neues. Doch jeder Mann, außer Urs, den ich mir ins Gedächtnis rief, und den ich auf das, was ich für ihn empfunden hatte, abklopfte, war eine Niete. Oft genug war ich verliebt gewesen, interessiert, Feuer und Flamme. Ich war nach meiner Trennung von Thomas für Neues zu begeistern, ich suchte Erfüllung. Nichts, was ich mit diesen Männern erlebt hatte, verdiente das Wort Liebe. Die Erkenntnis, dass ich mir die Zeit vertrieben hatte, machte mich traurig. Wollte ich mir weiterhin etwas vormachen? Ich war über 40. Meine Zeit war das Kostbarste, das ich besaß.

Täglich ging ich in die Konditorei. Cremeschnitte, Käsesahnetorte, Plunderschnecke. Ich aß links, weil ich rechts generalsaniert wurde. Die klebrige Süße legte einen Film über Zähne und Schleimhaut, die mich in eine Scheinzufriedenheit lullte. Nach meinem Süßkonsum war ich gedopt. Ich fühlte, dass es weiterging, ich konnte den Tag überstehen.

Eine Affäre mit Dr. Hippernitz erschien mir unpassend. Ich plante eine Art schaumgebremste Annäherung, einen Kuss auf die Schläfe, während ich von der Spritze gezähmt im Behandlungsstuhl läge. Ein Streicheln über meinen Unterschenkel, der unter der Besteckschale sein Dasein fristete. Ein hingehauchtes Liebesgeständnis, nahe an meinem Ohr, falls ich die Augen schließen würde, um alles über mich ergehen zu lassen. Ich hatte konkrete Vorstellungen, denn Vorstellungen geben dem Dasein Kontur, verleihen Berechtigung. Einen Teil meines Lebens hatte ich von jeher in der Unerreichbarkeit der Fantasie gelebt.

Dr. Hippernitz gab Interviews in Zeitungen, trat in Talkshows auf, plante eine öffentliche Sprechstunde, jeden Dienstagvormittag im Lokalsender, in Wahrheit visierte er das überregionale Fernsehen an. Mit Kleinigkeiten gab er sich nicht zufrieden. Wenn er über seine Pläne sprach, klang alles bescheiden, aber selbstverständlich. Nie kam ein Zweifel auf, dass er etwas nicht schaffen könnte. Scheitern kam in seinem Sprachgebrauch nicht vor. Schönen Menschen gestehen wir zu, dass sie geradewegs auf ihr Ziel zumarschieren, die Zielflagge hinter sich lassend. Seine Frau kam in seinen Plänen nicht vor. Entweder war sie selbstverständlich oder im Weg. Ich wusste nicht, welche Version er bevorzugte.

Ich sammelte Hinweise. Wenn seine Hand zu lange auf meiner Wange lag, verbuchte ich das als Geständnis seines Interesses an mir. Nach jeder Behandlung bat er mich in ein kleines Zimmer und massierte mir ausführlich den Nacken. Nach dem Bohren verspanne man sich derart, dass es anzuraten sei, die Nackenmuskulatur zu lockern, um späteren Schmerzattacken vorzubeugen, die eigentlich nichts mit der Zahnbehandlung zu tun hätten, erklärte er mir, während seine angenehm warme, weiche Hand, einschließlich die goldene Rückseite seines Siegelringes über meine Haut fuhr und an den passenden Stellen knetete und drückte. In jenen zehn Minuten, die wir fernab des normalen Zahnarztbetriebes verbrachten, baute ich mir eine eigene Welt auf. Meine Welt mit Dr. Hippernitz.

Eines Tages sah ich ihn in einer Buchhandlung. Ich war nach Rosenheim gefahren, weil ich mich ablenken musste. Die Bank hatte mir einen Kredit verwehrt. Der Gedanke, dass ich nicht kreditwürdig war, weil ich einen künstlerischen Beruf ausübte, etwas, das sich nicht jeden Monat addieren und voraussehen ließ, beunruhigte mich seit jeher, doch jetzt besonders.

Ohne zu überlegen hatte ich den Laden gestürmt. Zwischen Unmengen von vor allem brandneuen deutschen und englischen Ausgaben, Bestsellern, aber auch Büchern, die in kleineren Auflagen erschienen waren, prachtvollen Bildbänden über Gartenkunst, prominente Menschen, Haustiere, die bedrohte Tierwelt Afrikas und die Architektur der Weltmetropolen, sah ich ihn. Sein langer Hals hob ihn über die übrigen Interessenten hinaus. Er hatte dieselbe elitäre Haltung wie in der Praxis. Ich überlegte, was er hier zu suchen hatte, welche Art von Buch ihn interessierte. Deshalb trat ich näher. Er hatte ein kleines weißes, in Leinen gebundenes, sehr schönes Büchlein in der Hand und war darin versunken, wie man nur in etwas versinken kann, das man über alles schätzt. Ich kam ihm bis auf eine Distanz nahe, die mich befähigt hätte, ihn leise anzusprechen, ging in die Knie und entdeckte, dass er sich über Haikus informierte. Er hatte sich für ein Buch von Mori Sumio entschieden.

»Haiku, die kürzeste Gedichtform der Welt, die traditionell ein Bild aus der Natur beschreibt, um anhand sogenannter Jahreszeitenwörter den Handlungszeitraum zu erkennen. Ein Vers zu drei Wortgruppen à fünf, sieben und fünf japanischen Moren«, er hatte aufgesehen, blitzte ein kurzes Lächeln hervor, das sich – die Länge betreffend – mit einem Haiku abgesprochen zu haben schien, und schwieg mich danach wieder an.

»Sie interessieren sich für eine japanische Gedichtform, von denen das Gros der Menschen nie hören wird. Warum?«, wollte ich wissen.

»Der alte Weiher: Ein Frosch springt hinein. Oh! Das Geräusch des Wassers.« Er lächelte strahlend. »Reine Poesie. Kein Wort zu viel. Eine entspannende Leere, die nach einem einmaligen Wortgenuss auf den Leser wartet. Das fasziniert mich«, erzählte er voller Enthusiasmus. Ich nickte verstehend. Auch mich hatte das kurze Gedicht berührt. Es brachte etwas in mir zum Klingen, das schon lange verstummt war.

»Hübsche brünette Frau. Warme Tage im Mai. Warum sind wir uns begegnet?«, führte er fort. Ich schluckte, drehte mich um und ging langsam hinaus.

Eine Viertelstunde später saßen wir nebeneinander auf der Brüstung eines Springbrunnens. Ich spürte, wie kleine Gischttropfen meinen Rücken trafen, und lehnte meine Hände auf die Knie. Er erzählte mir, dass er einen Ausgleich zur Zahnmedizin brauche. Etwas, das ihn von den ewigen Schmerzen und der Anstrengung des Handwerks wegbrächte. Deshalb habe er begonnen, Gedichte zu schreiben. Daraus sei schließlich ein Buch entstanden. Das Manuskript läge beim Verlag. Er recherchiere die letzten Feinheiten, eigentlich ohne Grund, denn sein Lektor habe bereits das Okay für das Buch gegeben, obwohl damit wirklich nicht zu rechnen gewesen sei.

Ich spürte, wie die Sonne sanft und wärmend meinen Nacken streichelte, sah seine Hand auf dem Rand des Brunnens neben meiner liegen. Mit einem kleinen, feinen Abstand dazwischen.

Das Gespräch mit Dr. Hippernitz hatte mich nachdenklich zurückgelassen. Er beschäftigte sich neben seiner Arbeit mit Dingen, die ihn ausfüllten und zufrieden machten. Davon konnte ich nur träumen.

Ich ging viel spazieren und wurde mir darüber klar, dass es Situationen gab, in denen man nichts mehr mit sich anzufangen weiß. Ich wusste weder beruflich noch privat, wie es weitergehen sollte. Ich war wie ein Schiff ohne Kompass. Ich dümpelte im Wasser herum, orientierungslos, ohne Mannschaft, ohne Vorräte. Der Gang zu Dr. Hippernitz erlaubte mir, mich angemessen für diese Situation quälen zu lassen. Wenn ich den Bohrer hörte, wusste ich, dass ich im Äußeren deutlich werden ließ, wie es innerlich in mir aussah. Alles war Chaos. Wenn die Zahnarztrechnungen kamen, atmete ich laut auf. Wieder musste ich etwas in Ordnung bringen. Ich ging an meine letzten Ersparnisse, um meine Rechnung zu bezahlen. Danach musste ich mir ein anderes Reanimierungsprogramm einfallen lassen.

Es passierte an einem Tag, an dem ich mit nichts gerechnet hatte. Ich war beim Zahnarzt. Bernd Hippernitz hatte an diesem Tag eine Vertretung in der Praxis, eine junge Frau mit fest zusammengekniffenen Augen und künstlichen Fingernägeln. Ich war wie vor den Kopf gestoßen. Hippernitz, so erfuhr ich von seiner Assistentin nicht ohne Stolz, verbrachte seine Zeit in einem Fernsehstudio, um die Aufzeichnung für eine Gesundheitssendung zu bereichern, als Doppeldoktor mit viel Erfahrung und perfekter Fönfrisur. Das Ideal eines Fernsehmediziners, der es schon richten wird. Ich war wütend, als ich davon hörte. Er hatte mich nicht vorbereitet, mir den heutigen Termin geben lassen und sich nicht weiter um mich gekümmert. Ich entschied mich für einen neuen Termin, wollte mir von ihm weh tun lassen und von niemand anderem.

Als ich aus lauter Frust meine Konditorei aufsuchte, um mich mit einer Cremeschnitte mit Johannisbeergelee zu trösten, sah ich ihn aus einem Taxi steigen. Offensichtlich hatte er seiner Ehre Genüge getan und kehrte zurück zu den profanen Tätigkeiten wie Bohren, Extrahieren und so weiter. Die Gabel noch im Kuchen sprang ich auf und rannte hinaus auf die Straße. Ich rief seinen Namen und er drehte sich um und hob die Hand, als er mich erkannte. Höflich kam er zu mir auf die andere Straßenseite und erkundigte sich nach meinem Befinden. Ich funkelte ihn bösartig an.

»Ich weigere mich, von irgendeinem Arzt behandelt zu werden. Sie hätten mir sagen müssen, dass Sie heute nicht da sind. Dann hätte ich mir den Weg erspart.«

Er lächelte entschuldigend. »Habe ich das vergessen? Es soll nicht wieder vorkommen. Kommen Sie morgen vorbei, da werkle ich wieder selbst an meinen Patienten herum.«

»Sie haben Ihren Kuchen nicht bezahlt.«

Ich drehte mich erschrocken um. Die Kellnerin aus dem Café stand vor mir und sah mich streng an. Dr. Hippernitz rettete die Situation, indem er sein Portemonnaie zückte und nach dem Preis fragte. Er übernahm die offene Rechnung und ging danach geradewegs mit mir zu sich nach Hause.

Sex ohne Sex ist machbar. Man redet darüber, ohne es zu tun. Man ist zu allem bereit, ohne wirklich tätig zu werden, übermütig, freizügig, grenzenlos. Es ist wie eine Abhandlung jeglicher Fantasie. Alles geht, alles ist möglich. Nichts kann übertrieben oder abartig erscheinen.

Bernd Hippernitz und ich berührten uns nie. Wir redeten über sämtliche Praktiken, über jede Stellung, über den Austausch von Säften und Gerüchen, über die Bildung der Schweißproduktion, über die Häufigkeit des Geschlechtsverkehrs laut Statistik, darüber, wie oft man die Bettwäsche wechseln sollte. Er gab seine Vorliebe preis, die Wäsche so selten wie möglich zu wechseln, damit der Geruch erhalten bleibt. Gerüche wären derart wichtig, die meisten Menschen wüssten viel zu wenig darüber. Ich gab zu bedenken, dass Milben sich drastisch vermehren würden, wenn man die Wäsche zu lange nicht austauschte. Doch er winkte ab. Mit ein paar Millionen Milben habe er es noch immer gerne aufgenommen, wenn ein Höhepunkt der Liebe und die Erinnerung daran der Lohn seien.

Wir verbrachten den ganzen Nachmittag in seinem Wohnzimmer, bei einer Tafel Zartbitterschokolade von Moser-Roth und Sandeman-Portwein. Danach schickte er mich ins Bad, zum Zähneputzen. »Ich habe keine Lust, die Ausschweifungen des heutigen Nachmittags demnächst mit meinem Bohrer ausbaden zu müssen«, sagte er. Ich sah ihn lange an, als ich an der Tür stand, bereit zu gehen.

Zuhause legte ich mich aufs Bett. Später kam David vorbei. Ich schilderte ihm zum ersten Mal das volle Ausmaß meiner inneren Leere.

»Mach eine Therapie«, schlug er mir vor. »Ernsthaft!« Ich sah ihn an, lehnte meinen Kopf für einen viel zu kurzen Moment an seine schmale, leichtgewichtige Brust und erwiderte nichts.

Der Psychologe

Davids Kommentar hatte mir lediglich bestätigt, worüber ich mir in letzter Zeit immer häufiger Gedanken machte. Nämlich, ob ich vielleicht unter einer seltenen Krankheit litt, die man behandeln sollte. Eventuell einer, die noch unerforscht war? Desinteresse in gesteigerter Form. Alles in mir schien verschwommen, diffus, undurchdringlich. Inzwischen stellte ich mir nicht einmal mehr die Frage, wie ich die offenen Rechnungen bezahlen sollte, und auch nicht, wie ich die Fragen, die in mir zu Monumenten anwuchsen, stillen konnte. Das tägliche Leben verkam zu einer Persiflage. Antrieb und hoffnungsvolles Herbeisehnen einer zufriedenstellenden Zukunft verschwammen im Nichts, legten sich unter eine Nebeldecke des Vergessens.

Mit selbstironischem Esprit torkelte ich durchs Leben; meine Kontrollfähigkeit war längst weg. Ich hatte nicht mehr viel Geduld. Und nichts mehr von meinem Ich übrig.

Ich erschrak vor mir selbst. Was konnte noch helfen? Ich musste mich einer psychologischen Behandlung unterziehen. Alles andere wäre Melanie und mir selbst gegenüber grob fahrlässig.

Die Suche nach der Liebe war meine Droge vergangener Jahre gewesen. Dafür war ich zu vielem bereit gewesen. Die Vorstellung, ohne Liebe zu leben, hatte mich fast umgebracht. Inzwischen war ich so weit, mit jemandem reden zu wollen, ohne mich zu rechtfertigen. Irgendjemand sollte mich vom Drang, mich emotional zu ruinieren, freisprechen.

Wenn ein Auge weint, bleibt das andere trocken, hatte mir meine Großmutter als Kind erzählt. Ich erinnerte mich daran, als ich auf der Couch von Prof. Wendenbaarg lag. Der Deutsche holländischer Abstammung war mir von einer Freundin aus der Filmbranche empfohlen worden, die massiv unter Panikattacken litt und bei Prof. Wendenbaarg Hilfe suchte. Ich wusste nicht, ob mir eine solche Empfehlung weiterhelfen würde, doch ich ging hin, ohne lange darüber nachzudenken.

Prof. Wendenbaarg war groß und mächtig, mit langen Fingern, die, im Vergleich, wenig Finger und viel Nagelfläche enthielten. Seine Hände waren mit dichten Haarbüscheln überzogen. Ein kleiner Urwald über heller Haut. Seine Augen blickten trüb und stechend zugleich, eine Kombination, von der ich bis dato behauptet hätte, dass es sie nicht gab. Er hörte klassische Musik, während er seine Patienten auf eine mit hellem Leinen überzogene Couch legte. Eine Couch von 1,70 Meter, die den meisten meiner Leidensgenossen zu wenig Platz für die Füße gewährte, kam mir gerade recht. Ich schmiegte meinen Kopf in die Kuhle, unterhalb eines rot-grün karierten Kissens, und zwang die Füße unter die halb hohe Lehne. Der Platz schien wie für mich gemacht. Ich passte wie ausgemessen hinein und war die ideale Gesprächspartnerin eines Psychiaters, der nichts anderes tat, als das Leben Fremder einzusaugen, es wiederzukäuen, zu beleben, zu interpretieren, manchmal freizusprechen oder auch nicht. Ich rechnete mit allem, weil ich nicht darüber nachdachte.

Mein Kopf war leer. Ich hatte aufgehört zu schreiben. Ich wusste, dass das ein Alarmzeichen war. Ein Maler, der nicht malte, hatte sich verloren. Ich war eine Autorin, der die Worte abhandengekommen waren. Ich hatte so viel gesehen, so viel gespürt, dass ich nicht mehr wusste, wie all das zu verarbeiten, zu beschreiben und zu bewerten. Das Bewerten fiel mir besonders schwer. Meine Rubrik des Guten und Bösen war übervoll. Dabei hatte ich mir vorgenommen, nur zu beschreiben. Ich war nicht die Allwissende, der es zustand, andere zu beurteilen. Ich wollte mir einen weiten Blick bewahren, einen, der vieles sehen und lassen konnte. Das Attribut der ganz Jungen und Alten. Meine Zahnarztbesuche hatte ich beendet. Die Qual auf dem Behandlungsstuhl half nicht länger. Ich brauchte Stärkeres. Eine Analyse würde mein Innerstes nach außen kehren und mir wie die furchtbare Unart eines Fremden wiederkäuend erneut präsentiert. Wenn ich mich lange genug mit idiotischen Fragen löchern ließe, würde ich den seltsamen Schmerz fühlen, der mich erleichterte. Ein böser Geist im vermeintlich guten Körper.

Als Kind ging ich ganze Sommer lang hitzegetränkte Wege entlang, mit dem Ziel, mein Zuhause zu erreichen, nachdem ich im Fluss planschen war, mich im Sand gesuhlt oder mit Freunden Murmeln in eine vorher ausgehobene Kuhle geschoben hatte. Wenn ich vorm Einsetzen der Dämmerung, die Schwüle des Tages im Nacken, meinen Eltern und einem guten Abendessen entgegenging, war ich auf eine bescheidene, stille Art glücklich. Es war das unausgesprochene Glück der Normalität. Nichts Besonderes lag vor mir. Und doch war ich angefüllt mit Zufriedenheit und Gleichmut. Alles war gut, so wie es war.

Wissen Kinder, welchen Schatz sie in sich tragen? Es ist die Normalität, nach der wir uns sehnen. Das banale Glück des Alltags. Der Weg, den ich ging, ließ mir Schweißperlen auf die Stirn schießen, denn es war immer noch warm, ließ meine Füße, die vom Spielen müde waren, noch müder werden, ließ meinen Geist, der so viel Neues erlebt hatte, aufseufzen, weil alles perfekt war, ohne dass ich es ahnte.

Prof. Wendenbaarg versuchte nichts anderes, als mich an dieses Gefühl früher Tage zu erinnern. Als könne er mich mit einem Lasso einfangen und in jene Zeit zurückversetzen, ausgestattet mit der Kulisse der heutigen Tage, Wochen, Monate, Jahre.

Ich ahnte, dass er Schiffbruch erleiden würde. Wenn schon nicht mit seinen anderen Patienten, dann mit mir.

Mein Innerstes wehrte sich gegen Prof. Wendenbaargs Interventionen, wie ich seine Analyse nannte. Ich ging pflichtbewusst zu jeder Stunde, tat so, als hoffte ich auf seine Hilfe, wie jemand, der sich mit Fieber, Schüttelfrost und unerfindlichen Schmerzen beim nächstbesten Arzt einfindet. Körperlich war ich zugegen, geistig war ich weit weg. Gefangen in einer selbst gewählten Illusion, in meinem Reich, für das ich keinen Namen fand.

Wie ich später herausfand, war Prof. Wendenbaarg Psychiater und Neurologe. Die Psychologie war sein Steckenpferd, wie er regelmäßig erwähnte. Er hatte jahrelang in einer Nervenklinik gearbeitet, Schizophrene behandelt, gespaltene Persönlichkeiten, Leute mit Burn-out-Syndrom. Borderline. All so was.

»Alles, was nicht niet- und nagelfest war, habe ich getrost gelockert, um es in einer neuen Ordnung wieder aneinanderzufügen. Voilà! Der neue Mensch war geboren. Perfekt, funktionstüchtig, weniger meschugge als zuvor oder zumindest anders.«

Ein piepsendes Geräusch entwich seinem schmalen Hals. Er grinste mit zu Strichen zusammengepressten Augen. Ein Mann, der dabei war, zu seinem verblödeten Ebenbild zu verkommen.

Ich wusste nicht, was Ines, die Cutterin, von der ich seine Adresse hatte, an ihm fand, warum sie ihre Panikattacken unbedingt bei diesem Mann loswerden wollte. Ich zweifelte an meiner eigenen Zurechnungsfähigkeit, grübelte, warum ich Geld für jede

Stunde anschreiben ließ, nur um mich Monate später in noch größeren finanziellen Schwierigkeiten zu sehen. Der Umstand, dass ich mich psychologisch behandeln ließ, würde mich noch mehr deprimieren. Im schlechtesten Fall wäre ich irgendwann reif für die Klapsmühle.

Als Kind malte ich das, wovor ich Angst hatte, übergroß auf ein Blatt Papier. Danach sah ich mir das Schrecknis an und begann laut zu kreischen. Es war wie eine instinktive Schocktherapie, bei der man sich seinen schlimmsten Feinden bewusst aussetzt.

Dasselbe Prinzip wandte ich jetzt an. Ich ging zur Analyse, um verrückt zu werden.

Ines hatte ein Verhältnis mit dem Professor. »Ich fühl mich wie neugeboren, wenn ich seinen Schwanz in mir spüre«, verriet sie mir in vertraulichem Ton. Sie kicherte rau und erzählte mehr über das Genital Wendenbaargs. Informationen, um die ich nicht gebeten hatte und die mich seltsam irritiert zurückließen. Wie eine Fahrt mit der Achterbahn fühle sich der Sex mit ihm an. Diese magischen zehn Minuten, nach jeder Sitzung, egal, wie lange sie dauerte. »Die 68er sind ein harmloser Abklatsch gegen Prof. Wendenbaargs Gebaren, Franziska. Ich will lieber gar nicht wissen, mit wie vielen er schon eine Affäre hatte.«

Ich brauchte wenige Wochen, um herauszufinden, dass Ines wahrhaftig nicht die Einzige war, mit der

der Professor ein intimes Verhältnis pflegte. Er war ein vorsorglich angelegter Charakter, im eigenen Interesse. Anscheinend brauchte er den Kontakt zu beidem, zu Seele und Fleisch. Erst dann war er wirklich er selbst.

Ich wehrte mich vehement. Wie hätte ich mich einem solchen Mann anvertrauen können? Und doch ließ ich es zu, dass er mich in der 19. Stunde küsste. Wir redeten über meine innere Leere und darüber, wann ich dieses Gefühl zum ersten Mal wahrgenommen hatte. Ich wühlte in meinem Innersten, halbherzig. Prof. Wendenbaarg bestand auf den Arbeitseinsatz beider Seiten. Ohne die Anstrengung von Patient und Analytiker gleichermaßen käme es zu keinem vernünftigen Ansatz, der den Keim der Lösung in sich trage, philosophierte er. Eine Antwort würde mir also nicht erspart bleiben.

Ich lag immer noch auf seiner Couch. Ich sah aus wie ein kleines Etwas, das sich ins Nest verkrochen hatte. Vor sich den unerbittlichen Schnabel des Vaters.

Prof. Wendenbaargs Hand legte sich nach meinem Eingeständnis, Hassgefühle gegenüber meinem Vater zu empfinden, auf meinen rechten Schenkel. Es war ein ganz und gar aus der Luft gegriffener Vorwurf, weil mir absolut nichts Vernünftiges einfiel. Ich entschied mich dafür, mit dem Professor zu spielen, ihn mit immer neu erfundenen Details aus meinem Leben zu füttern, ihm ein Ersatzleben zu präsentieren, mit dem er sich abmühen konnte.

Erst wenn der Patient unter schier aussichtslosen Attacken litt, wenn der ganze Weltschmerz ihn zu ersticken drohte, schien Prof. Wendenbaargs Hilfe die angemessene zu sein. Mit kleinen Fischen gab er sich nicht ab. Er war erst er selbst, wenn er alles gegeben hatte. Im wahrsten Sinne des Wortes.

Seine Hand lag wie ein Hammer auf meinem Bein. Schwer und schmerzlich. Ich machte keine Anstalten, mich gegen seine Annäherung zu wehren. Ich wusste, dass ein erster Kuss die Steigerung sein würde. Am selben Tag noch. Nach der Sitzung. Wie bei Ines und den anderen.

»Ein Analytiker ist eine neue Erfahrung für mich. Wendenbaarg füllt mein Denken und Fühlen aus. Und meinen gesamten Körper.« Ines ließ nichts aus, berichtete von der Größe von Wendenbaargs Penis und weiteren pikanten Details. Informationen bis in die letzte Ritze ihrer Empfindung.

Sie saß mir im Schneidersitz gegenüber. Bei einer Tasse grünem Tee. Ein Produzent hatte uns erneut zusammengebracht. Ines würde meinen neuen Film – zumindest war er geplant – schneiden. Über das Tempo der Story sollten wir uns schon vorab unterhalten, hatte es geheißen, was immer das in dieser Entwicklungsphase bedeuten mochte. Nie zuvor hatte Ines derart offen mit mir über ihre sexuellen Abenteuer geredet. Es schien ihr unverhohlen Genugtuung zu bereiten, möglichst viele Kleinigkeiten vor mir auszubreiten.

»Er schiebt ihn immer mit kreisenden Bewegungen in mir hin und her. Irre und komisch zugleich. Ist schon eine Nummer, der Professor.«

»Stört es dich nicht, dass er die anderen auch auf seine ganz eigene Art«, ich zögerte kurz, »behandelt?«

»Nein! Wieso? Er hat Sex. Ich hab Sex. Das ist okay. Legitim.«

Mit einem Mal kam ich mir fürchterlich spießig und voller Vorurteile vor. Es gab weiß Gott genügend Leute, die wechselnde Partner hatten. Ich war schließlich eine davon. Warum erwartete ich plötzlich von einem Psychiater, dass er das nicht tat? Er ging seinem Job nach, suchte im Leben Fremder herum und tat ansonsten, was ihm Trieb und Launen vorgaben. Vielleicht entsprach es gerade seinem Beruf, weniger versteckt, offen und frei zu leben?

Ines trank ihren Tee aus und stand auf. »Ich hab noch ein Date mit Gerd, dem Regieassistenten meines letzten Filmes. Der süße Kleine, du weißt schon. Wir sehen uns dann morgen.«

»Und deine Panikattacken?«, rief ich ihr hinterher, als könne sie mir garantieren, dass der Besuch eines Psychologen nicht völlig verschwendet war.

Sie drehte sich lachend zu mir um und machte eine zweifelnde Handbewegung. »Alles im Fluss!«, rief sie zurück.

Was immer das heißen mochte.

Wenn ich mich auf Prof. Wendenbaarg einlassen würde, wüsste ich, ob Ines' Geschichten der Wahrheit entsprächen. Als Grund war mir das aber zu wenig. Ich konnte noch nicht mal beantworten, welche Gefühle dieser Mann in mir auslöste. In meinem Gehirn herrschte Ratlosigkeit, völliges Blackout.

Jedes Mal, wenn ich meinen Wagen vor seinem Haus parkte, das sich in einem netten Vorort von München befand, wusste ich weder, was ich bei ihm verloren hatte, noch, was diese Stunde mir bringen würde.

Ich entschied mich, nicht länger über ihn nachzudenken und widmete mich anderen Tätigkeiten, begann, einen Kuchen zu backen, wog Mehl und Zucker ab, rieb Zitronenschale, schüttete warme Milch in eine Schüssel, hackte Mandeln. Als Kuchenduft durch die Wohnung zog, fühlte ich mich nach langer Zeit zum ersten Mal wieder wohl. Melanie steckte den Kopf zur Tür hinein und schnupperte grinsend vor sich hin.

»Hol David. Höchste Zeit, uns wieder mal gemütlich zusammenzusetzen«, bat ich sie. Sie nickte verschmitzt, warf mir einen Luftkuss zu und rannte stolpernd davon.

Die nächsten zwei Wochen schwänzte ich die Stunden. Ich arbeitete an einem Drehbuch. Ich schrieb, als ginge es um meine Daseinsberechtigung. Prof. Wendenbaarg sprach meinen Anrufbeantworter voll. Jeden Abend löschte ich seine Mitteilungen, die von Tag zu Tag eindringlicher wurden. Es wunderte mich, dass er 14 Tage brauchte, bis er durchnässt vor meiner Tür stand. Es hatte einen Platzregen gegeben, von einer Sekunde auf die andere. Alles an ihm tropfte. Ich bat ihn herein und reichte ihm ein riesiges Badetuch mit einem Krokodil drauf. Er frottierte sich den Kopf ins aufgerissene Maul des Krokodils hinein, während er meinen Blick suchte, als wäre er einer unter vielen, dabei waren nur wir beide im Raum. Gleichzeitig sah er sich in meiner Wohnung um.

»Eigentlich ist es nicht meine Art, Patienten privat aufzusuchen. Es gibt keinen Grund, damit anzufangen.«

Ohne von mir dazu aufgefordert worden zu sein, setzte er sich auf die Garnitur, die nach seinem Aufstehen einen nassen Fleck haben würde.

»Und warum fangen Sie doch damit an?«, provozierte ich ihn.

»Das Wort Sorgen ist mir geläufig, liebe Franziska«, sagte er da.

Ich blieb ihm eine Antwort schuldig. Schließlich sprach er weiter. »Sie scheinen mir nicht der Mensch zu sein, der einfach so und ohne plausible Erklärung einen Termin schmeißt.«

»Auch Psychologen irren.«

Er lächelte, und sein Lächeln wirkte unnatürlich und kalt.

»Ich habe als Mensch zu Ihnen gesprochen, nicht als Psychiater oder Psychologe.«

»Dann sind Sie wohl auch als Mensch hier in meinem Wohnzimmer und ruinieren meine Garnitur, die ich voriges Jahr neu überzogen habe? War nicht billig, der Spaß. Nur, damit Sie wissen, wie sehr es mir missfällt, dass Sie meine Wohnung verunstalten.«

Er zeigte keinerlei Unsicherheit, nicht die geringste Regung, seine Mimik blieb starr.

Stunden später waren wir betrunken. Drei Flaschen Weißwein standen auf dem Tisch. Leer. Wir hatten Äpfel und Nüsse zum Wein gegessen, später etwas Herzhaftes, einen hastig zubereiteten Salat mit Sardinen. Ein kleines Mahl, das Wendenbaarg überschwänglich lobte. Er habe eine Schwäche für Sardinen. Alles, was übertrieben salzig und alles, was übertrieben süß schmecke, sei ihm lieb. Je salziger und süßer, desto besser.

»Dann habe ich also Ihre Schwachstelle gefunden. Übertriebener Salz- und Süßigkeitenkonsum spricht für mangelnde Liebe, Einsamkeit …«

»Oder Pilzbefall im Darm«, fuhr Wendenbaarg vorschnell dazwischen.

Zum zweiten Mal legte er mir seine Hand aufs Bein. Diese Hand, ein Präzisionsapparat.

»Melanie, meine Tochter, schläft nebenan.« Ich rückte von ihm weg. »Ich möchte nicht, dass sie aufwacht.«

»Dass wir aufpassen müssen, macht es höchstens ein bisschen interessanter«, gab er genauso laut wie zuvor von sich und zog mich an sich, um mich auf die Lippen zu küssen, schnell und länger als beim letzten Mal.

Die Nacht nahm kein Ende. Ich lag in meinem Schlafzimmer, der Psychologe neben mir. Prof. Wendenbaarg, den ich nie mit seinem Vornamen ansprechen würde, zeigte mir die kleine Stelle an seinem Hinterkopf, an dem ihm die Haare ausgingen. Sein nackter, rauer Ellbogen hatte sich seinen Platz neben meinem Kissen gesucht und ein Stück seiner Pobacke lugte zwischen der Decke hervor. Das Fleisch darauf war rot und grobporig, mit ungelenk wirkenden Haaren darauf, die sich, jeweils einzeln, in die Luft erhoben. Ich atmete gleichmäßig die Stunden weiter und wartete auf den Morgen, mit dem ich nichts anzufangen wusste.

Sex kann Menschen, anstatt einander näher bringen, voneinander entfernen. Nachdem ich mit Wendenbaarg geschlafen hatte, rückte er von mir ab, wie ein Wesen von einem anderen Stern, an dem man keine Gemeinsamkeiten zu sich selbst feststellen kann. Es fühlte sich an, als habe der letzte Rest meines Lebens sich von allen Wundern scheiden lassen. Jeder kleine, unauffällige Makel an ihm schwoll zu unnatürlicher Größe an und legte sich vor meinen Blick. Seine Sprache erschien mir mit neuer Schärfe gesprochen. Seine Körperausdünstung verursachte Ekelgefühle. Wenn ich meinen seelischen Striptease vor ihm hinlegte, fühlte ich mich hinterher belasteter als zuvor.

Nach fünf weiteren Sitzungen wusste ich, dass es so nicht weitergehen konnte. Meine Aversion wurde zur

Manie. Ich konnte Wendenbaarg nicht länger ertragen.

Tief in mir drin wusste ich, dass der Fehler nicht bei ihm lag, sondern bei mir. Vermutlich hatte ich Wendenbaarg gebraucht, um endgültig von allem genug zu haben. Von meiner ständigen, krankhaft anmutenden Suche nach Erfüllung und Liebe. Liebe, die ich mit Sex verknüpfte, als gäbe es sie ausschließlich in dieser Kombination.

Mein Konto wies einen Minusstand von 11.000 Euro auf. Ich hatte mich auf die schiefergraue Ledergarnitur in die Halle meiner Hausbank gesetzt und starrte auf meine Auszüge. Die schwarzen Ziffern auf dem gelben Papier schienen zu verschwimmen. Ich riss mich am Riemen, kniff die Augen zusammen und versuchte es erneut. Die Summe veränderte sich nicht. Es blieben immer noch 11.000 Euro.

Wenn man den Feind früh genug erkennt, kann man ihn besiegen. In der stickigen Luft im Foyer meiner Bank begann, nach langen trägen Monaten, mein Lebenspuls zu schlagen.

Alles würde gut werden. Der Satz türmte sich wie von Geisterhand hingeschrieben vor mir auf.

Alles wird gut.

Alles wird.

Alles gut.

Gut.

Wird.

Alles.

»Kopf hoch«, flüsterte ich mir zu, stand auf und holte mein Lächeln von früher hervor. Es ging mit einem Mal leicht, ganz leicht, und fühlte sich gut an.

Ich schlenderte, wie auf Urlaub, durch die Glastür hinaus auf die Straße. Das Bankinstitut und die Tatsache, dass ich eine solche Summe würde aufbringen müssen, lagen hinter mir. Vor mir sah ich die wogenden Bäume eines Parks und die Gewissheit, dass ich mich auf eine der Bänke setzen würde, um mir dort einen Ausweg aus meiner seltsamen Lage einfallen zu lassen. Wie hatte ich mich für die Gewaltigkeit des Lebens geschämt. Umsonst. Ich klemmte meinen Blick, wie eine Heftklammer, an den Bäumen fest. Und da blieb er.

Der Trainer

Keine vier Wochen später entdeckte Melanie ihre Liebe zum Fußballspielen und trat in eine Nachwuchsmannschaft ein, deren Mädchen wie der weibliche Verschnitt von Jungs des gleichen Alters aussahen. Allesamt pickelig, dünn und unsicher.

»Hast du was damit zu tun?«, schleuderte ich David entgegen.

Er sah mich zuerst gar nicht, dann aber mit spöttischem Blick an. »Hast du Bock auf Ärger oder willst du mich einfach nur beleidigen, verurteilen für etwas, das ich nicht angezettelt hab? Aufs Fußballspielen ist Melania selbst gekommen. Nachdem sie in einer Zeitung davon gelesen hat. Im Übrigen, mit Philomene läuft's hervorragend.«

Ich schlug mir die Hand vor den Mund und sah David mit großen Augen an. Ich fühlte mich schrecklich wegen der Zurschaustellung einer urteilenden Mutter, die sich fürchterlich darüber aufregte, dass ihre Tochter einen Sport ausüben wollte, der für Jungs reserviert schien.

»Ich versuche bloß nachzuvollziehen, worin die Faszination am Fußballspielen liegt. Was hat man davon, einem Stück Leder hinterherzurennen?«

»Um darauf zu antworten, bin ich der Falsche.«

Abends, vorm Fernseher, bekam ich Vorträge

über Teamgeist und das gemeinsame Ziel, das eine Mannschaft zusammenschweißt, zu hören. Melanie sprach begeistert über den Sport, und so gab ich letzten Endes meinen Segen dazu. Mochte sie mit Gleichgesinnten hinter diesem verdammten Ball herrennen. In ein paar Wochen, da war ich mir sicher, würde es ihr ohnehin zu viel werden.

Doch ich irrte mich. Melanie hielt durch. Ihre Leidenschaft verstärkte sich, anstatt nachzulassen.

Eine Westfälin mit polnischen Wurzeln war die Trainerin der Mädchen. Ihr einziges Ziel bestehe darin, den Fußball weiter zu emanzipieren und der Gesellschaft klarzumachen, dass Frauen mit Taktik, Dribbelgespür und einem unbändigen Siegeswillen alles in diesem Sport erreichen könnten. Renate Kostka ließ keinen Zweifel daran, dass auch sie alles gab. Dasselbe forderte sie von den Spielerinnen. Sie ging hart mit jedem ins Gericht, der einen Fehler beging oder nicht 100 Prozent Leistung abrief. Kleinbeigeben akzeptierte sie nicht. Sie machte jedem Mädchen klar, dass sie einen eisernen Kurs verfolgte. Es gab nur eine Perspektive. Siegen! Mich fröstelte, wenn ich sie reden hörte. Sie spuckte Parolen aus. Für mich war das etwas anderes als Motivation. Die Mädchen hingen trotzdem an ihren Lippen. Für sie war es die erste Begegnung mit einem Guru. Das erschreckte mich und doch konnte ich nichts dagegen tun.

Jeden Dienstagnachmittag von 16 bis 18 Uhr rannten die Mädchen übers Spielfeld. Angeblich war ausgerechnet Melanie eine der fleißigsten und begabtesten Fußballerinnen, wie mir ihre Trainerin nach wenigen Wochen bestätigte. Ein Grund mehr, gesondert theoretischen Unterricht bei ihr zu nehmen. Es gehe nicht nur darum, sich mit Tor und Ball zu beschäftigen, sondern um die Verinnerlichung des Ziels. Dafür brauche man einen unerschütterlichen Willen, mentale Stärke, eiserne Disziplin. Ich versuchte, Melanie von all dem abzuhalten. Ich war mir sicher, dass so viel Fanatismus ihrer Weiblichkeit schaden würde. Doch es war zwecklos. Ich lebte mit einem jungen Menschen zusammen, der das Gegenteil von mir war. Manchmal kam mir der Gedanke, man habe das Neugeborene im Krankenhaus verwechselt und ich zöge ein Mädchen groß, das nicht mir entstammte. Dann schalt ich mich. Jeder musste damit rechnen, dass das eigene Kind einem manchmal fremd war. Ich hörte auf, gegen ihr Hobby zu wettern und akzeptierte ihre Entscheidung.

Ich ging oft mit zum Training, saß auf der Bank am Spielfeldrand und schaute zu, wie Melanie den Ball einer Mitspielerin überließ, um ihn wenig später zurückzuerobern und das Tor anzuvisieren. Sie wirkte zäh und voll Freude, während sie über den Rasen lief, schwitzend und schreiend. Ich musste ihr zugestehen, dass sie etwas gefunden hatte, das ihr entsprach. Zumindest darüber freute ich mich.

Drei Monate später sah ich ein, dass meine Anwesenheit nichts bewirkte oder verhinderte. Ich erschien nur noch sporadisch zum Training oder schaute die letzte halbe Stunde zu. Bald hatte ich mir angewöhnt, den Jungs auf dem Spielfeld gegenüber zuzusehen, die ebenfalls trainierten. Ihr Trainer, ein kleiner Alter mit Bauchansatz, faszinierte mich. Verbraucht und übergewichtig stand er da, das Gesicht von Furchen durchzogen, doch wenn er den Mund aufmachte, hörte ich, wie eine warme, kraftvolle Stimme über den Rasen flog und die halbwüchsige Mannschaft antrieb. Walter Fritze schob die einzelnen Spieler wie Figuren auf einem Schachbrett in die gewünschte Position. Er agierte mit einer unabänderlichen Selbstverständlichkeit.

Nach jedem Spiel kamen die Spieler zu ihm an die Bank. Dort saß er, einen halb aufgegessenen Apfel in der Hand und einen Flachmann neben sich und schien Audienz zu halten. Er sprach mit jedem Einzelnen über sein Spiel, über Schwächen und Stärken, über Freude und Hoffnung, tätschelte den Jungs über den Kopf, klopfte ihre Schultern, scherzte, lachte, amüsierte sich. Danach verabschiedete er sie wie seine Kinder, hinein in die Umkleidekabine und hinaus ins gewöhnliche Leben.

Ich begann, mir immer häufiger Gedanken über den Trainer zu machen. Jede Woche stand er in demselben vorsintflutlichen Jogginganzug auf dem Rasen, an dessen rechtem Bein ein Flicken in der unpassendsten Farbe prangte. Grellgelb auf Blauweiß.

Vielleicht vermittelte er so etwas wie Beständigkeit, Kontinuität, Verlässlichkeit und Vertrauen, sinnierte ich vor mich hin. Weshalb sonst würden ihn die Jungen derart vergöttern?

Wenn Walter Fritze mich sah, nickte er mir zu. Nach einigen Wochen ging sein Nicken in ein Winken über. Ihn zu sehen, vermittelte mir bald ein Gefühl von Zuhause, und allmählich wurde er zu meinem Highlight, ohne dass irgendetwas Besonderes passierte.

»Was hat's mit dieser seltsamen Passion für diesen Typen auf sich?«, wollte Maja wissen, als ich bei ihr im Lokal saß, ein Bier vor mir auf dem Tisch und ihren zigarettenbestückten Mund im Visier.

»Ich weiß nicht. Er interessiert mich halt.«

»Weshalb? Ist doch nichts dran an ihm.«

»Sagte ich doch schon. Weiß ich nicht.«

Maja schüttelte den Kopf und verschwand hinterm Tresen. Ich sah ihr an, dass sie meine kurzen, wenig aussagekräftigen Antworten am liebsten irgendwo angepflockt hätte. Damit wäre sie sie endgültig los gewesen.

Eines Tages sah ich anstatt seiner einen jungen Rothaarigen mit Schnauzbart am Spielfeldrand stehen. Wieso war Fritze nicht an seinem Platz? War ihm etwas zugestoßen? Hatte er Probleme mit seiner Frau?, oder einen Unfall gehabt? Ich machte mir große Sorgen. Wieso rührte mich das Schicksal eines Fremden, mit dem ich nichts zu tun hatte, derart?

Ich fand keine Antworten. Mein berufliches Tief

hatte ich hinter mir gelassen. Der Auftrag für ein Serienprojekt mit bekannten Schauspielern war gesichert. Ich hatte einen Vertrag über zwölf 45-Minuten-Folgen unterschrieben und die erste Anzahlung auf meinem Konto. Meine Schulden waren getilgt. Alles deutete auf eine gute Zeit hin, auch wenn ich noch immer Single war. Seit ich mit Melanie bei David untergekommen war, war ich es gewohnt, von Männern umringt zu sein, zwei oder drei zur Auswahl. Doch nun war niemand in Sicht.

Anscheinend war gerade nicht die Zeit für Flirts und Liebe. Ich hatte ohnehin zu tun. Den Gedanken, dass ich meine Fühler nicht länger ausstreckte, weil ich meine Liebessuche endlich begraben hatte, gestand ich mir noch nicht ein.

Wochenlang hatte ich Walter Fritze nicht mehr gesehen, und doch blieb sein Blick in mir lebendig. Diese kleinen, zusammengekniffenen, trüben Augen über den viel zu buschigen, weißen Brauen. Sah ich in ihnen nicht die ganze Wärme eines Lebens, alle Höhen und Tiefen, allen Schmerz?

Ich überlegte, ob der Ersatztrainer für immer bleiben würde. Vielleicht hatte Fritze sich zur Ruhe gesetzt? Dann sähe ich ihn nie wieder. Der Gedanke machte mich traurig.

Ich begann, neben meinem Drehbuch an einer Erzählung zu schreiben. Anfangs waren es nur Stichworte, Skizzen, Überlegungen, alles wild durcheinander geschrieben, ohne Ziel. Dann nahm das Ganze

Form an. Vor mir, auf meinem Laptop, entstand das Duplikat des Trainers. Seite für Seite konnte ich mit ihm reden, ihn endlich nach all den Dingen fragen, die ich von ihm wissen wollte. Warum er in einem zerschlissenen Trainingsanzug auf einem Fußballfeld stand und eine Mannschaft Halbwüchsiger trainierte, obwohl ihm das Ganze finanziell nichts brachte? Wo war sein Vorteil? Wo war die Quintessenz?

Immer wieder entdeckte ich, dass ich glücklich war, wenn ich am Text über ihn feilte. Ich wurde erneut zum Kind, das sich keine Gedanken über den Sinn dessen machte, was es tut. Frei, ungebunden und vor Kraft und Zuversicht strotzend.

Vielleicht war es das, was mich an dem Mann faszinierte. Er brachte mich dazu, mich wieder wie ein übermütiges Kind, das sich durch nichts einschränken ließ, zu fühlen. Das war er selbst auch, wenn er der zwölfte Spieler auf dem Feld war, der, der alle anderen lenkte und leitete. Er brachte Feuer und Esprit mit und die Gewissheit, dass der Spaß, den man beim Spiel erlebte, ausreichte, um zu siegen.

Als ich die Hoffnung, ihn noch einmal zu sehen, schon aufgegeben hatte, entdeckte ich ihn auf seiner Bank. Da saß er, seine Äpfel, ein Taschenmesser, ein Handtuch und einen Flachmann neben sich. Die Jungs rannten übers Spielfeld, und er gab mit synchronen Handbewegungen das Tempo vor. Ein zündender Funke, der auf die anderen übersprang.

Es gab Kalbsmedaillons mit Kräutern und Zitrone, Pistazienreis, Salat und als Nachspeise Erdbeertiramisu. Melanie ließ sich erschöpft in den Sessel fallen und fixierte ihren Teller. Es roch verführerisch, ich freute mich aufs Essen und setzte mich erwartungsvoll ihr gegenüber. Sie stocherte apathisch im Reis herum, während ich den feinen Kräutergeschmack der Soße auf der Zunge zergehen ließ.

»Was hast du?«, wollte ich wissen, als sie immer noch nichts aß.

»Keinen Hunger!«

»Versuch's doch mal. Ich hab mir heute wirklich Mühe gegeben.« Ich lächelte aufmunternd zu ihr hinüber.

Es war zwecklos. Sie aß keinen Bissen.

An diesem Abend fand ich heraus, dass der Druck, siegen zu müssen, ihr zu viel wurde. Ich musste handeln.

Ich hatte den idiotischen Gedanken, Fritze könne meine Tochter in seine Mannschaft aufnehmen. Ein Mädchen unter elf Jungs. Ich wusste, dass meine Bitte völlig unrealistisch war. Er hatte bereits elf Spieler auf dem Feld. Ein zwölfter würde nicht nur keinen Sinn ergeben, sondern sogar sein Spiel, seine Aufstellung gefährden.

Doch wenn er es wenigstens einige Wochen lang mit ihr versuchte, würde der Druck vielleicht von ihr abfallen? Renate Kostka mochte eine gute Trainerin sein, aber das Wesentlichste fehlte ihr: Einfühlungsvermögen. Ich hatte ihr nicht erklären können, woran es Melanie mangelte. Vielleicht war jedes Wort ohnehin überflüssig.

Walter Fritze würde seine Augen und Hände sprechen lassen und das würde genügen.

Als ich neben ihm saß, schlug ich nervös meine Schuhspitzen gegeneinander.

»Ihre Kleine trainiert drüben?«, begann er das Gespräch und biss in seinen Apfel.

Ich hörte, wie er das Fruchtfleisch mit den Zähnen zermalmte und nickte. »Ich wollte Sie um etwas bitten. Wir kennen uns nicht, und ich weiß, dass es eigentlich eine Zumutung ist, aber …«

Er unterbrach mich mit einem zustimmenden Blick, bevor er erneut in den Apfel biss. »Wir probieren es!«

»Wie meinen Sie?«, fragte ich irritiert.

»Ich nehme Ihre Tochter. Sie ist nicht die Erste, die Probleme mit der Kostka hat.«

Ich hörte auf, meine Schuhe gegeneinanderzuschlagen und nahm das Stück Apfel entgegen, das er mir hinhielt.

»Wenn du Fußball spielen willst, dann muss es Liebe sein. Liebe zu dir und den anderen, Liebe zum Trainer, Liebe zu den Fans, den Zuschauern«, der Trainer deutete auf eine imaginäre begeisterte Anhängerschar, die sich auf den Rängen befand. Laut jubelnd, in wilder Ekstase.

»Es muss Liebe sein?« Melanie wiederholte die Worte zögerlich und ihr Gesicht sprach Bände. Sie schwankte zwischen Faszination und Unglauben.

Walter Fritze grinste verschmitzt. »Du wirst es verstehen, wenn du ein paar Tage mit uns gespielt hast. Mach dir nicht zu viele Gedanken. Denken schadet nur.«

Mit skeptischem Blick ging Melanie auf die Jungen zu, die abwartend in der Nähe des Tores standen. Auch für sie begann etwas gänzlich Neues.

Renate Kostka erklärte mich und ihren Kollegen Walter Fritze, den sie für einen Möchtegern-Trainer, aber vor allem für einen Spinner hielt, für verrückt. Wie jemand auf eine derart hirnrissige Idee kommen könne, ein Mädchen in eine Jungen-Fußballmannschaft zu integrieren, elf männliche Anteile auf einen weiblichen treffen zu lassen, verstehe sie nicht. »Das entbehrt jeder Logik«, fuhr sie mich an.

»Manchmal hilft das Unübliche, zum Selbstverständlichen zu finden.«

Frau Kostka machte eine abweisende Handbewegung, die alles zum Stillstand brachte.

Ich ließ es dabei bewenden und ging nach Hause. Ich wusste, dass ich vorläufig nicht mehr zum Training erscheinen durfte. Fritze hatte nichts dergleichen von mir verlangt, aber ich hatte es in seinem Gesicht gesehen, die Worte, die er nicht aussprach. Zwei Frauen wären zu viel für seine Mannschaft. Und Melanie würde ich durch mein Dasein ohnehin nur brüskieren. Ich blieb daheim und schrieb. Das Beste, was ich in dieser Situation tun konnte.

Die Therapie bei Prof. Wendenbaarg hatte Spuren hinterlassen. Ich wusste weniger als je zuvor übers Leben. Aber ich spürte, dass jede Auflösung nur über die Liebe geschehen konnte. Alles Aufspüren und Analysieren half nichts. Jede Erklärung, was sich wann wie und wieso zugetragen hatte, brachte kaum etwas im Inneren zum Klingen. Bestenfalls wurde der Intellekt befriedigt, mehr nicht. Ich spürte meine Einsamkeit stärker und drängender denn je und erkannte, was Walter Fritze in mir bewirkte. Sein Strotzen vor Lebendigkeit, innerer Ruhe, Kraft und Funktionalität war mein Manko. Niemand verdeutlichte meinen Mangel so sehr wie er. Was bot meine Jugend schon dagegen? Die Suche nach all dem, was verloren oder entgangen schien. Fritze hatte als Einziger die Berechtigung, meine Gedanken zu blockieren. Vielleicht sprach er mein olfaktorisches Gedächtnis an. Ich hatte ihn dabei beobachtet, wie er sich auf dem Heimweg einige Tropfen ›Eau Sauvage‹ hinters Ohr tupfte, jedes Mal, wenn er sich auf den Weg machte. Und ich erinnerte mich an meinen Vater, der dasselbe Parfum benützt hatte, wenn er meine Mutter erwartete.

Zum ersten Mal seit Jahren dachte ich an keinen Mann.

Jedes sexuelle Abenteuer hatte mich einsamer zurückgelassen, als ich vor der Affäre gewesen war.

Ohne Liebe bleibt auch der Körper leer. Diese Erkenntnis war der bestürzendste Gedanke, den ich je gespürt hatte. Ohne Liebe hatte das Leben keinen Sinn.

Es war schwierig genug, einen passenden Mann für eine sexuelle Begegnung zu finden. Dass zwei Menschen sich wahrhaftig lieben und diese Liebe ausleben konnten, erschien mir unwahrscheinlicher als alles andere. Walter Fritze liebte sich und sein Leben. Und es war sicher kein vollkommenes. Ich sah es in seinem Gesicht, wenn er vor Freude lachte, dass es ein Gewinn war, ihm dabei zuzusehen. Das Glück war in seine Augen gemeißelt. Er lebte das Leben, das er leben durfte, und das berechtigte ihn dazu, etwas an junge Menschen weiterzugeben.

Er hatte es nicht nötig, zu drillen und zu bevormunden. Jeder seiner Blicke sagte viel mehr darüber aus, worauf es im Leben ankam.

Warum versuchte ich, das Leben durch Worte zu begreifen, wenn es übers Fühlen leichter ging? Doch wenn niemand die Dinge des Lebens beschreibt, existieren sie dann weniger?

Weil ich über Liebe schrieb, glaubten die Menschen daran und träumten weiter ihren Traum vom Glück. Ich selbst war mein eifrigster Leser. Ich schrieb mich der Liebe entgegen. Mit jedem Beispiel, dass es möglich wäre, glaubte ich mehr daran. Dafür war ich mir dankbar.

Das Zusammenleben mit Melanie funktionierte so

gut wie nie zuvor. Wir redeten wenig miteinander, aber wir lächelten uns zufrieden an. Sie verbrachte Stunden in ihrem Zimmer, keine Ahnung, womit. Ich schrieb und lebte ohne große Pläne vor mich hin. Ein normales Leben, das sich ganz ordentlich anfühlte.

David kam regelmäßig zu uns hinunter, oder wir statteten ihm, ein Stockwerk höher, einen Besuch ab. Wie es um seine Beziehung zu Philomene stand, konnte ich nur erahnen. Er war dazu übergegangen, das Ganze auszuschweigen. »Vielleicht ist's besser, nicht zu viel über die wichtigen Dinge des Lebens zu quatschen«, grübelte er laut. Ich sah, dass sich seine roten Haare langsam mit einem feinen Grau durchzogen hatten. Außerdem war er fülliger geworden. Zwei, drei Kilo, die angenehm an ihm auffielen. Das Knochige, das seit jeher sein Markenzeichen war, schien plötzlich von einer hauchdünnen Schicht lebendigen Fleisches überzogen.

Eines Tages stattete Renate Kostka mir einen unerwarteten Besuch ab. Sie wollte wissen, ob ich mir Gedanken über meine Aktion gemacht hatte. Die Mädchen wären nur noch selten bei der Sache, diskutierten anstatt über ihr fehlerhaftes Spiel über die Gründe, warum eine von ihnen jetzt drüben, bei den Jungs, mitmache. Das Ganze sei unhaltbar, paradox, einfach hirnrissig. Es gäbe weder eine Zehner- noch eine Zwölfermannschaft im Fußball. Zum Fußballspielen gehörten elf.

»Herr Fritze stört sich offenbar nicht daran«, verteidigte ich meine Entscheidung.

Frau Kostka zwang sich zu einem gequälten, kompromisslosen Lächeln. »Was erwarten Sie von einem Verrückten? Dass er einen vernünftigen Gedanken auf die Reihe kriegt?«

Wir redeten noch eine Weile miteinander. Jeder argumentierte, ohne vom anderen verstanden zu werden, vor sich hin. Es lag einfach zu viel zwischen uns. Die nächsten zwei Wochen verliefen ruhig. Dann lief ich Urs über den Weg.

Ich war quer durch Deutschland gefahren, um meine Jugendfreundin Ingeborg zu besuchen. David kannte sie vom Hörensagen. Persönlich waren sie einander nie begegnet.

Ingeborg und ich hatten damals gemeinsam eine Klasse wiederholt, nachdem ich das Internat und David verlassen hatte. Wir waren uns ziemlich schnell einig geworden, zu zweit zu viel zu rauchen, mit 16 die ersten sexuellen Erfahrungen zu machen und zur Freude unserer Eltern schließlich doch noch das Abitur zu bestehen. Die letzten Jahre hatten wir kaum voneinander gehört, bis ich vor zwei Wochen eine E-Mail von ihr bekommen hatte, in der sie mir mitteilte, dass sie nach Kassel-Wilhelmshöhe gezogen sei, nachdem sie sich von ihrem ersten Mann getrennt und den zweiten kennengelernt hatte. Sie wohnte in einem 200-Quadratmeter-Bungalow mit erlesenen Kunstwerken, für die ihr Mann eine Schwäche hatte und in die er seit frühester Jugend investierte. Es sei ein ganz und gar ungewöhnliches Leben, das sie nun lebe. Mit einem Mann, der Aktionskünstler sei und einem Sohn, der lieber bei seinem Vater geblieben wäre, aber nicht konnte, weil der mit seiner Freundin nach Brasilien gegangen war, um ein unkonventionelleres Leben als Barbesitzer zu beginnen.

Als mein Wagen sich einen Weg durch Kassel suchte, vorbei an den vielen bedeutenden Kunstobjekten der zahlreichen Documenta-Ausstellungen, malte ich mir aus, was aus Ingeborg geworden war. Zwischen den Zeilen. In natura. Von meinen Gedanken an sie abgesehen, die eine gehörige Portion Neugierde enthielten, hatte ich mir vorgenommen, das Brüder-Grimm-Museum, das Museum für Sepulkralkultur und das Documenta-Archiv zu besuchen. Bisher kannte ich Kassel lediglich durch das Kasseler Dokumentarfilm- und Videofest, bei dem ich ein Mal zu Gast gewesen war, aber kaum etwas von der Stadt zu sehen bekommen hatte. Ich hatte lediglich die gestalterische Dichte und Imposanz des Bergparks Wilhelmshöhe mit dem Schloss Wilhelmshöhe, die als Ruine angelegte Löwenburg und Herkules, das kupferne Wahrzeichen der Stadt, angeschaut. Das Pflichtprogramm.

Ingeborg und ich trafen uns bei ihr zu Hause, im Bungalow. Sie redete gleich los. Ohne Anfangsschwierigkeit. Wie früher.

»Jürgen ist ein toller Ersatzvater. Er holt Gilbert von der Schule ab, bringt ihn zum Kickboxen, quatscht stundenlang mit ihm. Ich hab das große Los gezogen.«

Alles, was sie erzählte, klang wunderbar und ich fing an, sie um all das zu beneiden. Als mir der Neid auf der Haut brannte, hielt ich inne. Eifersucht und Neid waren die scheußlichsten Gefühle, die ich mir vorstellen kann. Doch jetzt ertappte ich mich dabei, wie ich einem dieser Gefühle nachgab. Nur, weil ich mich selbst als bedürftig einstufte. Doch gelang es einem tatsächlich, sich so zu sehen oder zu erkennen, wie man war? Sicher nicht. Das hatte ich mir die letzten Jahre zur Genüge bewiesen.

»Dass Jürgen ab und zu aushäusig ist, was macht das schon? Er ist Künstler, außerdem ist's ohnehin die Regel, oder nicht?«, meinte Ingeborg schließlich mit flacher Stimme, nachdem all das Schöne, das sie zuvor ausgemalt hatte, versandet war und die Realität uns beiden schonungslos in die Augen blickte. Ich holte mich aus meinen Gedanken zurück in die Realität, blickte Ingeborg an und lächelte dünn.

Ich weiß noch, dass ich augenblicklich Mitleid mit ihr empfand. Großes Mitleid. Sicher hatte sie recht, Männer gingen fremd, viele zumindest, aber doch nicht gleich am Anfang, wenn man noch daran glaubte, dass alles gut ging?

Ich versuchte, sie zu trösten, aber vermutlich misslang es mir. Ich sah es ihrem Gesicht an, das säuerlich wirkte, wo es zumindest verhalten strahlen sollte. Wir verbrachten noch einen mehr oder minder gemütlichen Nachmittag mit Streuselkuchen und Kaffee. Später öffnete sie eine Flasche Champagner. Zur Feier des Tages und um ihr Glück doch noch durch etwas Äußeres ins eigene Gesicht zu meißeln. Doch nach Stunden, die wir in Erinnerungen geschwelgt hatten, war ich froh, wegzukommen. Ich hatte ein kleines Hotel Ingeborgs Gästezimmer vorgezogen.

Als ich endlich in mein Zimmer im zweiten Stock stolperte, noch ganz benommen von Ingeborgs Geständnissen, und mich meiner Kleider entledigte, rief ich Melanie und David an. Ich erreichte sie nicht und legte mich stattdessen aufs Bett, ohne mich zuzudecken. Doch ich konnte nicht einschlafen, stand wieder auf, zog mich noch mal an und ging die gepflegte Einfamilienhaussiedlung entlang, in der auch Ingeborg wohnte. Ich schaute über Zäune, in ordentlich bepflanzte Gärten und auf Doppelgaragen mit Kassettentor, sah hinter beleuchteten Fenstern nächtliches Leben stattfinden. Lange hatte auch ich davon geträumt, in einem Haus wie diesen zu wohnen, mit Mann und Kind und einer interessanten Arbeit. Es war unten, am Ausläufer des kleinen Hügels, als ich ihn sah. Er hatte einen Golden Retriever an der Leine und rauchte. Zuerst erkannte ich ihn nicht, doch als er näher kam und unweit einer Straßenlaterne stehen blieb, um seinen Zigarettenstummel auszutreten, fiel mir sein Gesicht auf. Da war er. Mein Lebensmensch. Den, den ich immer gewollt hatte. Urs!

Er schien derart in Gedanken versunken zu sein, dass er mich nicht sah. Er hatte den Blick starr nach unten gerichtet, auf den Asphalt, der vom letzten oder vorletzten Winter Löcher aufwies und dringend saniert gehörte. Sein Hund trottete neben ihm her, als seien sie eine verschworene Gemeinschaft.

Ich wollte ihn ansprechen. Urs! Was machst du hier?, hinter ihm herrufen. Doch anstatt es zu tun, blieb ich wie angewurzelt auf dem Bürgersteig stehen und starrte einer wattierten Jacke hinterher und einem goldfarbenen Hund. Seine Schritte wurden leiser, und langsam versank er grau als Hintergrund in der beginnenden Nacht. Als ich mich anstrengen musste, seine verschwimmenden Umrisse zu entdecken, wusste ich, dass ich das Richtige getan hatte. Wo war sie, meine Liebe, mein Herzflattern, mein Wollen und Wünschen? Wo war all das geblieben, das ich so viele Jahre gehütet hatte wie einen Schatz?

Ich sah hinter einer Dachluke das Licht ausgehen und hörte, wie im Haus nebenan jemand die Musikanlage ausschaltete. In der Villa gegenüber wurde, wohl im Fernsehen, geschossen. Und in einem Klinkerhaus schloss ein Mann sanft das Fenster.

Da stand ich nun. Ein kleines Stück Vergangenheit im Bewusstsein und eine ungewisse Zukunft vor mir.

Kassel hinter mir zu lassen erleichterte mich ungemein. Ich fuhr mit überhöhter Geschwindigkeit über die Autobahn und wollte nur eines: nach Hause kommen. Zu Melanie und David, meinem seltsamen Freund. Und zu Maja, die immer da war, wenn ich sie brauchte, genauso, wie ich für sie da war, wenn sie mich nicht brauchte. Urs erneut zu begegnen hatte mich von etwas befreit, von dem ich nicht gewusst hatte, dass es auf mir lastete. Er war mein heimlicher Mythos gewesen, der Unerreichbare, mein zweites Ich.

Was ich in Kassel gesehen hatte, war ein Mann, der rauchend seinen Hund ausführte. Ein Mensch wie viele andere auch. Dass wir uns geliebt hatten, vor Jahren, vielen Jahren, spielte endlich keine Rolle mehr.

»Wie war's in Kassel, Schätzchen? Hast du Interessantes zu berichten?«, wollte Butterlöckchen, die offenbar bester Laune war, wissen, als ich sie von unterwegs anrief. Mit belegter Stimme begann ich, die Ereignisse zusammenzufassen.

»Ich kann's dir nicht erklären, aber es ist etwas Unerhofftes passiert«, meinte ich und hielt dann inne. »Ich hab die Liebe die ganze Zeit bei irgendeinem Mann gesucht, anstatt sie im Inneren, in mir, zu finden.« Nach einer erneuten Weile des Schweigens, während der ich an einer Raststation vorbeifuhr und die Wolken am Himmel entdeckte, antwortete Maja. Klug, lebenserfahren und mit ruhiger Stimme. So, wie sie manchmal zu mir sprach, wenn sie spürte, dass es nicht auf Unterhaltung ankam, sondern auf etwas Tieferes.

»Du hast alle Macht ausgelagert, an diesen Urs abgegeben und geglaubt, nur wenn er dich auch liebt, könntest du der Liebe mächtig sein.«

»Ja, stimmt!«, entgegnete ich sofort. »Dabei muss

ich zuerst mich selbst lieben. Mich allein und die Menschen um mich herum. Erst wenn ich das hinbekomme, kann ein Mann meine Liebe auffangen und sie mir zurückspielen.« Die Erkenntnis war wie ein Freund, mit dem man verabredet ist, und die Verabredung dann vergisst. Trotzdem wartet er die ganze Zeit auf dich. Steht und wartet.

Ich wusste, dass es mit dem Erkennen nicht getan war. Es gab kein Schwarz-Weiß-Leben, kein Entweder-oder, unglücklich oder glücklich. Aber es war ein stiller Anfang. Einer, der sich nicht aufdrängte, sondern es leichtfüßig an meine Seite schaffte, um endlich zu mir zu flüstern.

Zurück am Tegernsee, wollte ich Melanie gleich am nächsten Tag vom Training abholen. Doch ich fand niemanden vor, außer einer alten Frau. Sie sammelte Coladosen ein, die offenbar achtlos weggeworfen worden waren und die Rasenfläche verschandelten. Ich wartete einige Minuten, ob noch jemand kommen würde, gab es dann aber auf.

»Entschuldigen Sie. Wissen Sie, wo Walter Fritze ist? Der Fußballtrainer.«

Die Frau sah mich an und nickte. »Mein Mann ist mit den Kindern in der Umkleide. Lagebesprechung.« Sie grinste verschmitzt und blieb neben mir stehen, als gehöre sie zu mir.

Ich zögerte einen Moment. »Sie sind das also!«, entfuhr es mir. »Entschuldigen Sie, ich mache mir schon die längste Zeit Gedanken darüber, für wen Ihr Mann sich ›Eau Sauvage‹ hinter die Ohren schmiert. Jedes Mal, wenn er vom Training nach Hause geht.«

Frau Fritze lachte, kam noch einen Schritt näher und hielt mir ihre Hand hin. »Gisela Fritze.«

Ich legte für einen kurzen Moment meine Hand in ihre. »Franziska Durvos.« Nachdem sie die Coladosen in einen Container geworfen hatte, setzten wir uns auf die Bank am Spielfeldrand, auf der sonst immer ihr Mann saß.

»Ich komme nie zum Training«, begann Gisela Fritze, »heute war ich allerdings ganz in der Nähe und dachte mir, warum eigentlich nicht.«

Ich schwieg in ihre Sprechpause hinein.

»Mein Mann und ich, wir haben keine Kinder. Die Fußballmannschaft ist sein Ersatzkind. Und bei diesem Genuss möchte ich ihn nicht stören«, erklärte sie mir, obwohl es mich nichts anging.

Da war er also, der Grund, weshalb er all das tat.

»Verstehe«, brachte ich heraus, nur um irgendwas zu sagen.

»Wir haben uns. Und unsere Liebe. Und das ist mehr, als man vom Leben erwarten kann.«

»Hat es Ihnen nie etwas ausgemacht, keine Kinder haben zu können«, fragte ich vorsichtig nach. Ich wollte ihr nicht zu nahe treten, war aber zu interessiert, um die Frage nicht zu stellen.

»Natürlich hat es das. Sehr lange sogar. Aber man muss lernen, glücklich zu sein, ohne alles zu haben. Und während man das tut, jeden Tag ein wenig mehr, ordnet sich das Leben im Kopf neu. Der zwischenzeitliche Verlust löst sich langsam auf und macht etwas anderem Platz. Plötzlich fehlt nichts mehr, denn man hat aufgehört, über das Fehlende nachzudenken. Wenn das geschieht, zieht die Fülle ein, direkt in den Mittelpunkt des eigenen Herzens.« Gisela Fritze schaute mich an, nachsichtig, wie mir schien. »Das ist die wichtigste Lektion, die das Leben für uns bereithält. Nicht wahr? Nicht zu viel grübeln, sondern leben und annehmen.«

Ich sah sie an und erwiderte nichts. Unvermittelt war es still zwischen uns geworden. Ein weites, nicht enden wollendes Feld der Stille. Ich spürte, wie in mir eine feine Stimme zu erzählen begann. Davon, dass ich die ganze Zeit über keinen Mangel gelitten hatte. Diese Stimme versprach, dass der Mangel bloß in meinem Kopf stattgefunden hatte. Dass ich mir das Wort Mangel, Liebesmangel, regelrecht vorgebetet hatte, bis ich es selbst glaubte. Und um diesem Mangel zu begegnen, um ihn in die Flucht zu schlagen, hätte ich die Waffe der Männer gezückt. Jeder einzelne Mann ein Kampfgerät, das gegen das Leben selbst gerichtet war, gegen mich.

Ich lächelte grundlos vor mich hin. Die Stimme war verstummt. Es gab nichts mehr zu sagen. Ich schwieg weiter, weil die innere Leere so schön war. Sie bot mir etwas Heiliges an. Einen kleinen, winzig kleinen Anfang eines großen Gefühls: Eigenliebe.

Minuten später kam Giselas Mann aus der Umkleidekabine, begrüßte zuerst mich, als seien wir seit Ewigkeiten Freunde, und küsste danach seine Frau auf beide Wangen und zu guter Letzt auf den Mund. Ich roch sein ›Eau Sauvage‹ und sah die ausgebeulte Tasche seines Trainingsanzugs, in der er den Flachmann verstaut hatte.

»Ihre Tochter ist ein gutes Mädchen«, lobte er. »Es klappt alles ganz hervorragend.«

»Freut mich«, brachte ich hervor, stand auf und ließ die beiden nach einer kurzen Verabschiedung allein.

Einmal sah ich mich nach ihnen um, sah, wie sie miteinander lachten und sie ihm schließlich über die Wange streichelte. Alles wirkte wie unzählige Male getan, lange vertraut. Gedankenverloren ging ich auf die Umkleidekabinen zu, um im Gang auf Melanie zu warten. Alles Unvollkommene lang hinter mir und alles Unerwartete vor mir. Daheim würde ich ein Brathuhn in den Ofen schieben und mir ein gutes Glas Wein dazu gönnen.

Epilog

Wer weiß schon, wer demnächst den Einkaufswagen neben mir in Richtung Kasse schieben wird, wenn ich im Supermarkt frisches Brot, Käse und Salami kaufe. Es könnte jemand sein, der mir aufgrund seiner Haltung auffällt, wegen seiner sorgfältig ausgesuchten Kleidung oder seiner warmen Stimme.

Es könnte aber auch ganz anders kommen: Ein Mann betritt das Schlafzimmer seiner Freundin. Sie kennen sich noch nicht lange, wollen die erste Nacht miteinander verbringen. Auf dem Nachttisch liegt ein Buch. Er nimmt es in die Hand und liest den Titel: Glaub mir, es muss Liebe sein. Einen Moment hält er inne. Dann dreht er das Buch um und schaut auf das kleine Foto auf der Buchrückseite. Mein von der Kamera festgehaltener Blick gräbt sich schwer in seine Augen. Er legt das Buch zur Seite, und als seine Freundin zurück ins Schlafzimmer kommt, ein erwartungsvolles Lächeln auf den Lippen, erzählt er, dass er nach Hause muss. Ihre Antwort liegt in ihrem Blick. Er schwimmt im Meer des Unverständlichen, nicht lange, dann geht er unter.

Am nächsten Morgen ruft er beim Verlag an und erfährt, dass die Adresse einer Autorin nicht an Fremde weitergegeben werden dürfe. Unter keinen Umständen.

Er erscheint im Sekretariat und versucht es mit einer Schachtel Konfekt. Wieder ohne Erfolg! Sie dürfe das nicht tun, bedauert die Verlagsangestellte. Er bemüht sich vergeblich, seinem Eigensinn zu entkommen.

»Schade«, meint er und geht. Auf dem Weg durch die Stadt entdeckt er ein Plakat am Fenster einer Buchhandlung. Ich werde dort am nächsten Tag lesen. Das ist seine Chance. Er ergreift sie freudig. Er wird sich meine Lesung anhören. Danach wird er mich um ein Autogramm bitten, mir seinen Blick schenken, den Blick, zu dem er fähig ist. Darin werde ich seine Liebe erkennen. Die Liebe, um deretwillen er eine angenehme Nacht mit seiner Freundin ausgeschlagen hat. Ich antworte ihm mit einem Lächeln, das aus der Tiefe meines Herzens kommt und das ihn kurz verstört und dann entzückt. Dieses Lächeln gibt vorschnell Details von mir preis. Es wird das Lächeln sein, das der Beginn einer Liebe sein könnte. So etwas ist möglich. Jederzeit und überall. Denn überall ist Liebe.

Wir glauben immer, wir müssten etwas finden oder zurückerobern, das irgendwann, in früheren Zeiten, vielleicht sogar bereits bei unserer Geburt, verloren ging: die Liebe! Doch sowohl die zeitweilige polare Kälte in uns, als auch die Suche nach der Liebe sind Illusionen.

In Wirklichkeit stecken wir Unmengen von Energie in den Versuch, die Wahrheit zu verhehlen.

Das Gefühl, das uns am nächsten ist, ist die Liebe. Wir haben sie nie verloren, denn Liebe ist nicht außen, sondern innen. Sie lässt sich nicht bei anderen finden, sondern in uns.

Die Tage, die bisher im Schatten verschwommen sind, lösen sich auf, wenn wir es nur wollen. Wenn die Erinnerung an Schwierigkeiten und Unzulänglichkeiten verblasst, verliert sie sich auch. Scharf gestellte Bilder nehmen ihren Platz ein und ein unveränderliches Lächeln stiehlt sich in unser Gesicht. Endlich sind all die belastenden, richtenden Gedanken durchweicht und treiben davon, wie Treibholz im Meer.

Das Leben, unser äußeres Leben, wird – zumindest für unseren Verstand, der aufs Urteilen programmiert ist – nie perfekt sein. Es erscheint wie der Himmel, an dem hartnäckige Wolken lauern, die die wärmenden Sonnenstrahlen verhindern. In dunkel und hell zerteilt, wird die Sonne nur dazwischen hervorlugen. So stellt sich alles dar, wenn wir denken und urteilen.

Wenn wir begreifen – nein, nicht mit dem Verstand, mit dem Herzen –, dass es in Wirklichkeit kein Urteil gibt, beginnen wir zu bemerken, dass die Liebe uns ganz nah ist.

Sie drängt sich uns entgegen. Sie gibt nie auf. Wir müssen nichts dafür tun, um sie zu spüren. Es geht nicht länger darum, den richtigen Menschen fürs Leben zu finden, sondern einfach darum, da zu sein und die eigene Liebe zu spüren und zu verschenken.

Liebe lauert nicht auf einen Partner. Liebe berührt alles. Sie kennt keine Ausnahme. Sie verteilt keine Noten. Die Nachbarin mit den herunterhängenden Mundwinkeln, die alle Kümmernisse blank legen, gefällt der Liebe genauso wie der Arbeitskollege, der uns immer hilfsbereit zur Seite steht. Der Vater, der uns früher geschlagen hat und gegen den wir uns nicht zu wehren trauten, ist der Liebe gleich, wie der Käfer, der durch unsere Küche krabbelt, auf der Suche nach Nahrung. Das Kind, das wir in der U-Bahn sehen und das uns mit fragenden Augen ein Stück Leben abringt, gefällt der Liebe ebenso wie der Penner, der vor seiner Flasche Wodka hockt und in der Unterströmung seines Daseins alles aufgegeben zu haben scheint.

Die Fassaden bersten, die Mauern stürzen mit lautem, befreiendem Krachen ein. Lassen wir alle Ängste und Zweifel los, damit das Beste hervorkommt. Die Geburt reiner, purer, strahlender Liebe.

Liebe ist.
Ich bin.
Du bist.
Wir sind.
Das ist alles.
Alles.
Ist.
Liebe!

ENDE

Weitere Romane finden Sie auf den folgenden Seiten und im Internet: www.gmeiner-verlag.de

GABRIELE DIECHLER

Engpass

276 Seiten, Paperback.
ISBN 978-3-8392-1042-0.

ALTLASTEN Nachdem sie ihren Mann mit einer anderen erwischt hat, verlässt die Kriminalpsychologin Elsa Wegener Hals über Kopf Köln, um im bayerischen Unterwössen beruflich wie privat neu anzufangen. In dem idyllischen Dorf nahe des Chiemsees wird sie nicht gerade mit offenen Armen empfangen. Und auch Anna, Elsas pubertierende Tochter, ist von ihrer neuen Heimat alles andere als begeistert. Doch Elsa bleibt kaum Zeit, über solche Probleme nachzudenken. Als die Leiche einer zwanzig Jahre lang vermissten Frau entdeckt wird, hat sie der Arbeitsalltag längst eingeholt …

SONJA ULLRICH

Teppichporsche

321 Seiten, Paperback.
ISBN 978-3-8392-1093-2.

FESTGEBISSEN Esther Roloff ist der jüngste Spross einer traditionellen Bergarbeiterfamilie sowie Versicherungsdetektivin auf Probe bei Tozduman Securities, einer dubiosen Detektivklitsche in Wattenscheid. Als sie einer Haftpflichtsache nachgehen soll – ein Terrier mit nur einem Zahn soll ein Wasserbett zerbissen und einen Wasserschaden verursacht haben –, stößt sie auf Blutreste in den Parkettfugen des »Tatorts« und wittert den ganz großen Mordfall. Als Esther auch noch erfährt, dass der Ehemann der Geschädigten vor wenigen Tagen das Weite gesucht hat, ist ihr Ehrgeiz endgültig geweckt …

GMEINER

Wir machen's spannend

FRANZISKA STEINHAUER
Gurkensaat

420 Seiten, Paperback.
ISBN 978-3-8392-1100-7.

UNTER WÖLFEN Ein nebliger Novemberabend in der Lausitz. Kommissar Peter Nachtigall wird in das Herrenhaus der Unternehmerfamilie Gieselke gerufen. Maurice, der sechsjährige Enkel des Spreewälder »Gurkenkönig« und Hobbyjägers Olaf Gieselke liegt tot im Arbeitszimmer – erschossen mit einem Gewehr aus dem Arsenal des Großvaters.

Am nächsten Tag wird eine weitere Leiche entdeckt. Es handelt sich um den Naturschutzaktivisten Wolfgang Maul, der sich für die Wiederansiedlung von Wölfen in der Lausitz eingesetzt hatte.

Nachtigall beginnt sich durch ein Gestrüpp aus Hass, Neid und dunklen Geheimnissen zu kämpfen …

BEATE BAUM
Weltverloren

276 Seiten, Paperback.
ISBN 978-3-8392-1077-2.

ALLES VERLOREN Winter in Dresden. Journalistin Kirsten Bertram liegt im Krankenhaus. Dort lernt sie Marianne „Ännchen" Kulka kennen, die von der Familie Erich Kästners abstammt und einer freikirchlichen Gemeinde angehört. Als Ännchen aus der Klinik entlassen wird, beschließt sie ihr Leben radikal zu ändern. Sie schließt sich einer Initiative an, die im Namen Kästners den Ausbau der Königsbrücker Straße in der Dresdner Neustadt verhindern will. Doch dann wird ein Praktikant des Erich Kästner Museums ermordet und Ännchen ist die Hauptverdächtige. Kirsten ist hingegen von ihrer Unschuld überzeugt und beginnt auf eigene Faust zu ermitteln …

GMEINER

Wir machen's spannend

Das neue KrimiJournal ist da!

2 x jährlich das Neueste
aus der Gmeiner-Krimi-Bibliothek

In jeder Ausgabe:

- Vorstellung der Neuerscheinungen
- Hintergrundinfos zu den Themen der Krimis
- Interviews mit den Autoren und Porträts
- Allgemeine Krimi-Infos
- Großes Gewinnspiel mit ›spannenden‹ Buchpreisen

ISBN 978-3-89977-950-9
kostenlos erhältlich in jeder Buchhandlung

KrimiNewsletter

Neues aus der Welt des Krimis

Haben Sie schon unseren KrimiNewsletter abonniert?
Alle zwei Monate erhalten Sie per E-Mail aktuelle Informationen aus der Welt des Krimis: Buchtipps, Berichte über Krimiautoren und ihre Arbeit, Veranstaltungshinweise, neue Krimiseiten im Internet, interessante Neuigkeiten zum Krimi im Allgemeinen.
Die Anmeldung zum KrimiNewsletter ist ganz einfach. Direkt auf der Homepage des Gmeiner-Verlags (www.gmeiner-verlag.de) finden Sie das entsprechende Anmeldeformular.

Ihre Meinung ist gefragt!

Mitmachen und gewinnen

Wir möchten Ihnen mit unseren Romanen immer beste Unterhaltung bieten. Sie können uns dabei unterstützen, indem Sie uns Ihre Meinung zu den Gmeiner-Romanen sagen! Senden Sie eine E-Mail an gewinnspiel@gmeiner-verlag.de und teilen Sie uns mit, welches Buch Sie gelesen haben und wie es Ihnen gefallen hat. Alle Einsendungen nehmen automatisch am großen Jahresgewinnspiel mit ›spannenden‹ Buchpreisen teil.

GMEINER

Wir machen's spannend